跨越五千公里的爱

孟庆岩 著

浙江大学出版社

ZHEJIANG UNIVERSITY PRESS

·杭州·

图书在版编目（CIP）数据

跨越五千公里的爱 / 孟庆岩著. —杭州：浙江大学出版社，2023.5（2023.12 重印）
ISBN 978-7-308-23685-0

Ⅰ. ①跨… Ⅱ. ①孟… Ⅲ. ①报告文学－中国－当代 Ⅳ. ①I25

中国国家版本馆 CIP 数据核字（2023）第 067617 号

跨越五千公里的爱

孟庆岩　著

责任编辑	马一萍
责任校对	陈逸行
封面设计	李腾月
插　　画	刘传营
出版发行	浙江大学出版社
	（杭州市天目山路 148 号　邮政编码 310028）
	（https://www.zjupress.com）
排　　版	杭州好友排版工作室
印　　刷	广东虎彩云印刷有限公司绍兴分公司
开　　本	710mm×1000mm　1/16
印　　张	17.25
字　　数	242 千
版 印 次	2023 年 5 月第 1 版　2023 年 12 月第 2 次印刷
书　　号	ISBN 978-7-308-23685-0
定　　价	68.00 元

序

读完孟庆岩的报告文学《跨越五千公里的爱》，我读到了一种世间之爱。

本书的主人公是一群孩子，一群从新疆出发，到太湖之滨的长兴求学的孩子。从家门到校门，5000多公里，他们从遥远走向遥远。从塞北到江南，他们做远离故乡的长途跋涉，经历了告别故土、走向陌生、寻觅照人宝光的感知行动，体验了一种从未有过的历史。

一路向南，塞北与江南的气候相拥，在孩子们心中编织起崭新的生命图像，戈壁气质在和风细雨中融化成独特的江南韵味。

往事依稀。

2011年，我和县政府的领导一起在长兴职教中心的校园里迎来了第一批来自新疆的学生。从孩子们好奇的脸庞上，我感觉他们尚未留意当下的脚力，毫无仆仆风尘。

长兴职教中心的老师们用爱心和坚守，温暖了时光，引领着近千名远道而来的新疆学子寻找他们心中的诗和远方。"中国好人"顾海林是长兴职教中心新疆中职班班主任中的一员，他十年间27次赴新疆家访，是许多新疆学子的"浙江爸爸"，他和他的同伴们，为新疆学子在太湖之畔撑起了一片蓝天。

十年间，近千名孩子来这里学习又从这里学成返疆。他们回到自家的草原，扬起熟悉的马鞭；他们穿行在葡萄架下，审视一串串晶莹剔透的果实。三年太湖烟雨的浸润，懵懂少年已经成为建设国家的栋梁。

他们中，有的进入家乡的企业，成了出色的技术工人；有的考进了政府机关、事业单位,成为了服务基层的工作人员;有的则走南闯北,办企业、开公司……

这本书的三个主人公,就是其中的佼佼者。阿卜杜热西提在家乡创办了笑苹果胶带有限公司,图尔荪站上了喀什技师学院的讲台,哈依沙尔江则成了华为视讯工程师。对于他们来说,远方的校园已成为家园,草长莺飞的江南,有慈爱博学的师长。

虽已毕业离校,虽没什么盟约,但江南却一直是他们的精神归宿,这里的一草一木、一人一事他们都牵挂于心。

长兴职教中心新疆中职班办学十年庆典,他们中的代表回到母校,与老师重逢、合影,再次有机会端坐在从前的教室里,他们发自内心地提醒学弟学妹要珍惜宝贵的校园时光。

重回母校就如远行的航船再次回到港湾。母校依然温情脉脉,老师们依旧满脸慈祥,那些少年却已成长为顶天立地,能为家乡振兴扛旗助力的男子汉。

"十年树木,百年树人"。这十年,我们见证了孩子们的成长,见证了省际协同的硕果累累,更见证了党和国家的民族政策扎实落地过程中一个个普通人改变命运、逆风翻盘的精彩人生。

张加强

中国作家协会会员(曾参与长兴职教中心新疆中职班创建工作)

目 录

CONTENTS

1

引 子

这天云淡风轻,上午 11 点钟刚过,空中突然传来了礼炮声响:"砰!砰……"声声震耳,响彻了整个大尔格其园艺村。

是谁家的巴郎子要娶亲吗?是谁家的古丽要嫁人吗?是谁家在为长辈祝寿吗?不知道,但可以肯定村里有人家在办喜事。这礼炮声如同集结号一般,村里人听到后就立刻身着盛装从家里出来,三五成群地沿着宽敞的水泥路循着礼炮声走去,他们一路有说有笑。

"吐尔逊古丽书记,我刚才听见礼炮声了。仪式提前了吗?"见村书记迎面走来,一个村民赶紧去问。

"没提前,没提前,我刚刚就在现场。那会儿是礼仪公司的人在调试电子礼炮。你们快去阿卜杜热西提家吧,很多人在了。"吐尔逊古丽·阿喀依提笑着回答。

礼炮都上场了! 看来一定有大喜事。

当村民们陆续来到阿卜杜热西提·阿不力米提家的时候,院子里确实站了很多人,男女老少都有。阿卜杜热西提家的院子在村里是最大的,但此

1

时前院已经显得非常拥挤了，有人转身去了后院。后院的人也不少，那儿有一处刚建成不久的占地面积达 2000 多平方米的单层钢结构厂房，南北走向，呈长方形，拱形屋顶上铺设了枣红色的树脂瓦。从外观上看，灰墙红顶的搭配十分气派。但此刻最抢眼的还是那个立在厂房门口的充气彩虹门及上面金色的字"热烈庆祝新疆笑苹果胶带有限责任公司隆重开业"。

没多久，来参加开业仪式的就接近 300 人了，有的人站在院中的空地上，有的人怕晒就躲进了厂房。来人中除了本村的，还有来自苏盖特艾日克、阔恰铁热克、代尔亚博依、托万喀勒格热克等周边村子的，就连喀什地区乡镇企业局和波斯喀木乡政府的相关领导也都到场了。院子里越来越热闹，洋溢着喜庆的气氛。再过半小时，新疆笑苹果胶带有限责任公司的剪彩仪式就将在父老乡亲们的见证下举行，这也必将成为大尔格其园艺村历史上极为轰动的一件大事。

年轻有为的阿卜杜热西提就是这家公司的法人代表兼总经理，他自然是今天大家谈论的主角。

"老板是哪个？"人群中有个叫马明亮的连问了好几遍，马明亮来自苏盖特艾日克村，他没见过阿卜杜热西提，此刻他特别想看看传闻中的阿卜杜热西提到底长得啥模样。

于是，几个和阿卜杜热西提熟识的青年男子开始起哄般地喊着阿卜杜热西提的名字。

当阿卜杜热西提满脸笑容地从厂房里走出来时，大家立刻将目光聚焦在他的身上。身高将近一米八的阿卜杜热西提穿着白衬衫，打着浅蓝色领带，配着黑色西裤，脚上是棕色皮鞋，这身打扮让 27 岁的他看上去既帅气又稳重。已经忙了一上午的阿卜杜热西提看上去毫无倦意，仍旧精神十足。当然，人逢喜事精神爽嘛！

"真精干。真是百闻不如一见啊！"马明亮赞叹道，也有其他人这样说。

听到人群中有人夸自己，阿卜杜热西提反倒不好意思地用手挠挠头。随后，他身边的村民们热议起来。

"四年前，阿卜杜热西提把机器从广东拉回来的那天，我也来看过热闹。那时候我们大家根本不相信他能把胶带厂办起来，更没想到当初那个小厂子能做到今天这么大……"邻居大叔艾尼·吐尔洪颇有感慨地说。

"是啊，从一开始只有两个工人的小作坊变成今天有22个工人的公司，他可真了不起啊！"村民图达吉·杰力力边说边竖起了大拇指。

"阿卜杜热西提这几年没亏待过我，现在想想，我当初选择留在村里打工是对的。现在村里这二十几个人跟着他干肯定错不了，阿卜杜热西提是在领着咱们走致富道路啊！"麦麦提江·阿力木骄傲地说。他就是最早进入新欧丽胶带厂（新疆笑苹果胶带有限责任公司的前身）的两个工人之一。

"学一门技术真的可以改变人的命运啊！阿卜杜热西提当初的选择是对的。"老人乃比江·克尤木自言自语地说。

……

阿卜杜热西提站在人群里默默地听着这些话，酸甜苦辣一起涌上了心头，曾经求学、打工、学艺和创业的画面又都一一浮现在眼前。

"哥，你的技术好，只要你找对方向，肯定能有个好未来。"这是2014年6月阿卜杜热西提从职高毕业离校的前一天晚上，表弟图尔荪·马木提对他说的话。图尔荪这发自内心的话语是祝福也是鞭策。

"阿卜杜热西提哥哥，你要勇敢地面对困难，相信自己一定能行！"这是2015年7月阿卜杜热西提在疏附县推销灯具时受挫，发了一个带有退缩念头的微信朋友圈后，学弟哈依沙尔江·塔依尔给他的评论。这简单的一句鼓励一直温暖着他的心。

阿卜杜热西提、图尔荪和哈依沙尔江三个人不仅是好友还是校友，他们都毕业于浙江省长兴县职业技术教育中心学校（长兴职教中心）。他们有着相似的经历:出疆成长,苦学技能;返疆成材,建设家乡。他们曾经共同拥有着一个骄傲的名字——长兴职教中心新疆中职班学生。

"阿卜杜热西提,你一个人变富了,那是一件好事儿,如果你能带领更多的人一起致富,那就是一份好的事业!"这是 2018 年 5 月阿卜杜热西提向顾海林汇报胶带厂赢利的喜讯时,顾海林为了启发他而说的话。如今,阿卜杜热西提真的做到了。

顾海林是谁?顾海林是长兴职教中心首届新疆中职班的班主任。他在阿卜杜热西提的心中,是老师,是朋友,也是"顾爸爸"。

试想,当顾海林、图尔苏、哈依沙尔江三人都出现在今天的揭牌仪式现场时,阿卜杜热西提会如何表达自己的感情呢?我认为一定是喜极而泣。遗憾的是,这三人都没能前来参加这场盛大的仪式。顾海林因为升任了副校长正忙着学校期末的工作呢,图尔苏因为刚考上教师编制留在喀什市教育局参加业务培训了,哈依沙尔江因为当上了公司的产品线经理去广州采购了。我那关于阿卜杜热西提如何表达情感的判断也就无从印证了。

就在阿卜杜热西提陷入深深的回忆中时,村书记吐尔逊古丽跑过来喊:"阿卜杜热西提,时间到了,大家都等着你呢!"

听到村书记叫自己,阿卜杜热西提马上回过神来,深吸一口气,平复了一下心情,在众人的注视下向着庆典舞台稳步走去。

2021 年 6 月 26 日中午 12 点整,新疆笑苹果胶带有限责任公司的揭牌仪式正式开始。当满脸自豪的阿卜杜热西提伸手潇洒地揭去遮盖在公司牌匾上的红绸时,礼炮声、在场所有人的掌声和欢呼声如雷鸣般响起,久久回荡在阿卜杜热西提心中。

波斯喀木乡党委副书记、乡长艾斯克尔·沙迪克在致辞中说:"阿卜杜热西提学有所成后不忘建设家乡,这几年来他一直在为家乡的振兴贡献着自己的力量。他招收贫困家庭的剩余劳动力来公司上班,乡亲们在他的带领下走上了脱贫致富的道路;他积极为泽普县阳光助学金捐款,每年都有十几名中小学生靠着他的资助顺利完成学业。他有着一颗感恩的心,他有着无私的情怀……"

如此激情满怀的讲话赢得了在场所有人经久不息的掌声。

"首先,我要感谢党和国家,我就是国家对新疆实施好政策的受益者。没有新疆中职班这个政策,我就不会有今天的成就;其次,我要感谢长兴职教中心的老师们,没有他们的精心培养,我就不会实现从羊倌到创业者的转变。我也要感谢家乡的亲戚和朋友,没有你们的大力支持,我也不会实现开办公司的梦想……"在开业仪式上,阿卜杜热西提真诚地说着这些朴实的话。

2011年,国家启动了新疆中职班办学工作,原本辍学在家的阿卜杜热西提有幸抓住了这个机会,从戈壁绵延的家乡来到了绿水青山的长兴,成了一名长兴职教中心首届新疆中职班的学生,他从一个羊倌摇身变成了读书郎。接着,图尔苏来了,哈依沙尔江来了;再接着,更多的新疆学子来了。历经54个小时,他们在中国的大地上横跨了5000多公里。从天山脚下到太湖之滨,"咣当,咣当"作响的绿皮火车载着一届又一届怀着梦想的新疆学子从西北广袤苍茫的塞外来到了温润宜人的江南。

5000多公里虽远,但阻挡不住新疆中职班学生们追梦的脚步;5000多公里虽远,却坚定了长兴职教中心人为疆育才的决心;5000多公里虽远,可师生们却相信这漫漫征程中必有人间最美的风景。谁也不能否认,人们带着希望和爱去远行,眼中所见皆是美好。

阿卜杜热西提在毕业后的八年时间里,曾十一次回母校看望教过他的老师们。每一次总会有老师关心着:"5000多公里,你跑来跑去,多累啊!"而他每次都回答着同样的话:"我不在乎路有多远,就在乎您还爱不爱我。"

"爱,当然爱啊!"这世上哪有老师不爱学生的道理。

2020 年 7 月 3 日，长兴职教中心的顾海林老师荣获浙江省第十一届微型党课大赛特等奖，他党课的题目就是"跨越五千公里的爱"，讲述了他和新疆学生之间的故事。5000 公里是路程的长度，师生的感情却是爱的深度。

2021 年 5 月，光明日报内参《情况反映》第 73 期刊登了长兴职教中心新疆中职班"爱的教育、融合教育"的创新工作举措，五位中央领导对此作了批示。

从 2011 年至 2021 年，长兴职教中心的新疆中职班办班已有十个年头。十年的努力拼搏，取得了丰硕成果；十年的师生故事，演绎着爱的传说。

截至 2021 年 8 月，已经有 543 名新疆中职班学生顺利地从长兴职教中心毕业。那些已经回到家乡的毕业生们正在各自的行业里茁壮地成长着，他们正在为建设大美新疆而努力奋斗着，这是国家促进新疆发展重大决策取得显著效果的最好注解。

那些出疆学习技能、返疆贡献力量的学子们过去的、现在的故事虽然充满了酸甜苦辣，却非常精彩，值得铭记和分享。

第一章

出疆成长，开启历练之旅

* * *

谁说"少年不识愁滋味"？阿卜杜热西提在戈壁滩上牧羊时曾感叹：也许我从此远离了心中的星辰大海。迷茫过后总要寻找新的希望，善良、朴实的阿卜杜热西提骨子里那份勇闯天涯的渴望时常涤荡于胸。幸运的是，一个改变他命运的机会降临了。

一个都不能少

"咣当——咣当——",在清脆且富有节奏感的轮轨声中,K594次列车正匀速行驶着,它要越过长江,跨过黄河,穿越古老的长城和茫茫的戈壁开往乌鲁木齐。2021年之前,这趟列车行程长达54个小时,横跨中国东西5000多公里。

阿卜杜热西提的座位靠窗,此刻他正一脸茫然地看着窗外,根本无心观赏风景。列车播报前方即将到达宣城车站,阿卜杜热西提下意识地低头看了一眼电子手表,显示为2011年10月4日下午2点10分,他知道自己已经远离长兴了。本来踏上归途的他应该高兴才是,可此时,他心里却像打翻了五味瓶,各种滋味如潮水般袭上心头,把他刚上车时的那种喜悦冲刷得无影无踪。

火车进站了,列车员一再提醒下车的旅客要带好随身物品和行李。阿卜杜热西提起身从货架上取下那个装有50个馕的背包,拉了拉T恤衫的下摆,慢慢地向车门口走去。

顾海林开车来到长兴职教中心的校门口,不停地按汽车喇叭,急促的声音很刺耳。一刻钟之前，他还在县人民医院照顾生病住院的新疆学生，李殷玉的一个电话就让他匆忙赶回来了。

"教学楼里找了吗？篮球场上找了吗？雉山公园里找了吗？"顾海林一进办公室就向李殷玉一连串地发问。

"这些地方我们都找过了，实在找不到啊！"李殷玉双手一摊，无奈地说。

事情是这样的。

中午的时候阿迪力江·艾合麦提到办公室找班主任顾海林，他见班主任不在，就告诉副班主任李殷玉，说自己看见阿卜杜热西提偷东西了，但他不肯说详细的情况。被几个老师逼问得急了，他就说一定要当面告诉班主任。李殷玉没办法，只能先在电话里向顾海林汇报此事。顾海林当时正在陪学生做 CT，就没多想，觉得可能是两个学生闹了点儿小矛盾，就让李殷玉先找阿卜杜热西提了解一下情况。李殷玉在校园里怎么找也找不到阿卜杜热西提，她意识到事情可能没那么简单，就赶紧催顾海林回校。

"你们再去教学楼里的每一间教室看看，我去找阿迪力江！"顾海林说完就跑了出去，他一米八三的瘦高个子快跑起来有点儿左右摇晃。这要放在平时，看他这样跑大家又要笑了，但此刻跟在他身后的几个同事却没了这个心思，他们的心情和顾海林一样，除了焦急，还是焦急。

学生丢了，老师当然会着急，何况丢的是一个刚到校不久的新疆的学生。要知道，长兴县委、县政府对学校办新疆中职班是多么重视！县政府的各部门为了迎接第一届新疆学生付出了多大的努力。教育好新疆学生，不仅是一项要高度重视的任务，更是一份无比光荣的使命。

凡事只要重视了，就一定能做得更好。自 2011 年初得知学校被浙江省教育厅选定为接收新疆中职班学生的单位后，校领导当天就向县教育局、县委和县政府作了专题汇报。县领导对此事高度重视，第二天就成立了长兴县接收新疆学生工作领导小组。在接下来的几个月时间里，长兴县政府各部门充分发挥了团队合作的精神,做了各项准备工作,使长兴职教中心接收新疆学生的工作得以顺利开展。2011 年 9 月 28 日,长兴职教中心迎来了第一批 79 名新疆学生。从那一天起,长兴的绿水青山和新疆的雪域高原就结下了密不可分的缘分。此缘一结,两地的情分就越来越深,越来越浓。

这 79 名新疆学生对长兴职教中心来说可是宝贝啊!早在 7 月初时,校领导经过反复讨论,最终选定顾海林和朱烨二人担任首届新疆中职班的班主任。顾海林带 113 电子班,朱烨带 115 汽修班。

顾海林至今还记得在班主任任命下来的当天,沈玉良校长把他叫到办公室,握着他的手说:"海林啊,学校把这么重要的任务交给你,是对你的认可和信任,你一定要把这些新疆孩子带好啊!"

"校长,您放心!我一定会把学生照顾好、教育好。我保证,三年下来,我班里的学生一个都不会少。"顾海林坚定地说。

三个月前的对话犹在耳畔,而刚到校没几天的阿卜杜热西提却不见踪影了。

"学生都找不到了,我还谈什么照顾好他们。不行,一个都不能少。"顾海林边跑边想。

这时,阿迪力江正迎面走过来。随后顾海林从他那儿得知,阿卜杜热西提利用老师们都去食堂吃中饭的空档,从办公室里偷偷拿走了自己的身份证。

"你确定他拿走了身份证?"

"老师,他不小心把身份证掉到地上了,我看得很清楚。"

顾海林听完转身就要回办公室去,这时阿迪力江追上来问:"顾老师,我这应该是帮了您大忙了吧?"

……

顾海林仔细地清点了学生的身份证,果然发现阿卜杜热西提的身份证不见了。

顾海林连忙跑去学生公寓。5108 寝室里，阿卜杜热西提床上的被子叠得如一块方豆腐，他的两个大行李箱也安静地躺在行李架上。所以，顾海林断定阿卜杜热西提已经出了校园，很可能去了附近的网吧。走出寝室后的顾海林拨通了沈校长的电话，详细地汇报了有关情况。

挂断电话后，"你一定要把这些新疆孩子带好啊！""我保证，三年下来，我班里的学生一个都不会少。"这两句话又萦绕在了顾海林的耳边。

按照沈校长的指示，顾海林赶紧联系了黄金龙和李莉两位老师，他们决定先把城里的网吧都找一遍。顾海林记得非常清楚，那天下午 2 点 53 分，他开车出了校门。

阿卜杜热西提望着车窗外掠过的风景，近树疾速倒退，远山连绵起伏。他脸上没有什么表情，但心里却杂乱如麻，他一会儿为刚刚在宣城站没下车而高兴，一会儿又为没下车而沮丧。他不知道自己怎样做才是对的。眼睛看外面有些久了，他觉得有点儿头晕，于是转过身闭上眼，但几滴泪水就从眼角流了下来。这时，列车员走过来问他是不是不舒服，他睁开眼摇摇头，脸上也隐约露出慌张的神情。幸好列车员没再问什么，只建议他回到座位上去。阿卜杜热西提就赶紧往车厢里走，但他原来的座位上已经有个漂亮的姑娘正在闭目养神了，他只好继续往里走，在车厢的中间位置，他发现了一个空座位，就试探着慢慢地坐了下去。运气不错，没人阻止他，他也确定这是个还没有主人的位子。

刚才阿卜杜热西提为什么会慌张？当然是怕列车员查票了。原来他在长兴站买票时只买了到宣城站的火车票，车站已经没有到乌鲁木齐的票了，就算有，他的钱也不够。所以他现在也只能坐在这儿，之前的座位在宣城之后就已经不属于他了。

阿卜杜热西提的对面坐着一个中年男人和一个五六岁的小女孩，看样子,应该是父女俩。女孩缠着男人做游戏,男人就也像孩子一般开心地和小女孩玩耍着。这让阿卜杜热西提没办法休息,他索性就默默地看着他们如何做游戏。

"看,这是什么?"男人的左手在空中一翻,一抓,张开,手里就多了一个红绳编的小手链。小女孩开心地抢了去,说:"是我的了!"

"再看,这是什么?"男人的右手在空中一翻,一抓,张开,手里就多了一根棒棒糖。小女孩又开心地抢了去,说:"也是我的了!"

父女俩的游戏引起了边上旅客的关注,大家都好奇的看着他们。阿卜杜热西提也在想:这个叔叔难道会魔术吗?

这时,男人也发现阿卜杜热西提在看着他们,他向阿卜杜热西提笑了笑,很友好。

过了一会儿,小女孩嚷着要喝水,男人起身带着小女孩去接水了。这时,阿卜杜热西提才发现,男人走路的样子很怪。

男人坐回原位,又对阿卜杜热西提笑了笑。他见阿卜杜热西提还在盯着自己看,就问:"小伙子,你是在看我的腿吗?"

阿卜杜热西提诚实地点点头。

男人微笑着说:"看吧,没关系,这些年,我习惯了被看。"

阿卜杜热西提很实在,真的就凑过头仔细地看了起来。

男人更是配合地挽起了裤管,露出了假肢。他说自己8岁那年被卡车撞了,肇事司机当时跑掉了,因为抢救不及时,右腿没能保住。过了14年,卡车司机主动投案并提出要补偿他,被他拒绝了。自己熬过了最艰难无助的岁月,如今活得好好的,自然不会要那笔让他每花一分都能痛彻心扉的赔偿款。男人平静地说着,就像在讲述别人的故事。

"你不恨他?"阿卜杜热西提忍不住开口了。

男人平淡地回答:"原来恨过,恨了14年,后来当满头白发的司机弓着腰在我面前忏悔流泪时，我就原谅他了。这些年，他内心的煎熬可能不比我少。当年，他也不是故意撞我的。"

"那你咋生活？"阿卜杜热西提继续问。

"我啊！在一家杂技团工作，定期演出。我腿废了一只，但我会这个技术。"男人说完，就上前拉了一下阿卜杜热西提的衣袖，结果他手里就多了一个鸡蛋，"我会表演魔术，这个鸡蛋送你了，路上吃！"

男人的突然一拉，倒让阿卜杜热西提吃了一惊，接着他就笑出了声，说："好神奇！"

"不神奇，就是一门技术！如果没这门技术，我在老家连放牛放羊的活都干不了，也不可能有今天啊！"男人说完，幸福地看着女儿，用手捋了捋她的头发。

但男人不知道，他无意中提到的"放牛放羊"又刺了阿卜杜热西提一下。不过，这次并没引起阿卜杜热西提的反感。

"小伙子，你心情好像不太好啊，咋了？能说说吗？"男人问着，还是一脸微笑。

阿卜杜热西提就断断续续地讲了一下这两天来发生的事情。

男人听完严肃地说："小伙子，你和同学之间谁对谁错，我不便多说。但有一点，你肯定做错了！"

"我哪里做错了？"阿卜杜热西提有些不解地问。

"你一冲动就离校出走，害得老师要到处找你，也害得自己受这样的罪，真是害人害己！"男人接着又说，"有书读，有技术学，这多好啊！你现在轻易放弃的，是我当年求都求不到的"。

阿卜杜热西提听完后，小声地说："同学们总叫我'放羊的'，我不喜欢。"

男人听完笑着说："我小的时候，别人喊我'瘸子'，叫我'废物'，可现在，别人都叫我'魔术师'，虽然我只会那么一点儿技术。"

13

"有技术,好啊!"男人的这句话声音不大,似乎是在说给自己听。

阿卜杜热西提听后,愣住,不说话了。

"小伙子,去洗洗脸吧,清醒一下。车还没走远,后悔还来得及,想清楚了,我把电话借给你用!"男人说这话的时候,没有笑容,很认真的样子。

阿卜杜热西提听后若有所思地站起身去了卫生间。

不错,他现在是需要洗把脸好好地清醒一下了。

顾海林、黄金龙和李莉三人分头在长兴县街上的网吧里"窜来窜去",找了一个多小时依旧毫无所获。三人决定碰头商量对策,但谁也想不出接下来再去哪里找才好。正当他们一筹莫展时,顾海林的电话突然响了,是朱烨打来的。朱烨说阿迪力江又来找顾海林了。顾海林此时正心烦意乱,没好气地说:"告诉他,当班长的事情等我回去再说。"

"不是,阿迪力江发现阿卜杜热西提那个装馕的包也不见了。你想想,他又拿身份证又带那么多馕干啥?肯定是要坐火车回家啊!我想他把行李留下是故意迷惑你的。"朱烨有条理地分析着。经朱烨这么一说,顾海林马上就如梦初醒。是啊!自己这两天忙得昏头了,怎么就没往这一茬上想呢?

挂了电话,顾海林一脸紧张,说:"黄主任、李主任,咱们去火车站找,他肯定在那儿!"他在心里暗暗发誓:一定要把阿卜杜热西提找回来,我的班里一个人都不能少!

几个人刚要上车,李莉突然沉下脸来说:"没必要去了,你们看看时间,那趟车早就开出长兴站了!"这话让顾海林和黄金龙听后愣在了原地。

这时,顾海林的电话又响了,是个陌生的号码。心烦意乱的他本想挂掉,犹豫一下还是接了。

"喂……"顾海林有气无力道。

"顾老师,对不起,我错了,我在火车上,我想回去……"

此时,顾海林也听到电话里传来列车播报员的声音:各位旅客请注意!

各位旅客请注意！列车前方到站是巢湖车站，请您做好下车准备。

电话是阿卜杜热西提打来的，顾海林马上来了精神："你就在巢湖下车，到出站口等着，别乱跑，我去接你！"

那天傍晚时，顾海林的汽车在长兴西收费站上了高速，快速向西驶去。在顾海林看来，长兴到巢湖，不远，真的不远，才200多公里。

其实，200多公里的路程，怎么能说不远呢！但面对一个觉悟到自己错误的孩子，哪怕再远，也得赶紧去把他接回来。去接回来的不只是一个孩子，更是一份信任、一份责任。

当年的阿卜杜热西提肯定没有意识到，他这次的"逃学"与回归，其实是与命运作了一次激烈的斗争。倘若他当时一心只想回家而无论如何也不肯回学校的话，那么根本就不会有后来笑苹果胶带有限责任公司的诞生，更不会有阿卜杜热西提带领家乡父老创业致富的故事。正是他的"我想回去"改变了命运，而命运能否改变，有时就在一念之间。

多年后，我打电话采访阿卜杜热西提，问他："当年火车上那个魔术师的话也很有魔力吧？他一说，你就听了。"

"老师，也不是。我是从他的身上悟到了一些东西。"

"什么东西？"

"他身体残疾了，但他的快乐还在；他腿废了，却学了一门有用的本领；对撞了他的人，不再怀恨，这说明他的心里装着乐观、宽容、大气……更重要的是，一个残疾人，都因为本领改变了自己，那我为什么不可以？"

我在电话这头笑了。

人就是这样，少年时血气方刚，容易冲动，也容易觉醒；一旦自己觉醒要改变，那么没有谁能够阻挡其前进的步伐。来自内心的觉醒才是人走向成熟和强大的引擎与动力。

那年，雉山上来了新客人

阿卜杜热西提为什么要逃离学校呢？这要从首届新疆中职班新生到校后的"游园会"说起。这里所说的"游园会"是指长兴职教中心的游校园活动。这是每年专门为新入学的新疆学生组织的集体活动，主要是为新疆学生营造人际交往氛围，引导他们尽快融入新环境、新生活。

2011年10月3日，也就是新疆学生到校后的第六天，他们迎来了期待已久的"游园会"。那天风和日丽，朵朵白云在瓦蓝的天空中悠闲地飘着，有的云朵挨在了一起，形成了或牛或羊的动物状。

下午2点整，在学校的南门广场上，全体新疆学生在小导游的指令下排着整齐的队伍。

102旅游班的李丽娜同学担任本次"游园会"的小导游。她指着广场上的"厚生石"给同学们仔细讲解了学校"厚报民生、厚待生命、厚爱学生"的"厚生"办学思想；接着，他们拾级而上，来到一号教学楼大厅。在这里，小导游又向大家详细介绍了学校"一身正气、一心求知、一流技能"的校训和"教育就是习惯的培养"的育人理念。但因大多数学生都不太会说普通话，尽管李丽娜讲得声情并茂，他们还是无法完全听懂，而是一心想着尽快到雉山上游玩。

提起校园里的这座雉山，那可是大有来头，它是一座"王气十足"的文化名山。《读史方舆纪要》卷九十一载："雉山，在县北五里。梁武帝时，童谣曰：'鸟山出天子。'故江左以鸟名山者皆凿之，惟此山不凿。陈高祖此山人也，上有追赠。"

遥想当年，少年陈霸先可是这雉山上的常客，他每日来此苦读兵书，勤练武艺。如今，这满是绿树繁花的雉山迎来了一批特殊的客人，不过，他们不读兵书而读技术之书，他们不练武艺而练技能。

小导游也看出了同学们的心思，登上了雉山后，就给了他们20分钟自由活动的时间。同学们听后，就撒欢跑开了，他们犹如鸟儿归林，或隐入树林里，或躲进花丛中。总之，自由的他们奔向了自己想去的地方。

江南的花草树木种类繁多，在深秋时节依然呈现着一派枝繁叶茂、绿树红花的景象。这对新疆来的学生而言，简直新鲜极了。

不知道是哪个男生喊了声"竹子！"便把男生们都引到竹林里去了。他们应该是第一次在现实生活中看见这四季常青、亭亭玉立的毛竹。一根根毛竹，风姿绰约，碧绿的枝丫似在招手欢迎他们的到来。阿卜杜热西提也跑过去用手抚摸着、拍打着毛竹，仰头凝视着，脸上洋溢着兴奋的神情。

苏轼曾用"可使食无肉，不可居无竹"的诗句来表达他对竹子的喜爱。这些看惯了胡杨和红柳的新疆小伙子们会用什么样的语言来赞美毛竹呢？刚开始他们都不作声，只默默地欣赏着。突然，杜国鑫发了一句感慨："这竹子绿得干干净净啊！""是啊，绿得干干净净！"另一位同学应和道。

女生们则围在几棵红枫旁，惊奇地看那红艳夺目的枫叶。红枫在阳光的照耀下正红得似火，是那么恣意，那么奔放，微风吹来，仿佛点点火苗在闪烁着、跳跃着。

不远处，帕提古丽·艾海提向同学们招招手："大家快来闻啊！好香！"
女生们循着阵阵的桂花香聚拢过去。她们站在桂花树下尽情地陶醉在淡淡
的清香里。雉山上的桂花多姿多彩，金桂黄灿灿，丹桂朱色妍，银桂花如雪。
女生们有的吸着鼻子闻，有的笑盈盈只顾看。女生们欣赏着桂花，在花儿的
衬托下也显得更加美丽动人。温柔的阳光痴情地洒来，轻轻地落在她们的
笑靥上。此时的场景就如一幅世间少有的人花争艳图！

　　站在山顶，可一览校园全貌。一眼望去，行政楼、报告厅、教学大楼、篮
球场、乒乓球场、排球场、学生公寓、食堂、田径运动场、开放式实训中心尽收
眼底。人类的匠心独运和大自然的鬼斧神工在这里进行了一次完美的结
合，各有精彩，和谐相融。阿卜杜热西提看着眼前的一切，不由得在心里感
叹：真没想到职教中心的校园这么大、这么美！当时，阿卜杜热西提根本不
会想到，正是这所美丽学校的教育改变了他的命运。

　　学生们站在山上指指这儿，指指那儿，很是兴奋。他们心里都明白，脚
下的这方沃土将是他们的第二个家园，这里也会成为他们终生难忘的地方。
难怪当时的校党委书记姚新明自信地说："欣赏校园美景应该成为新疆学生
入校后的第一课，他们通过这堂课一定会深深地爱上职教中心这个温暖的

家。"美好的风景、美好的年华与新疆学生美好的愿望一旦相遇，他们美好的未来冥冥中已开启。

时间到了，全体集合，有的同学对刚才的所见之景还恋恋不舍。李丽娜把大家带到了绿树掩映的校史长廊前，她绘声绘色地向大家介绍起关于雉山的传说和长兴历代文化名人的故事。学生们安静地、似懂非懂地听着，直到小导游讲到吴承恩与《西游记》的时候，人群里开始嘈杂起来。

有个学生不禁说道："吴承恩人在长兴，却写到了新疆的火焰山，有意思，有意思。"

这时，115汽修班的艾都斯·孜因别克竟然模仿起孙悟空来，他惟妙惟肖的动作引得同学们哈哈大笑。

阿卜杜热西提看到后也笑了，说："是孙悟空把炼丹炉踢到了火焰山。"声音不大，但还是被艾都斯听到了。

"牛魔王，看老孙今天怎么收拾你！"艾都斯边说边跳起来用拳头打在了阿卜杜热西提的背上。

"我不是牛魔王！"阿卜杜热西提很不高兴地说。倒不是因为艾都斯打得他有多痛，而是因为《西游记》里他最讨厌的就是牛魔王。

"你之前不是在家放牛吗？所以你就是牛魔王。"艾都斯笑嘻嘻地说。

"我放的是羊，不是牛！"阿卜杜热西提强调着，他的脸色已经很难看了。

艾都斯没有察觉出阿卜杜热西提的不高兴，继续调侃道："原来你是放羊的，行，那以后就叫你羊魔王吧！"

艾都斯这样一说，边上的同学都笑着附和起来："羊魔王，羊魔王。"有人笑着说，有人干脆"咩咩"地学起了羊叫。

气氛烘到这儿，艾都斯就更起劲了，他挥着拳头又向阿卜杜热西提砸来："让俺老孙先收拾了你这个羊魔王！"

阿卜杜热西提此时已经忍无可忍了，他左胳膊挡住了艾都斯的拳头，右拳就向艾都斯挥了过去，当他的拳头快打到艾都斯身上时，边上冲过来两个男同学把他们拉开了。

见阿卜杜热西提真的恼火了，艾都斯就识趣地向山下跑去，而阿卜杜热西提也没追下去。

下山的路宽阔而平坦，两旁植被丰茂，树木品种也非常丰富。路左侧是一片红梅林，偶有小鸟在树枝上撒欢，叽里咕噜；路右侧是一块樱花种植区，虽不是开花的季节，却也一片生机盎然的景象；还有诸如龙柏、小叶黄杨等树木，都绿得很恣意。

山脚下的银杏树叶淡绿微黄，环绕篮球场的香樟树枝繁叶茂。校园主干道两旁的广玉兰苍翠蓊郁，犹如仪仗队在夹道欢迎大家的到来。

凉风乍起，秋意渐浓。一座小小的雉山，竟有如画般风景，长兴职教中心的校园可真美啊！学校依雉山而建，环境整洁优美，一直被誉为浙江省最美中职校园，这个美名确实不是虚传。

经历了刚刚的不愉快，阿卜杜热西提对身边的美好事物都失去了好奇感，他板着脸跟在队伍的最后。当李丽娜带大家去实训大楼参观时，他偷偷地离开队伍向教师办公室走去。

阿卜杜热西提在办公室里没有找到班主任，他不知道顾海林一早就陪着两个生病的学生去医院了。医生检查后，建议那两个学生住院观察，所以顾海林这一整天就待在医院里了，否则他不可能缺席学生的"游园会"。新疆学生到长兴后，有些人由于水土不服而生病。最多的一次，顾海林一天就送了五位学生到人民医院去治疗。刚一周时间，学校为学生垫付的门诊费和住院费已有 7000 多元。

阿卜杜热西提从办公室出来后，又一个人登上了雉山，他坐在山顶那块最大的石头上心不在焉地想着刚刚发生的事儿。他此时心里后怕起来，艾都斯足足比他高一头，刚刚要是打起来，他肯定不是艾都斯的对手。阿卜杜热西提为自己刚才的冲动苦恼起来，他觉得艾都斯当众如此"羞辱"他实在令人生气，但自己确实也少了点儿耐性，没能很好地处理这个玩笑。爱搞笑、爱冲动、易苦恼，这些也许都是少年的世界里不可缺少的内容吧。

夕阳渐渐西沉，山顶的秋风更冷，阿卜杜热西提的肚子也咕咕地叫了起来，他起身打算回寝室去吃点儿馕。快走到 5 号公寓楼时，他透过围墙的铁栅栏清楚地看到艾都斯和几个男生站在 5108 寝室的门口说笑着。他马上意识到可能是艾都斯带人来找他的麻烦了。顾老师又不在，他心里很害怕，甚至听到了自己的心跳声。

阿卜杜热西提低头想了一会儿，觉得有些事情是躲不过的，于是他决定硬着头皮上前去和艾都斯先理论一番。可他再抬头一看，发现艾都斯他们正朝着民族餐厅的方向去了。回到寝室的阿卜杜热西提没心思吃晚饭，他就一直在寝室里呆坐着。他认为，艾都斯肯定还会再来。可直到寝室熄灯，他要等的人也没有出现。按理说，他应该放松一下思想压力，相反他更紧张了。

"阿卜杜热西提，灯都关了，你怎么还坐在床边？想啥呢？"杜国鑫问。

阿卜杜热西提断续地回答："马上……这就……就躺下。"

那一夜，阿卜杜热西提睡一会儿，醒一会儿，稀里糊涂地做了好几个梦。一会梦到班主任顾海林要开除他，一会梦到艾都斯带着朋友来欺负他，一会又梦见爸妈喊他回家去……

煎熬的夜格外漫长……

煎熬中的人往往会产生希望回到原来的地方，回到简单而温暖的场所，回到最初的状态的冲动。这种冲动往往会令人做出反常的行为。

第二天一早，阿卜杜热西提就做出了决定：回家去。他想起了爸妈和他说过"在学校不适应就回家"的话，这句话就像一个充气筒，他每想一次，回家的欲望就会膨胀得更大一些。

　　好不容易挨到了中午，阿卜杜热西提来到教师办公室外转悠了好大一会儿。办公室的老师都去吃午餐了，他瞅准机会拿到了自己的身份证。回到寝室，他背起那个装着馕的包，看了一眼行李架上的两个行李箱，心想反正也没值钱的东西，就不要了。

　　当阿卜杜热西提若无其事地来到了校门口时，正赶上一群在学校培训部参加完焊工培训的人说笑着朝校门走去。于是他迅速地闪进人群中，成功溜出了校门。快步走了一段路后，他不禁又回头看了一眼学校，在心里默念：我走啦，再见！

羊倌的诗和远方

晚上 9 点多，夜色已浓。高速路上车灯如龙，伸向无尽的夜的远方。

顾海林正在驱车从巢湖赶回长兴的路上，他并没有责备阿卜杜热西提，却怪自己没能照顾好性格内向的阿卜杜热西提。为了让阿卜杜热西提心情放松一些，顾海林就边开车边和他聊天。

"既来之，则安之。"顾海林说完这句话后，苦笑了一下。他想，阿卜杜热西提根本就不会理解这句话的意思。其实，他班级里能听懂这句话的也没有几个。语言交流的障碍会让人有一种"即使相距咫尺，彼此的灵魂却相隔万里"的无奈。顾海林无意间蹦出来的这句话，让阿卜杜热西提怎么回答呢？肯定只能沉默以对了。但没想到，阿卜杜热西提竟然开口问："顾老师，您刚说的意思，是不是，让我以后不要再逃学了？"

"差不多吧。你从喀什来长兴，不容易啊！回到学校后，好好地学技术吧！"顾海林先是感到意外，接着，又语重心长地回答。

阿卜杜热西提听后默默地点点头，随后若有所思地望向车窗外。

此时，夜色更深了，只见车窗外的树影黑乎乎地一闪而过。远处国道上的路灯光缥缈如烟,山已隐去了连绵起伏的身姿。一切都看不太清楚,但阿卜杜热西提还是能感觉到江南这片土地上的植被是繁茂的,心想这和家乡的戈壁滩比起来可真是风景各异啊。想到这儿,他自言自语道:"我能来长兴,读书,是不容易啊!"伴随着这句话,他的思绪飘向了大西北,飞回了新疆。

2011年的夏天,南疆的气温明显高于往年。7月的喀什,骄阳似火,整个大地都被热浪席卷着。

在距离喀什城220公里远的一条土路上,一个维吾尔族少年正赶着羊群悠闲地走着。他已经出门一个多小时了,可还是没有找到满意的牧场。他时不时地挥舞一下手中的牧鞭,却没能打出任何声响。显然,他是一个新手。

这个身高不足一米七,身材瘦弱,头戴小花帽,身穿白色短袖的少年名叫阿卜杜热西提,他家住在泽普县波斯喀木乡大尔格其园艺村。

由于干旱的缘故,南疆天然草场资源远远不及北疆,所以南疆的牧民大多都是在戈壁滩上放牧。缘此,对南疆牧民而言,"天苍苍,野茫茫,风吹草低见牛羊"的景象只存在诗篇和想象里。

阿卜杜热西提的羊也少得可怜,就十只山羊和六只绵羊。

忽然,眼尖的头羊发现了路边有一片生长着骆驼刺和麻黄草的戈壁滩,在它的带领下,羊群迅速跑下乡道占领了这片阵地。阿卜杜热西提随后跟来,他找到一段扑倒在地的干枯了的胡杨树干坐上去,大口地喘着粗气,他实在走得太累了。过了一会儿,他的肚子又开始咕咕叫,他就在随身携带的布袋里掏出一个馕,用手一块儿一块儿地掰着吃,偶尔喝几口奶茶。妈妈新买的保温杯质量真不错,奶茶还是温的。

等近处的骆驼刺被吃光后,十几只羊儿就越走越远,阿卜杜热西提不敢松懈,眼睛时刻盯着羊群。这片荒凉、贫瘠的戈壁滩上只有零星可见的红柳和胡杨树，这些树的叶子也大都呈现着营养不良的蜡黄色。阳光下，那一簇簇泛着浅绿色光芒的杂草丛点染在远处的沙丘上，顽强、固执地给这片戈壁滩带来了一丝生机。

阿卜杜热西提看着羊群又在安静地吃草了，自己才开始继续咀嚼嘴里的馕。他忽然想起自己以后不能继续读书了，那和这群为了一口吃食而流浪在茫茫戈壁滩上的羊儿又有什么两样。他今年 17 岁，刚从泽普县第二中学毕业，普高没考上，职高他又没报名，现在无书可读了。当然，读书不是唯一的出路，他也是这样想，认为只要勤劳肯干就能得到自己想要的生活，这似乎也是大尔格其园艺村人祖祖辈辈留下的颠扑不破的真理。然而现实是大尔格其园艺村的人们虽然都很勤劳，但所过的生活与他们想要的生活之间还是有着很大的差距。这一切，阿卜杜热西提都有着深切感受。

其实，辍学务农的想法在他刚读初三时就有了，爸妈也没太反对，毕竟家里有三个男孩，压力很大。当时阿卜杜热西提的两个弟弟都在读小学，一个 8 岁，一个 13 岁。看着整日劳累的爸妈，阿卜杜热西提很是心疼，每天一放学就抢着干各种农活。

去年一年，阿卜杜热西提就有目的地学会了很多务农本领，包括如何种植小麦和棉花，如何给果树除虫……尽管一家人都很努力，很辛苦，但因天气过于干旱，他们还是没能得到很好的收成，这对本来想毕业后靠务农致富的阿卜杜热西提来说是个沉重的打击。今年爸爸买了这些羊儿，想通过养羊来增加点儿收入，但阿卜杜热西提对此没有多大的信心，要知道，家里的人都没有太多的放牧经验。

这段时间，阿卜杜热西提时常感到焦虑和迷茫。他有时会觉得自己身上充满了无穷的力量，干活时有使不完的力气；有时突然间又像一个泄了气的皮球，做起事情来无精打采。内心的这种矛盾感让他的情绪很不稳定。每当情绪低落时，他都会不自觉地想起读书时的快乐时光。现在他就在想，如果自己能继续读书,以后的人生道路会是怎么样的呢?肯定和现在不一样吧?

想到这里,阿卜杜热西提抬头望向远方,绵延不绝的天山就横亘在那儿,阻挡了他的目光!让他无法看到天山那边的世界,这如同拦住了他的理想。此时,无法消解的寂寞让阿卜杜热西提不禁哼起了《沙枣花儿香》:

骑着马儿走过,昆仑脚下的村庄,沙枣花儿芳又香。清凉渠水流
过,玫瑰盛开的花园。园中人们正在歌唱……

是啊,哪个人青春年少时不曾怀有远大的理想?不曾有过甜美的梦想?只不过太多的人在少年时都很迷惘,以至于迷失了方向。

北京时间晚上 9 点的样子,喀什的太阳还不愿落山,但光亮柔和了许多,这时阿卜杜热西提赶着羊群回到了家。两个弟弟早已等在大门口,兄弟三人把羊赶进了羊圈。大弟弟阿卜杜外力·阿不力米提拉着他去吃饭,但他不觉得饿,挣开大弟弟的手后默默地坐在屋外的木椅上。

看来,第一次放羊的经历并没有给他带来快乐。

妈妈米力克·喀斯木从屋子里出来看了看阿卜杜热西提,问他是不是生病了,在得到“没有”的答复后妈妈就回屋去了。爸爸阿不力米提·阿不力孜对他说累了就早点儿睡,让他明天早上起来先去乡里的维修站把修好的拖拉机开回来再去放羊。

这时,从院门外走进来一名中年男子——托合提·买斯依提,他是大尔格其园艺村的书记。别看托合提书记才 30 多岁,但在村里威望很高,深受大家的尊敬。

一家人马上把托合提迎进屋,米力克端来了香气四溢的奶茶。托合提连连称赞奶茶的味道好,接着说:“阿不力米提哥,现在有个好机会,阿卜杜热西提可以去内地读书,你们要支持啊!”

阿不力米提一头雾水,问:"他不是什么学校都没考上吗?咋又能去内地读书?"

"阿卜杜热西提这次不用考就能读书了。今天我在县里参加了一个专题会,估计这两天泽普二中的老师也会来家访。国家让咱们的小孩初中毕业后去内地发达地区读职高,学先进技术,然后回来或者留在内地就业,这机会实在难得啊!"托合提边说边从背包里拿出一个会议记录本。

阿不力米提又问:"内地哪里呢? 什么学校? 要花多少钱?"

托合提笑了:"我今大来呢,是先了解一下你们的想法。目前,招生的事情才刚开始,这个内地新疆中职班也是第一届。如果你们真有让孩子去读书的想法,接下来会有学校老师和教育局的人来具体安排。我只知道去的地方是浙江,至于什么学校,我也不清楚。但读书不花钱,这个是肯定的!"接着托合提把他今天在县里学习文件的大概内容向阿卜杜热西提和他爸妈讲解了一番。他们听后,也大概明白了这个内地新疆中职班是怎么回事了。

"托合提书记,去内地读书是好事情。但我们家人口多,三个男孩子。阿卜杜热西提也到了帮家里分担的年龄了,我们还是不要去读了。"米力克说。

托合提笑了笑说:"米力克大姐,我们考虑问题一定要长远,特别是关乎孩子未来的事儿。现在你让他在家帮忙,那他以后可能就永远窝在村里了。虽然是村书记,但我也是个农民。我们新疆的棉花现在卖到了世界各地,都非常受欢迎,这就是我们新疆农民种出来的啊! 新疆农民当然也了不起!但我是这样想的,孩子出去见见世面,学好一门技术,可能会有更好的发展!你说呢!"

托合提的 席话非常恳切,把阿卜杜热西提的爸妈说得接不上话来。大家都陷入了沉默,托合提回头看了看一直坐在毯子上拨弄手指头的阿卜杜热西提,问道:"阿卜杜热西提,你自己是啥想法?"

阿卜杜热西提低着头说："种地也行,读书也行!"

"阿卜杜热西提,就冲着你刚才这句话,我还是建议你出去走走看看。你太没主见了,缺少历练和见识啊!"托合提显然对阿卜杜热西提这种摇摆的态度很不满意。

坐在一旁的爸妈对儿子刚才的回答不置可否,他们仍旧默不作声。

托合提一看,觉得他们一时间也无法做出决定,就起身说:"你们一家人好好商量一下吧,等意见统一了再说,我个人觉得好机会还是得抓住。"

送走了客人,阿不力米提问阿卜杜热西提:"你想到那么远的地方读书吗?"

没等阿卜杜热西提回答,米力克先说道:"我们一家人都没出过远门,我最远才到过喀什,让孩子去那么远,我不放心。"

阿卜杜热西提随后说:"那,我听你们的!"

阿不力米提听后抬头看了看阿卜杜热西提,没再说话就转身出门去羊圈给羊儿添水了。

这一夜对阿卜杜热西提来说非常煎熬,煎熬的不是肉体而是精神。躺在床上的他翻来覆去地睡不着,他盯着墙上的日历出神了好久,他不会忘记这一天:2011年7月20日。

这个日子,托合提可能不会特意地去记,那时的他也不会想到他在这一天的辛劳最终改变了阿卜杜热西提的命运。

2021年初,我和托合提通过几次电话,当我问他如何看待那天的"家访"时,他说:"那就是一个村书记应该做的啊!"简简单单的一句话,体现了一名村干部的责任和担当。

第二天,阿卜杜热西提还是照常去放羊,他依旧流浪在昨天的那片戈壁滩上。他一想到昨晚的事儿,就莫名其妙地烦躁,一整天都提不起精神来。

晚上9点半,阿卜杜热西提赶着羊群回到家。他发现院子里多了一辆摩托车，羊圈门口的木杆上还拴着一匹枣红马。他认识，摩托车是姑父的，马是舅舅的，他们都来家里做客了，阿卜杜热西提站在院子里都能听见他们的谈话。他猜想，大家肯定正在谈和自己有关的事情。

长辈们的谈话内容果然是围绕着阿卜杜热西提展开的，这说明他们都是爸妈请来商量这件事的。阿卜杜热西提此时多了个心眼儿，他想听听长辈们怎么说，就故意站在了门外。淡淡的月光泻在了窗子上，也洒在了他身上。

人们往往会选择在当事人不在场时才真实地表达自己对和当事人有关事情的看法。现在回想，阿卜杜热西提都觉得自己当时真聪明！

"我不赞成他去浙江读书，他胆子小，普通话讲得也不好。他去浙江能学到啥呢？还不如在家帮忙呢！"这是姑姑的声音。

紧接着舅舅的话音响起："阿依古丽大姐，我不同意你的看法。孩子去外面闯一闯，就能开阔眼界。再说了，这次是去发达地区学习技术，机会难得。他胆子小，也没啥，他不惹祸就行了。普通话不好也没关系，他在浙江学上三年，肯定能讲得好！再说了，正因为不会，才要去学嘛！"

"人生地不熟，会受人欺负的。"妈妈又说道。

舅舅接着说："在学校，老师肯定会照顾好学生的。我在喀什做生意时，接触过从浙江来旅游的老师，人都很好。老师能照顾好学生，这一点你大可放心！"

"我觉得，让阿卜杜热西提去读这个新疆中职班是个好事儿。"阿卜杜热西提听得出说这话的人正是姑父。他平时最愿意听姑父的话，因为姑父是大专毕业，有文化，看待事情比较客观。

"首先，你们想想，托合提是什么身份？是村书记，是共产党员。他站的高度肯定比我们高，他看问题一定比我们更透彻。他能让自己村上的小孩吃亏吗？再有，国家让孩子在发达地区学技术，免学费，免费吃，免费住，这是国家的惠民政策啊！我们新疆这些年发展得快，除了我们自身努力外，就是得益于国家的各项惠民政策。如果阿卜杜热西提去了浙江的学校，亲身感受到不适应那里的生活，那就申请回来好了，就当免费出去开阔了一下视野，这不也没啥损失嘛！"姑父的这番话挺在理，说得大家一阵沉默。

说了半天，大家也都饿了，阿不力米提站起身提议大家先吃晚饭，饭后再议。

站在房门口的阿卜杜热西提急忙转身向院门走去，他此刻没胃口，想去村口的小溪边坐坐。性格内向的他每每遇到烦心事，都会选择去这条小溪边，仿佛那涓涓溪流能听懂他的心事，能洗尽他的烦恼。今夜，溪水潺潺流淌，唱着欢快的歌！

天黑透了，阿卜杜热西提才迈进家门。屋子里的灯还亮着，原来是爸爸一直坐在毯子上等他。

"儿子，你明天不要去放羊了！我带你去找一下托合提书记。"阿不力米提说完就回卧室去了。他虽然没有把话直接挑明，但阿卜杜热西提强烈地预感到自己的放牧生活就要结束了。

那一夜，阿卜杜热西提失眠了，他心里有即将离家的忧愁，也有出去闯荡的喜悦，但喜悦还是大过了忧愁。月光从窗外挤进来，陪伴着阿卜杜热西提，分享着他的喜悦。

人一旦心里有了期盼的事儿，时间就仿佛变慢了。事实上，阿卜杜热西提报读新疆中职班的事情确实进展缓慢，直到9月15日晚上，他才收到泽普县教育局让他去乌鲁木齐报到的通知。

9月22日傍晚，在喀什火车站，阿卜杜热西提和来自喀什其他下辖县的学生一起排队走进站台，几十个学生身背大包小包，浩浩荡荡，颇有气势。

当绿皮火车徐徐地开进站来，阿卜杜热西提兴奋得差点喊出来，这是他第一次看见现实中的火车，并且马上就要真真切切地坐进这"绿色长龙"里去了。这对他来说一直是梦寐以求的事情，如今成真了，他能不开心吗？

火车开动了，阿卜杜热西提觉得就像坐在自家的地毯上一样平稳。以前他幻想过一万次坐火车的感觉，他认为火车肯定没有爸爸的摩托车快，但肯定能比骑在舅舅的马背上稳些，此刻的体验让他明白之前的想象都是错的。

近20个小时的硬座火车旅程，对别人来说可能是一种煎熬，但对阿卜杜热西提来说简直妙不可言。尽管一路上所见多是沙丘戈壁，但在他看来那都是移动的美景；甚至当夜色笼罩了整个大地，他还是趴在车窗上尽力向外张望，只偶尔可见公路上的路灯光如银龙般蜿蜒着远去。社会上曾流行过这样一句话："贫穷限制了你的想象。"仔细思考，不无道理。穷人家的孩子想接触外面新鲜事物的渴望，何其深也！

9月23日中午，绿皮列车准时驶入了乌鲁木齐的站台。新疆教育厅内学办的工作人员老早就在出口等了，他们带领着这些从各地州汇集而来的几百名学生分批地去往乌鲁木齐化工学校。

这是阿卜杜热西提有生以来第一次来到乌鲁木齐这样的大城市，他被街道两旁林立的高楼大厦惊呆了，他就像一个初生婴孩一样贪婪地看着眼前这繁华的世界。这样的情景，他以前只在梦里见过，不，梦里的场景可没有这么好。

当天下午，新疆教育厅内学办的工作人员就开始组织首届内地新疆中职班的学生们进行普通话培训了。培训的课程安排很紧，连晚上都要进行，但这些学生们却学得非常起劲。当一个人有了明确的目标，并且看到了希望，那么再苦他都不会觉得艰辛。

培训到第三天的下午，有个叫伊敏江的内派老师找到了阿卜杜热西提说："阿卜杜热西提，你被浙江长兴的学校录取了。恭喜你，我听说那个地方特别美！"

　　三天的时间过得太快了,很多学生还没有完全从上一次旅途的疲倦中缓解过来,就又要开启新的征程了。阿卜杜热西提倒是没有劳累感,相反,他对这次远行很是期盼。

　　9月25日下午,阿卜杜热西提从伊敏江老师手中接过了自己的火车票:乌鲁木齐至长兴。

　　就这样,在伊敏江和艾合买提两位内派老师的带领下,79位新疆中职班的学生于2011年9月26日中午踏上了这趟由天山脚下开往太湖之滨的K596次列车。列车时而穿行在崇山峻岭之间,时而又飞驰在一马平川之中。都半夜了,阿卜杜热西提还精神饱满地望着车窗外。白天里,他更是睁着好奇的眼睛望着车窗外一闪而过的风景。渐渐地,车窗外的风景由一片枯黄变得绿意盎然起来,阿卜杜热西提在脑海里开始狂想长兴的模样……

　　仔细想想,阿卜杜热西提能出疆学习,真的不容易啊!

冲动与惩罚

"快接电话了……快接电话了……"沙发上的手机响了起来。这个来电铃音是顾海林特地选的,"快接电话了"就等于"千万别耽误工作"。这会儿,正把大勺颠得起劲儿的顾海林没有听到铃声,石岩苦笑着摇摇头,把手机送去了厨房。她一边走一边说:"海林,今天的中饭你又吃不成了。"看来这样的情况已经发生过不止一次了。

顾海林的妻子石岩是东北人,在长兴职教中心担任语文教师,深受学生喜爱。2007年他们结婚后,顾海林就把岳父、岳母接来长兴同住。一个孝顺父母的人,自然有着非常强的责任感。

2011年11月6日,这天是岳父50岁的生日。岳父的生日,顾海林特别重视。一大早他就去菜场买菜了,鸡鸭鱼肉和海鲜样样有,菜品非常丰盛。石岩也给他下达了"今天一定要把我爸陪好"的命令。

确实,自从新疆学生到校这个多月以来,顾海林别说陪岳父喝酒了,就连在家吃饭的次数都屈指可数。他想今天一定要好好地陪岳父喝点儿,和家人好好地一起吃顿饭。

10 点钟时,顾海林就开始在厨房忙乎起来。他要烧一桌子好菜来弥补这段时间对家人的亏欠。然而,生活不是静止的,它是一种随时都可以发生变化的活动。这不,正当石岩陪着父母在客厅里闲聊并打算今天要好好地享受一下顾海林的服务与厨艺时,顾海林的电话还是响了。

顾海林看了一眼手机,来电人是班里的语文老师张海兵,他心知今天这顿生日宴肯定又吃不成了,于是一边接电话一边满眼歉意地看着妻子。

张海兵果然是来"告状"的。今天上午有四节基础汉语的补习课,结果在第三节课点名时发现 113 电子班级有 5 人缺课。他派学生四处找过,寝室里没有,篮球场上没有,田径场上也没有,这让他很着急。他怕学生跑出校园或者发生了什么意外,只得和班主任汇报。

"校园里都找过了?"顾海林焦急地问。

"都找过了,没有。我担心他们跑到街上去玩了,他们在这儿人生地不熟的。"张海兵的语气中充满了担忧和无奈。他的这句话让顾海林心头一震,一个月前他寻找阿卜杜热西提的情景又浮现在脑海里:找遍了校园的每一个角落,最后又去街上的网吧一家家寻找,甚至还惊动了校领导……

学生逃课,这可是违纪! 这个行为绝对不可纵容。

说到学生违纪,新疆学生到校后这一个多月的时间里,共有 13 位学生受到了处分教育:记过三人,警告四人,严重警告二人,通报批评四人。从这些数字中不难看出,当时学校在新疆中职班的管理工作中的确面临着诸多困难。尽管学校领导和老师们的辛勤付出让新疆学生已经适应了学校的学习和生活环境,但个别学生违纪的情况还是难免的。

现在,居然一次性有五个学生逃课了,顾海林一定要去找到他们。

顾海林开门下楼时,眼含歉意地回头看了看岳父和餐桌上的生日蛋糕。岳父摆摆手,笑着说:"先别惦记我的生日了,新疆孩子的事儿才重要,你赶紧去!"石岩也说:"家里有我呢,你去忙吧。"

顾海林到校后，一路小跑着将宿舍、教学楼、实训室、操场等都寻了个遍，也没有找到这几个学生。当他气喘吁吁地爬到雉山顶上时，心里又急又气。站在高处俯瞰校园，他只能看见几个打扫卫生的值周学生正挥动着扫把在学校的主干道上忙碌着。

如果这几个学生故意在占地 300 多亩的校园里玩躲猫猫，那自然很难被人发现，何况这几个人还有已经跑出校园的可能。考虑到这一点，顾海林突然想到了阿迪力江。上次阿卜杜热西提"出逃"的事情不正是阿迪力江告知的吗。现在他已经如愿当上了班长，这回也有责任帮助老师寻找这几人的下落，说不定他的消息会更灵通。顾海林拿定主意后，就转身准备下山去寝室找阿迪力江。

"凭什么让我先上？"突然，顾海林身后传来了很响的声音，由于说话人的语速很快，他没听出来是谁，但他已经辨明了声音所在的方位，就在凉亭附近。顾海林集中了注意力向凉亭走去。接下来，传进他耳朵的声音虽然不响亮却十分清晰。

职教中心的雉山上原先建有一个水塔，2000 年后就废弃了。后来，学校修建雉山公园时就将废弃的水塔改成了可以登高望远的观景平台。人们通过消防铁梯可以上到平台，平台上设有石桌和石凳。站在这里远眺风景，更加让人赏心悦目。当然，有人藏在这里，确实不易被发现。不过，就在这次事情后，为了安全起见，学校总务处就派人在平台入口处的铁梯边上安装了一道铝合金门并上了锁，之后这儿就再没学生上来过了。当然，在某些特定活动的时间，会有人打开这道门，供参观者登亭览胜。

"你别激动。我的意思是，你个子高，一拳打上去后，他就倒了。我们再一拥而上，肯定打服他。"说话的人正是阿迪力江。顾海林听后，心里顿时火冒三丈：好小子！本来想去找你帮忙，没想到你却在这里搞事情！

"明天中午去 114 数控班，见到他就打。"这话是阿卜杜热西提说的，简单直接,尽显粗暴。顾海林此时已经气不打一处来了,他顺着铁梯怒气冲冲地向着凉亭的二层疾步攀去。

"咚咚咚"的脚步声惊动了正在讨论的阿卜杜热西提等人。他们知道有人来了,都惊恐地站起身来。见来人是班主任后,雷福和杜国鑫就躲到阿卜杜热西提的身后去了,买买提·艾尼瓦尔和阿迪力江也都低下了头。

"让我好找啊,你们! 竟然逃课在这里商量如何打架! 说,想打谁?"顾海林生气地问。

见几个人都不答话,顾海林又说:"你们从几千里外的新疆来这里,是为了学技能,还是为了打架? 你们如果不想学习,那还不如趁早回家去放羊!"

站在一旁的阿卜杜热西提听到"放羊"两个字后,顿时眉头皱了皱,脸色也变得有些阴云密布了。就在一个月前,同样在这雉山上,就因为艾都斯说他是放羊的,他就暴怒,差点一拳打中艾都斯。这时,其他几个人也不约而同地看向了他,他的脸开始涨红起来。顾海林观察到这一细节后,猜想阿卜杜热西提可能就是这次逃课行动和预谋打架的主导者,于是问:"阿卜杜热西提,你刚刚说要去114数控班打谁?"

阿卜杜热西提不但不回答,反而蹲下身去,用这个行为表达着抗议。

顾海林见阿卜杜热西提这样抗拒的态度也有些生气,"阿卜杜热西提,还记得上次在把你从巢湖接回来的路上我对你说过'既来之,则安之'吗? 我希望你们……"

顾海林上一句刚提完"放羊",接着又说起了阿卜杜热西提"出逃"的糗事,这让阿卜杜热西提无法再忍下去了,还没等顾海林说完,他就发疯一般跳起来,一拳打中了顾海林的右眼眶。

"你怎么打……"其他人异口同声地惊叫道。

顾海林怎么也没想到,阿卜杜热西提会动手打他,他毫无防备地受了这一重拳后,满眼冒金星。这回轮到他忍着痛蹲在地上了。刚才阿卜杜热西提这一拳是跳起来打的，并且积蓄了全身的力量，仿佛把上次没有打中艾都斯的力量都凝聚在了这一拳上，可想而知这一拳的力道有多大。

阿卜杜热西提竟然敢打老师，这可把其他几个同学吓坏了。他们都不知所措地站在原地，一声不响。就连阿卜杜热西提自己也是张大了嘴巴，愣住了，手还微微颤抖着。

顾海林手捂着右眼，左手挥了挥，说："你们先回教室去！"

那天，顾海林自己在凉亭里坐了好久才下山回家。全家人对于他的"熊猫眼"没过多地问什么，因为他的脸上已经写满了尴尬。只是妻子抱怨了一句："没日没夜地为学生操心，到头来还要挨他们的打，真是的！"

后来，我问过顾海林："第二天你黑着眼圈上课，一定很尴尬吧？"他说一开始还挺难为情，等到临上课前就想明白了，他认为自己这样带伤上课对阿卜杜热西提和其他同学来说都会是一次意义重大的教育。于是，他把那天授课的内容临时换成了"我国各民族为什么要加强团结"。

课上，顾海林像平时一样滔滔不绝地讲着，丝毫看不出与平日有什么不一样。倒是班级里的学生们有些反常，他们特别地安静，连附和的声音都比平时小了许多。特别是阿卜杜热西提，虽然他大多时候都低着头，但总时不时地偷瞄一眼顾海林，他的眼里充满了歉意和悔意。

除了讲解课本上关于民族团结的内容外，顾海林还补充了一个哲理小故事，用来加强学生们对民族团结意义的理解——曾有人问哲学家："一滴水怎样才不会干？"哲学家回答说："把它放到大海里。"这句简单的话蕴含着一个深刻的道理：个人离不开集体，只有团结互助的集体才会有无穷的力量；无论一个国家、一个社会、一个民族、一个团体，还是一个家庭，只有重视团结，维护团结，才有力量；人与人之间和睦相处，社会才能更好地发展。

顾海林那天还特意点名让阿卜杜热西提回答问题："我国加强民族团结教育有什么重要意义？"

"56个民族的人都团结在一起，像亲人一样，大家一起努力，国家才能更加强大，更加富强！"阿卜杜热西提没有按照课本内容来读，但他却真正理解了顾老师讲课的精髓，他的回答赢得了全班同学热烈的掌声。顾海林也在使劲地鼓掌，同时面带满意的笑容。

陶行知先生说："教师之为教，不在全盘授予，而在相机诱导。"顾海林这堂关于民族团结的课就是相机诱导的生动例子。

课后，还没等顾海林找五人来解决问题，他们竟主动到办公室来承认错误。阿卜杜热西提将打算"修理"王誉的来龙去脉都说清楚了。原来，上周五体育课上，蒋大鹏老师组织新疆中职班113电子和本地的114数控班踢了一场友谊赛。球场上，114数控班的王誉同学在和阿卜杜热西提抢球时说了一句："你们新疆学生就是体能好，运球技术也一般。"其实王誉并没有小看新疆学生的意思，阿卜杜热西提也不会小气到因为一句话就要打人的程度，关键是随后王誉不小心把阿卜杜热西提绊倒了，可王誉只是很随意地问了一声"没事吧"，这就让阿卜杜热西提忍不了了。他觉得王誉的不礼貌是对他的轻视，所以才想找几个同学商量要给王誉好看。

"昨天，你已经把我打了，你现在还想找王誉的麻烦吗？"

"顾老师，您刚刚课上说少数民族和汉族是一家，一家人不打架！所以，我不会找他麻烦了。"阿卜杜热西提接着又说，"顾老师，对不起！我昨天打您了。我很后悔，很难过。"

看着眼圈发红的阿卜杜热西提，顾海林的心情也好多了。

"你们能明白这个道理，我这一拳就没白挨。阿卜杜热西提，我不怪你。"顾海林真诚地说。

五个学生你看看我，我看看你，又看看顾海林。

"我说了呀，不怪你们了。"顾海林微笑着说。

阿卜杜热西提首先笑了，其他几个同学也跟着笑了。临出办公室时，阿卜杜热西提还向顾海林说了几句维语，顾海林当然听不懂，直到第二天阿卜杜热西提交给了他一个本子后，他才明白了那几句话表达的意思是："顾老师，我要把今天课本上的内容抄写十遍，作为我犯错的惩罚。"

追风的足球少年

长兴职教中心足球队是校团委于 2009 年 4 月成立的。足球队在成立的当年就参加了"长兴县第一届体育节中小学生足球比赛",可惜成绩并不理想。次年再战,依旧让人失望。

"我们先天优势不足啊!"在一次赛后总结时,足球队教练蒋大鹏满脸无奈地说了这样一句话。他的意思是"普高里有体育特长生,而我们没有"。当时他无论如何也不会想到,他的这个困扰会在 2011 年新疆学生到来后得以解决。有时候,解决问题,就是如此偶然。

当看着一群活力四射、体格强健的新疆男孩儿在绿茵场上如风般奔跑时,蒋大鹏的心里乐开了花,这就是自己一直想要的"体育特长生"啊。从今往后,校足球队的战斗力没有理由不强大了! 拿定主意后,蒋大鹏在 113 电子班和 115 汽修班中分别挑选了阿卜杜热西提、阿迪力江、艾都斯、艾克拜尔·霍吉布拉、加勒哈斯·杰恩斯汗等九人加入了校足球队。

新鲜血液的输入为校足球队增添了新生力量。2012 年,长兴职教中心的足球队获得了"长兴县第四届体育节中小学生足球赛"高中组第一名的好成绩！

人们总爱把艳羡的目光投给胜利者，但往往对他们荣誉背后的苦辣酸甜很少关注；殊不知，能分享到他们拼搏过程中的某些精彩故事也是一种莫大的幸福。

2012年3月初的一天，气温很低，冷风吹面，春寒十足。蒋大鹏把校足球队的队员都召集在足球场上，他有一件重要的事情要和大家商量。原来，本学期114数控班的付超同学因个人原因申请退出足球队，他可是足球队的队长啊。常言道"兵无帅不行"，因此足球队需要选出一名有实力的同学来担任队长。

蒋大鹏说明情况后，议论声在队员中沸腾了，过了好一会儿大家才安静下来，能听到的只有风吹树叶窸窸窣窣的响声。蒋大鹏如炬的目光逐个扫过每一名队员，最后停在了加勒哈斯的身上。加勒哈斯的球技很棒，他带球过人的技术颇为高超，蒋大鹏对他十分欣赏。当加勒哈斯的目光与蒋大鹏目光相遇时，他似乎也明白了什么，却还是低下了头，不作声。

蒋大鹏确实有意让加勒哈斯做队长，但此时他并不想直接点将，就又扫视了一遍人群后问："你们谁先表态或者自荐？"

吴亮亮率先表态了，他觉得新疆的同学在球场上表现出的各方面能力都挺强，队长应该就在几个新疆同学中选。

王誉则更直接，他强烈推荐阿卜杜热西提，理由是阿卜杜热西提"话少，技术强"。阿卜杜热西提听后转过脸来看了看王誉，微笑了一下，随后摇了摇头，没说什么。

阿卜杜热西提自加入足球队后，每次训练，他要么坐在看台上当观众，要么在场上担任守门员，用他自己的话说："我也不清楚自己球踢得到底好不好，但当守门员，我绝对是一把好手。"王誉推荐他当队长，他心里很感激，但他明白，自己并不适合。

"我反对！阿卜杜热西提绝对不行，我支持艾都斯。"艾克拜尔发话了。声音不响，但让个别人听起来感到刺耳。

"那你说说看，阿卜杜热西提咋就不行呢?"阿迪力江大声问道，言语中有几分怒气。紧接着，其他几位同学也如此附和。

艾克拜尔此时回头看了一眼加勒哈斯，希望他能站出来支持自己，但加勒哈斯却低着头，根本就没看到艾克拜尔使出的眼色。艾克拜尔在人群里寻找着艾都斯，却没发现人影。原来，艾都斯那天中午去校团委开会了。

孤立无援的艾克拜尔只得"哼"了一声，不再言语。

蒋大鹏不想队员们因此闹矛盾，就暂停了讨论，决定过两天再定这个事儿。

当天下午放学时，空中飘起了细雨，冷风也一阵阵袭来。学生们在民族餐厅匆忙吃好饭，都一溜烟跑着回寝室了。阿卜杜热西提跑得比谁都快，因为他刚记起来，晾在外面的衣服还没收呢。

当阿卜杜热西提刚把校服收好，"哐"的一声，5108寝室的门被人用脚踹开了，闯进来五六个人，都是115汽修班的，为首的正是艾克拜尔。一看艾克拜尔满脸的敌意，阿卜杜热西提立刻什么都明白了。心想，这次艾克拜尔过来，肯定是和中午大家推选足球队长的事儿有关。平日里，艾克拜尔和艾都斯关系很要好，他这是替艾都斯出头来了。

事实果真如阿卜杜热西提所料，艾克拜尔这次带人过来，就是想给他一个下马威，告诉他不要和艾都斯争抢足球队队长的位子。因为在艾克拜尔心里，只有艾都斯才可以当队长。

听完艾克拜尔的来意后，阿卜杜热西提格外地冷静，问道："艾都斯自己怎么不过来?"

"他要是来了，我怕你吓得哭都找不着调了!"艾克拜尔面带嘲笑地说。

阿卜杜热西提听完，嘴角一抿，笑了，很轻蔑的样子。入学这半年来，阿卜杜热西提成熟了很多，不再像以前那样，遇事就想躲避，这回他不仅要直面问题，并且要解决问题。

"艾克拜尔，你回去，让艾都斯来找我。"阿卜杜热西提平静地说。

一个响亮的声音传来："好啊！我来了！"说这话时，艾都斯已经站在了寝室的门口。

眼前的这一幕，使阿卜杜热西提想起了去年10月3日下午艾都斯带人在5108寝室外说笑的情形。他此刻心里很明白，有些矛盾一定要解决，否则就会像一颗被遗忘的炸弹，随时有可能被引爆。所以，这次他决定和艾都斯彻底地谈一谈。

阿卜杜热西提和艾都斯两人伏在主席台刷着绿漆的护栏上，听着雨滴敲打着遮阳棚顶的"咚咚"声。他们身后不远的地方，站着他们各自班级的同学，这些人中有的是来看热闹的，有的是准备随时参与打架或者劝架的。但阿卜杜热西提和艾都斯却丝毫没有动手的意思，他们彼此沉默着，一会儿都低着头，一会儿又都抬头看看远处，过了好一阵儿才说话。

艾都斯告诉阿卜杜热西提，艾克拜尔去找他绝对不是自己的意思，并且自己也是刚知道蒋老师要重新选队长的事情，接着表明自己根本就不想当这个队长。

阿卜杜热西提除了回答"哦"之外，就是冷哼。

"阿卜杜热西提，你心里肯定还因为去年的那事儿记恨我吧?"艾都斯开始换话题了。

"艾都斯，别把我想得那么小气。"

"我是个大咧咧的人，缺点就是爱开别人的玩笑。上次的事儿，我请你原谅！"

"你要是早和我道歉，我也不会闹出离校出走的丢人事儿。"

"其实，那天傍晚，我就去寝室找你道歉了，可一直没等到你，我就先去吃饭了。"

"什么？原来那天你带人在 5108 寝室门口等我，是想给我道歉？"

"嗯，当时，我自己还很难为情，寝室同学陪我去的。后来，我几次想和你解释，你都不搭理我。唉，这声'对不起'居然迟到了半年多……"

听完了艾都斯的话，阿卜杜热西提感慨万千。原来，去年正是自己误会了艾都斯，以为他带人去寝室是要找自己麻烦，才最终有了那场自己逃离学校的闹剧。这样看来，及时沟通和敞开心扉是多么重要！他忽然想起了那句"不打不相识"来，心里感叹道，这也没什么不好，说不定以后我和艾都斯还可以成为好朋友呢。

接下来，二人达成了一致意见，联名推荐加勒哈斯当足球队的队长。

"艾都斯，这半年来，很多同学都认为我和你迟早会大打一架。"

"那就让他们彻底失望吧！"

说完两人都哈哈大笑起来，双手紧紧地握在了一起。此刻，他们消除了所有的误会。

当一个人真正地觉悟后，他便会在思想上放弃狭隘，并开始在内心中追寻大度，人也就会变得成熟起来。

一周后，加勒哈斯就以队长的身份带着大家训练了。当然，加勒哈斯当选的那天，他请全体队员喝了热奶茶。阿卜杜热西提、艾都斯和艾克拜尔三人额外多得了一瓶可口可乐。

自从加勒哈斯当了队长后，他除了尽职尽责地协助蒋大鹏老师处理足球队里的大小事儿外，还热衷于把自己的球技传授给队员们。绿茵场上，足球就像长在了加勒哈斯的脚上一般，任由他盘带、推拨……当他连过几人后，抽脚一记猛射，足球就在空中划出了一道优美的弧线。

在此有个小插曲值得一提。在一次训练中，艾都斯破天荒地来了个零角度射门，这可把足球场上的全体师生都震住了。作为队长的加勒哈斯顿时有了想法，校足球队成立三年了，还没有一个正经八百的名字呢，这回有了，就叫"零角度足球俱乐部"吧。听听，这么大气和傲气的名字，也许只有加勒哈斯才敢想吧。不谋而合，蒋大鹏对这个命名也赞赏有加，欣然接受。

蒋大鹏是个肯付出的教练，他带着足球队在寒风中左突右攻，在烈日下挥汗如雨。所有的精心准备和一切艰苦的训练，只待队员们能驰骋赛场，一展风采。

2012 年 5 月 18 日，在长兴中学的足球场上，上演了一场场精彩的青少年足球比赛。长兴职教中心足球队在每一场的比赛中都能博得观众如雷般的掌声，场上九名新疆学生的精彩表现成了全场关注的焦点。

至今，阿卜杜热西提都清楚地记得对阵金陵高级中学的那场比赛，天空突降阵雨，但赛场上的队员们仍旧身形矫健，传、带、盘、过，奔跑如风。他们满怀着青春的激情，无畏地拼抢，犀利地射门，精彩地飞扑，一场球踢下来，几乎个个都变成了泥人。他们拼出了活力，赛出了风采，也享受着足球的快乐。最终长兴职教中心足球队以高比分击败了对手。那场比赛结束后，长兴县文化和广电旅游体育局竞赛训练科科长李万祥对长兴传媒集团的记者说："他们冒雨在场上表现得如此完美，且赢得了比赛，我为他们感到骄傲。"

5 月 20 日，为期三天的"长兴县第四届体育节中小学生足球赛"在长兴中学圆满地落下帷幕。经过激烈的角逐，长兴职教中心的足球队获得了高中组第一名的好成绩。

接下来的每一年，都会有新疆学生加入"零角度足球俱乐部"，这既增强了学校足球队的实力，也加深了新疆学生和本地学生之间的交流、沟通和理解。

采访时，蒋大鹏高兴地告诉我："从 2011 年到 2021 年，校足球队获得了很多荣誉：八年县冠军，两年县亚军，湖州市冠军一次，亚军两次，季军一次。"

翻开新疆中职班的宣传册,在文体活动的专栏里,有一张照片十分引人注目,那是加勒哈斯他们在 2012 年参加湖州市足球比赛后的合影,那次他们夺冠了。看着照片仿佛都能听见他们胜利后的呐喊声,这声音穿越了时空,回荡在耳畔,那是一曲让人永远难忘的高歌。

舍,就是得

"同学们,安静! 安静! 我来宣布一个重大消息!"阿力木·玉素普跑进教室大声喊。他这么一喊,喧闹的教室一下子就安静了下来。

原来,阿力木刚刚去办公室交作业,听到顾海林和何信海两位老师正在商讨 113 电子班参加 2013 年湖州市中职学校学生技能节比赛的人选。他想这个消息立刻分享给大家。

"谁啊?""是哪个?"……大家七嘴八舌地问。

阿力木本想卖卖关子,可他一直盯着杜国鑫和阿卜杜热西提两人看,他的眼睛已经把信息出卖了。

"啊? 是他俩啊! 雷福怎么没选上啊? 不应该啊!"

"谁去都一样! 咱们新疆来的学生还想在市里的比赛中获奖? 不可能!"

……

大家仍旧七嘴八舌地讨论着。雷福此时将头深深地埋了下去,差点儿没伸进书桌里了。阿卜杜热西提走过去,拍了拍雷福的肩膀以示安慰。

雷福刚想说什么，午读课的铃声响了，他只得作罢。

在高一入学没多久，阿卜杜热西提、雷福和杜国鑫三人就自行组建了"电子技术学习小组"，他们平时经常在一起交流学习心得，讨论一些操作课上的技术难题。付出就会有收获，所以他们三人在专业理论和实操能力上都远超班上其他同学。当时顾海林评价他们说："他们三个人完全具备了参加市技能节比赛的水平。"

如果一个学生能被选拔去参加市级的技能节竞赛，这说明他足够优秀，假如他能在众多竞争对手中脱颖而出，那就证明了他是这一专业领域里的佼佼者。"会当凌绝顶，一览众山小"，这是每一个优秀男儿都该追求的人生荣耀。所以，当好机会来临时，谁都会拼命把握。早在10月底的时候，何信海老师就在班级里宣布说学校决定在113电子班里挑选学生去参加明年的市技能节比赛。那会儿阿卜杜热西提还对雷福和杜国鑫说："咱们谁去参赛都无所谓，只要能获奖，都是为新疆中职班争光。"但此刻听说参赛人选已经确定了，他们三人的内心都不再淡定了。特别是阿卜杜热西提，他心里很清楚，自己的整体实力要比雷福和杜国鑫稍弱一点儿，这次自己被选上，实在够幸运。但当他看到雷福那失望的眼神时，心里却怎么也高兴不起来。

2012年11月27日傍晚，夕阳踟蹰落下，冬风吹起正冷。从这天的晚自修开始，何信海就要带着阿卜杜热西提和杜国鑫进行集训了。训练地点在开放式实训中心二楼的电子工艺实训室，训练的项目是"电子产品装配与调试"。集训目的是备战2013年湖州市的技能节比赛，所以集训和平时的操作课训练大有不同，训练的要求要比平时严格得多，训练的难度和强度也比平时大了很多。

晚上6点多，刚从学校回到家的顾海林接到了何信海的电话。何信海在电话里也没具体说有什么事情，只是催促他马上来学校。顾海林赶紧拿了车钥匙，准备出门。

"说好了今晚你陪儿子去理发，看来又泡汤了。"石岩有些抱怨地说。

"老婆大人，家里就一个孩子，你多辛苦些吧；学校里有几十个新疆孩子，他们个个都需要我，我必须随叫随到。"顾海林边说边摸着儿子的头，之后便迅速下楼去了。

顾海林的儿子今年 5 岁，聪明可爱。他和爸爸感情非常好，总爱黏着爸爸；自从顾海林做了新疆中职班班主任后，他就开始黏着妈妈和外婆了，因为爸爸现在每天只有睡觉时才在家里现身；照妈妈的话说是"你爸爸出门顶着星星月亮，回家还是顶着星星月亮"。

一年来，石岩偶尔也会对顾海林说："你再这么忙，儿子都快把你忘记了。"每当妻子这样向他抱怨时，顾海林总是笑着说："谢谢老婆的理解、支持和辛苦付出，有你就有家的幸福！管好新疆学生的功劳有我的一半，也有你的一半！等我有空了，陪你娘儿俩去打打牙祭。"每次听到这话时，石岩只能摇头苦笑："你就会贫嘴！等你请我娘儿俩打牙祭，估计牙齿都要生锈了。"

看着妻子的辛劳，想着自己对儿子的亏欠，顾海林有时候心里也很不是滋味。但想到学校交给他的重任，他又给自己打气——对家庭的亏欠是暂时的，若把新疆的孩子们亏欠了，那可能影响他们一辈子。强烈的责任感和使命感让顾海林做出了无悔的选择，他决定先把主要精力放在新疆学生身上，希望给这些远道而来求学的孩子们丰富而充实的校园生活，让他们深切感受到虽远离故土，但依然有家的温暖。

十几分钟后，顾海林出现在了电子工艺实训室，他看见何信海正在给杜国鑫讲解如何使用新型示波器，却发现阿卜杜热西提心不在焉地低着头坐在椅子上。

"何老师，阿卜杜热西提做错了什么吗？"

"那倒没有。他今晚到这儿后，我让他干什么他都不动，问他怎么了，他也不说。我干着急，就让你过来了。"

顾海林没有马上向阿卜杜热西提询问原因，他现在太懂眼前这个学生了，阿卜杜热西提倔强且有主见，善良但易冲动。如果在人多的时候和他来硬的，他会和你顶着干。一句话，阿卜杜热西提吃软不吃硬。

顾海林让阿卜杜热西提陪自己去校园里走走，因为在这样的环境下，阿卜杜热西提会放松些，也容易对自己敞开心扉。

在田径场跑道上，师生二人并肩慢慢地散着步。月光照下来，把他俩的影子拉得老长老长。

"顾老师，为什么雷福不能去参赛？"

顾海林心里早就知道他会这么问，回答说："你们三个都很优秀，但最终只能有两个人去参赛，我们这样选人肯定有我们的理由。"

"那能不能和学校申请一下，让我们三个都去参赛呢？"

"这不太可能，市里比赛的规则不会轻易改动，学校出面肯定也没用。"

阿卜杜热西提沉默了一会儿，说："顾老师，要不——我退出，让雷福上吧。"

顾海林没料到阿卜杜热西提会提出这样的请求，微笑着问："这可是难得的机会，别人求都求不来，你就这样轻易放弃？说说原因吧。"

"我们三个是好朋友，我不想看见他难过。"

"那你退出，你就不难过了吗？"

"我——我——"阿卜杜热西提说不出话来，低下了头。

"阿卜杜热西提，你很善良，老师懂你想表达的意思，但有些事不是你想怎么样就能怎么样，需要综合考虑多方面因素。"

月色很好，顾海林和阿卜杜热西提绕着操场走了一圈又一圈。他俩一直聊到了晚自修结束。虽然经过老师的劝导，阿卜杜热西提的心情好多了，当他回到寝室看见雷福时，心里还是觉得难过。晚上，他又梦见雷福那因落选而充满失望的眼神，随后他在梦中哭醒。珍惜兄弟情的少年，可爱极了。

让阿卜杜热西提和杜国鑫没想到的是，12月初的一个晚自修，雷福也来参加集训了。

那天是星期一，天空下着细雨，滑溜如丝。当顾海林带着雷福走进电子工艺实训室时，阿卜杜热西提和杜国鑫都愣住了。

原来，顾海林和何信海经过再三商量，决定还是不能拆散他们的兴趣三人组，于是让雷福也参加这次技能节集训。不过，雷福只是陪练身份，仍没有参赛资格。

不管怎么说，三个好兄弟能一起训练，一起成长，他们已经知足了。阿卜杜热西提笑着看了又看顾海林，眼神中充满了感激。

"电子技术学习小组"又恢复成一个完整的小集体了。三个组员要在艰苦的训练征程中大步前进了。

从那一周开始，他们不仅七八两节课要进行训练，就连晚自修时也要训练，而且训练的内容也增加了。辅导老师除了带领他们学习各种电子元件理论知识外，还要教他们如何熟练地使用三端稳压器和信号发生器等。

随着时间的推移，他们学习和训练的任务在逐渐加重，训练的时间再次延长，晚上训练到凌晨1点已是常态。他们练习的内容又增多了，练习包括DXP软件在内的各种软件的使用；学习电路工作原理和分析电路连接方案；练习中功率三极管、单结晶体管、发光二极管、可控硅等元件的电路焊接等。

深夜，实训室的玻璃上已结了霜花，但室内，三个小伙却干得直冒汗。

训练越艰苦，他们越是劲头十足。春节后的新学期一开始，阿卜杜热西提等三人就进入到强化训练阶段。现在，他们已经能够熟练地按照辅导老师提供的任务书进行操作，在PCB板上焊接及安装电子元器件及功能部件，完成电子产品装配；他们能熟练地使用设备完成电路检测、有关参数的调试、性能测试。这一系列的操作，他们都能做到非常规范和精准。可以说,他们已经灵活地掌握了一般的焊接技术,焊接 PCB 板对他们来说已是轻而易举之事。

再有一个月,他们就要走进梦寐以求的赛场,他们将在那里一展实力。

提起那次集训,何信海曾说:"他们三人能吃得起苦,我在他们身上看到了新疆学生的希望,也感受到了他们骨子里的顽强拼搏精神。"当然,他们三人想通过赢得这场市级比赛来证明自己的实力,让同学和老师发自内心地承认他们是真正优秀的学生。在这间 100 多平方米的实训室里,他们不仅流下了汗水,也流下过眼泪。

了解了他们的训练过程和训练难度、强度,我们不得不佩服这三个新疆学生的顽强毅力和吃苦精神!

当集训进行到了关键时刻,阿卜杜热西提却在 2013 年 3 月 9 日的下午缺席了。

一开始,何信海和顾海林以为阿卜杜热西提又闹情绪了呢,经过了解才知道阿卜杜热西提是当天中午踢球时不小心扭伤了右脚。他疼得厉害,所以请假在寝室休息了。

再有一个月,湖州市中职学校第十六届学生技能节的比赛就要开始了。这个节骨眼上,阿卜杜热西提不能参加训练,肯定会影响比赛。何信海听到这个消息后很是着急,他把训练任务布置好后,就直奔 5108 寝室看望阿卜杜热西提。

寝室里,顾海林正在和阿卜杜热西提聊天,他们刚从人民医院回来。见辅导老师来了,阿卜杜热西提就想下床迎接,但被顾海林阻止了。

阿卜杜热西提见到何信海的第一句话就是:"老师,可以让雷福代替我,他的技能水平一直比我高。"

何信海没答话,只是关心地问:"医生怎么说? 严重吗?"

顾海林满是疑惑地回答:"拍了片子,没伤到骨头,医生说没啥事,但你看他，竟疼成这个样子……"

后来因阿卜杜热西提的右脚一直痛，无法继续参加如此高强度的集训，所以雷福真的就代替阿卜杜热西提成了正式参赛选手。大家原以为阿卜杜热西提会因此而闷闷不乐，可他并没有，反而比以前更爱笑了。

有同学不解地问："阿卜杜热西提，你训练得那么辛苦，放弃比赛，不可惜吗？"

"阿卜杜热西提，说实话，你是不是故意把比赛机会让给雷福的？"也有同学这样问。

无论谁怎么问，阿卜杜热西提都只是以微笑作答。

当年，阿卜杜热西提到底是不是故意把机会让给了雷福，这个答案大家都想知道，但他不愿意在大家面前提及此事，也就没人高兴去打破砂锅问到底了。

有一点是肯定的，无论谁去参赛，都要有真正的实力才行。实力从哪儿来？来自努力，来自勤奋，来自集训，也来自平时。

山高林大源才深，土沃根深木才茂。长兴职教中心自建校以来，一路种树培土，一路开源浚河，为学生的发展寻找活水源头，为学生的发展施肥培土，为学生的成长而不懈努力。实践证明，这一切对学生是有利的，学生优秀的学习成果也证明了这一点。

2013 年 4 月 13 日，湖州市中职学校第十六届学生技能节比赛在浙江信息工程学校拉开了序幕。杜国鑫和雷福二人果然不负众望，双双获奖。杜国鑫在"电子产品装配与调试"项目比赛中荣获二等奖，雷福在此项目比赛中荣获三等奖。

这样的比赛结果，令老师们欣慰，令参赛者激动，令新疆中职班学生们骄傲。

真正的强者不会停止奋斗的脚步。令人欣喜不断的是，雷福在接下来的省赛中表现更佳。他在当年 10 月浙江省中等职业学校学生省级特色项目技能大赛湖州市选拔赛中荣获"电子产品装配与调试"项目的一等奖。

今天的成绩是昨天的汗水浇灌的结果,明天的成功还需今天努力的汗水去浇灌。

2021 年 9 月,阿卜杜热西提以优秀毕业生的身份受邀回到长兴职教中心参加 2021 级新疆中职班新生开学典礼,我问他:"当年你的右脚受伤,一定很疼吧? 没能参加湖州市的技能节比赛,后悔吗?"

阿卜杜热西提笑着说:"那点儿伤,对我来说啥也不算! 我也永远都不会为当年失去那次参赛的机会而后悔。"

我听完笑了,说:"那是因为你也有所得,对吧?"

阿卜杜热西提又笑了,却不作答。

从阿卜杜热西提的谦逊和礼让中,我们可以感受到长兴职教中心的育人工作做得的确到位。

第二章

江南逐梦,遇见一切美好

* * *

　　谁说"少年易老学难成?"图尔苏来南方求学,这里便成了他梦想开始的地方。他有些调皮,有些倔强,但他更有少年的侠气与柔肠。"人学始知道",出疆成长,返疆成材。图尔苏最终会像胡杨一样深深地扎根在茫茫大漠,眼观千里山河色,胸怀一腔报国情。

他从天山来

2013 年 6 月 12 日是端午节，正在阿克苏市温宿县佳木镇第一中学读初三的图尔苏因此有了一天的假；但对他而言，学习上放假了，劳动上并没放假。头天晚上爸爸对他说："明天早点儿起床，我们一起去挂桶。"

图尔苏的爸爸叫马木提·库孜，是当地一个小有名气的果农。马木提口中说的"挂桶"就是要给果园里的果树都挂上小塑料桶。这些小桶里装着砂糖和蜂蜜等黏性材料，专门用来粘捕各类有害飞虫的，这是当地果农防治病虫害的土方法，很有效。从图尔苏上小学时起，每年的这个时候，他只要一放假就会协助爸爸完成这项工作。

6 月，虽然阿克苏的苹果还只有鸽子蛋大小，但防治病虫害的工作却要先做起来。图尔苏家里的这个果园有 400 多棵苹果树、300 多棵杏树；每到花儿绽放时节，蜂飞蝶舞，暗香浮动；待花蕊谢幕后，小果挂满枝头，果儿肩并肩地挨着，煞是热闹。在喀什艾日克村，拥有果树达 500 棵以上的果园有七八个，图尔苏家果园的面积是第二大。

端午节这天，图尔苏很早就起床了。他告诉爸爸自己上午要去办一件要紧的事情,中午之前一定赶去果园。马木提觉得儿子长大了,并且一向听话,就没多问,同意了他的请求。

图尔荪骑着摩托车很快就驶出了村子,风在耳畔嗖嗖作响,他要赶往30多公里外的阿克苏火车站。再有半个小时,表哥阿卜杜热西提就要下车了,这急得他加大了油门,车子轰响着飞驰而去。

万丈晨光洒满了大地,图尔荪和摩托车的影子在道路上渐渐拉长。道路两旁除了规划整齐的果园外,还偶见成片的玉米地,高高的一片翠绿,如一道密不透风的绿墙。猛然间,这片翠绿矮去了一大截,哦,那又是一片棉花了。如此交替不断,让人有种"行舟绿波上"的起伏感。高远的天空上,白云悠悠移动;辽阔的原野上,牛羊慢慢前行。图尔荪只要用眼睛斜眺一下左前方,就可见那巍峨壮丽的有着"天山第一峰"美誉的托木尔峰,但此刻,他的眼里只有前方的路。

图尔荪赶到阿克苏火车站时,还是晚了几分钟,阿卜杜热西提已在出口等他了。兄弟俩一见面,就激动地拥抱在一起。

虽然经历了长时间的旅途,但在阿卜杜热西提的脸上看不到倦意,有的却是兴奋。要知道,他6月8日那天从浙江省长兴县踏上回新疆的火车,那可是长达54个小时的硬座旅程啊。他在乌鲁木齐下车后,就马不停蹄地赶往阿克苏,这又是十几个小时的硬座之旅。

阿卜杜热西提本可以直接回喀什,但因为有重要的事情要与图尔荪商量,就约了图尔荪在阿克苏火车站见面,等下他还要从阿克苏再坐车回喀什去。是什么事情这么重要,需要他在中途下车来亲口和图尔荪讲呢?

兄弟俩没有过多地寒暄,阿卜杜热西提就问:"图尔荪,我前段时间和你说的事情,你考虑得咋样了?"

图尔荪说:"哥,这段时间,我一直在反复思考你的建议。我也觉得去浙江读书挺好的,我爸那儿不用担心,就是我妈那一关很难过啊!"

"怎么？你还没有和他们商量？"阿卜杜热西提疑惑地问。

图尔苏说："我妈一直想让我留在当地读个普高，考个大学，将来好有个稳定的工作。"

阿卜杜热西提笑着说："你去读新疆中职班照样可以考大学啊。现在教我电子专业课的夏青青老师就是我们长兴职教中心毕业的，她大学毕业后又回到职高教书，我们都非常喜欢她。"

"啥？你是说读新疆中职班也能考大学？将来还能当老师？"图尔苏拉着表哥的手，很是激动。

"能啊，只要你努力就行！"阿卜杜热西提说。

图尔苏高兴了："那我肯定想办法说服爸妈支持我去浙江读书，我的梦想就是当一名老师。"

"这个想法好啊。"阿卜杜热西提高兴道。

……

兄弟俩就这样坐在车站出口处的台阶上开心地聊着，阿卜杜热西提把自己这两年来在长兴学习和生活的情况大概地讲给图尔苏听。图尔苏听到感兴趣的地方就又刨根问底，阿卜杜热西提就不厌其烦地尽量说得详尽些。

不知不觉间到了午时，开往喀什的火车快进站了，二人不得不作别。阿卜杜热西提拍了拍图尔苏的肩膀说："弟弟，你去内地学习汽修这门技术，将来肯定会大有作为；把握住机会，我们一起改变人生。"

阿卜杜热西提的一番话，让图尔苏激动不已，热血沸腾。

告别阿卜杜热西提后，图尔苏就原路返回了。路上，他骑得很慢，他一直在回想阿卜杜热西提的话，感觉自己的心已经飞去了那未曾到过的江南。他幻想着自己去了海边，迎着海风与浪花搏击，望着海鸟与浪花嬉戏；他幻想着自己坐在太湖的岸边，眺望着湖上的旭日彩霞，看着渔船往来穿梭；他幻想着自己坐在新疆中职班的教室里上课，老师和蔼的脸上挂着微笑……

想着想着,图尔荪干脆把摩托车停在路边,望着远方的天空出神。

糟了! 图尔荪的思绪突然来了个大转折,爸爸还一个人在果园里干活呢! 想到这儿,图尔荪赶紧骑上摩托车,加大油门,朝着喀什艾日克村的方向飞快驶去,路旁的玉米绿墙、棉花矮墙,纷纷疾驰而退;风把衣袖、裤管吹得胀鼓鼓的直响。

人一急,感官也就跟着焦躁。图尔荪的眼睛失去了欣赏沿途美景的欲望,他错过了一幅幅磅礴壮美的立体画卷:雄鹰与白云齐飞,雪峰与河谷辉映,阜甸与农田交错,玉米与棉花参差……

当图尔荪来到果园时,他看见爸爸和哥哥阿不来提·马木提正坐在园子里休息,几百个小桶都已挂完了。原来哥哥一早就从阿克苏回来了,他和老板请了一天假,一是回来过节,二是想帮爸爸干点儿活。

回到家后,图尔荪就坐在木床边上在心里盘算着怎么和爸妈开口说自己要去长兴读新疆中职班的事儿。

妈妈图尔罕·图尼亚孜了解情况后问:"图尔荪,这半天,你去哪儿了?"

图尔荪觉得有必要说出实情了,如果一家人能达成一致的想法就更好了。他就把去阿克苏车站和表哥阿卜杜热西提见面的事情详细地说了一遍。

"学技术能有啥好? 在职高学技术的学生,毕业出来后都去厂里打工了;你再看那些大学生,毕业后都去坐办公室了;图尔荪,我想让你考大学,是为你好啊。你现在如果选择错了,将来会后悔的!"图尔罕听完儿子的话,很严肃地说。

"妈,您这样说话就太以偏概全了,我们品德课上老师都讲了,工作本身没有高低好坏之分,只是分工的不同……"图尔荪据理力争。

图尔罕完全不理会儿子说的话了,忙着去准备午饭了,倒是马木提对儿子笑笑说:"别急,咱们再考虑考虑。"

　　图尔苏心里知道，要想过妈妈这一关，肯定得动动脑筋才行，眼下还是全身心地备战中考吧。

　　时光的列车隆隆而过，将生活的铁轨碾得锃亮。人生路上，肯动脑筋的人会有更大的收获。2013年6月26日晚上6点整，中考的最后一门考试结束了。温宿县第三中学的校门慢慢打开，学生们各怀喜忧地走了出来。图尔苏在人群中一眼就认出了爸爸，他快步朝着爸爸走去，脸上洋溢着微笑。

　　"儿子，看来你考得不错。"马木提笑着问。

　　图尔苏听后没回答，反倒故意弄了个满面愁容的表情。他们很快来到了拖拉机旁，等图尔苏在车厢上坐稳了，马木提就嗵嗵地发动了车。这台四轮拖拉机是一年前买的，马木提平时把它看作宝贝一样，一有空就拿抹布擦拭车身，所以拖拉机一直都是崭新的样子。

　　拖拉机在柏油路上不紧不慢地行驶着，公路两边的杨树高高直直，所有的枝干都向着天空伸去，像极了绿巨人想要用手指去碰触天上的云朵，又像伟岸的武士持剑守护着天地。图尔苏的心事和这发动机的"嗒嗒"声搅和在一起，更惹他心烦。

　　过了一会儿，图尔苏突然向爸爸喊话要求停下来，马木提就把拖拉机停在了路边。图尔苏问："爸，我要是求您一件事儿，您能答应吗？"

　　马木提说："那你说吧。"

　　图尔苏和爸爸肩并肩地坐在路边的一块大石头上，他们彼此敞开了心扉，聊了很多心里话。不知不觉，已是斜阳洒辉。傍晚的景色美得出奇：远处的托木尔峰在霞光的照射下，冰峰闪烁着银光，似与夕辉媲美；晚归的牧羊人唱着粗犷的歌，歌声在河谷久久回荡，又攀着斜晖慢慢爬上天空；羊群涌上了公路，犹如大片白云贴地而行，此起彼伏的咩咩声如快乐的旋律，这引来了牧羊人难得的甩鞭，"啪"的一声，响彻了即将被夜幕笼罩的苍穹。

晚上 8 点的样子,图尔罕就把丰盛的饭菜都摆上了桌子,她心里想象着图尔苏吃饭时那狼吞虎咽的样子,脸上露出了笑意。可等到 9 点半还是没有听到拖拉机进院的声音。按理说不该这么久,不会路上出什么事儿吧?她越想越担心,人也坐立不安。正当她想联系马木提时,家里的座机就响了,是马木提打来的电话。

图尔罕焦急地问:"你们到哪里了?"

马木提告诉她说车子坏在了前不着村后不着店的路上,还好已找了县里汽修厂的技术员过来,就是修车费很高。

图尔罕心里犯了嘀咕:"车子刚买一年,怎么说坏就坏了呢?在县城里找人来修,那得要多少钱呢?"但她不懂修车,只能坐等。

直到晚上 11 点多,拖拉机的声音才由远及近地传到图尔罕的耳里。马木提和图尔苏回来了,图尔罕这颗悬着的心才终于放下。

马木提进屋后对图尔罕说:"今天幸亏玉苏普江兄弟,要不就得花大价钱修车了;他的修车技术真的太好了,我看他如果在城里开家汽修厂的话,生意肯定很好。"

图尔罕问后得知,图尔苏通过上门维修电话找来的技术员要价比较高,马木提舍不得,所以父子两个就自己动手修车,险些弄坏了发动机。幸亏邻居玉苏普江路过,帮助他们解决了难题。

图尔罕听后,长舒一口气,在内心里感谢着这位好心的邻居。

此时,图尔苏却来了精神,说:"妈,通过今天这个事儿可以看出,养车的农户一定要懂修车,这门技术太重要了。您说呢?"

图尔罕手搓了搓围裙,点头表示认可。

图尔苏一看妈妈停下了手里的活认真地听着,就继续说:"玉苏普江大叔帮忙查看车子的情况后,我们才知道车子发不着火的原因很简单,就是发动机边上油泵里那个控油电磁阀损坏了。玉苏普江大叔帮忙去修车厂花 40 元买了个新的安上后,故障立马就排除了。"

"花 40 元,事情就解决了?"图尔罕怀疑地问。

图尔苏没回答,趁势问:"妈,那您说,这人要是有技术和没技术,区别大不大?"

图尔罕笑了笑,回答说:"区别当然大啊,就拿你哥哥说吧,他在洗车行洗车,出的是体力,他对面那家汽修厂里工人靠的是技术。你哥赚的钱就没人家多,但活比人家累多了……"

听完妈妈的话,图尔苏笑了,说:"妈,我去内地就学这汽车维修的技术,您看行吗?"

难怪图尔苏回到家这么兴奋,原来他早想好了要利用修车这件事来引导妈妈的想法了。

图尔罕听完儿子的话,立马明白了儿子的小心思。随后说:"为了读新疆中职班,你倒是挺会算计啊,儿子,如果你能考上,你就去吧。前提是你要去得成你表哥阿卜杜热西提读书的学校,并且读的还得是汽车维修专业。"

图尔苏高兴得差点儿没跳起来,他心里很清楚,自己这次考试感觉相当不错,肯定考得上。

马木提在一旁笑呵呵地看着他俩。他知道儿子的愿望一定能够实现,并且他要永远为儿子守住今天的"秘密":拖拉机并没有任何故障。这场"修车戏"从头到尾都是图尔苏导演的。

图尔苏后来说从"演戏"那天开始,他就真正地长大了,也终生都不会忘记那晚的情景。

中考后的整个暑假,图尔苏每天都跟着爸爸在果园里忙活,日子过得飞快。人虽晒黑了一圈,但他毫无怨言。

2013 年 7 月 10 日,图尔苏的中考成绩出来了,309 分。这个分数让他如愿以偿地拿到了长兴职教中心汽修专业的录取通知书。

2013年8月22日晚上，图尔苏和爸爸一起去了乌鲁木齐。第二天上午，父子二人在乌鲁木齐化工学校顺利地办理完报到手续后，马木提就急着往家赶了，因为地里还有农活要干呢。在校门口，图尔苏和爸爸依依惜别。没想到，那一次离别竟成了图尔苏心中永远的痛，他后悔那次没有仔细地看看爸爸，没有尽情地拥抱爸爸，甚至没有给人群中凝望他的爸爸挥一挥手。那次分别的三个月后，图尔苏的爸爸因坏血病加重而永远离开了他心心念念的亲人们。

刻骨铭心的感动

2013年9月4日上午,长兴职教中心田径场上正在举行新疆中职班高一军训的开营仪式。姚新明书记主持了开营仪式并讲话,他的发言稿里有这样几句话:"军训能培养你们吃苦耐劳、艰苦朴素的美德,促进你们各项素质的全面发展……也许在不久的将来,你们当中会有人成为一名光荣的人民解放军或者人民警察,那就请从今天打好基础……"

在今天看来,这段讲话内容不仅是一篇热情洋溢的发言稿,更是一段温暖的祝福语。因为2013级新疆学生中后来就有多人参军、从警,并且大都有过立功的表现。

开营仪式后,新疆中职班的军训正式开始了。

9月的秋阳,温润光灿;微凉的秋风,轻柔爽心。学生们对军训既充满着好奇,又怀着憧憬。原本只有在影视剧、新闻里才能看到的军训场景,现在他们居然可以亲身体验。

整个上午,教官们都在训练学生站军姿。学生们在太阳下纹丝不动地站着,一轮站下来,少说也得15分钟,辛苦程度不言而喻。严厉的吴教官也一直在给学生们鼓气："站军姿，就要像边防哨所旁的白杨一样，旱地拔起，高耸入云，脚踏大地，头顶蓝天，任你吹多大的风，我自岿然不动！"

"同学们，我们需要'站如松，坐如钟，行如风'，就是说站着要像松树那样挺拔，坐着要像座钟那样端正，行动要像风那样快而有力！这样，我们才能锻炼出坚韧的意志！"另一个教官的豪言壮语说得更精彩，学生们的表情也都很坚毅。教官铿锵有力的声音响彻了训练场。

不过，凡事都没有尽善尽美。但哲人又说过，尽心就是完美。

下午的军训还没开始，就有学生开始找班主任请假了。理由很多，腿疼的，脚痛的，头晕的，耳鸣的，甚至还有怕光的。两个班主任对某些学生的请假也心知肚明，但并不急于挑破，基本就坚持两个字："不准！"如果学生一再纠缠，那就多送他几个字："坚持到底，就是胜利！"不过，对于个别学生真是由于身体原因需要休息的，经过校医把关后，班主任还是会准许的。

下午的军训开始后，吴教官把138汽修班带到了篮球场继续站军姿，但第一轮军姿刚站了不到十分钟，就有一个学生直挺挺地仰面倒了下去。其实，每年军训，总有极少数学生因身体或心理原因而晕倒。军训，对学生而言，是一件听起来很美，但做起来很累的事情。不过话又说回来，没有艰苦的训练，又哪来令人欣羡的飒爽英姿？没有坚持，又哪来最后的胜利？

王征亚当时正好坐在香樟树下的石凳上和徐晓贤聊天，看到这情景，他赶紧飞奔过去，帮吴教官一起把学生放平，让头部偏向一侧，然后解开迷彩服的领口，尽量让学生呼吸畅通。这套急救常识运用得相当规范，但学生还是没有马上醒来。王征亚轻轻拍打了几下学生的肩部和脸部，也没起任何作用。

王征亚认为可能是低血糖导致学生晕倒，于是从腰包里拿出一颗事先准备好的水果糖，想要塞进学生的嘴里。

及时赶来的校医拦住了王征亚，说："别硬塞，这样做很危险！"

"那怎么办？"王征亚一着急，声音也高了起来，"实在不行，我就给他做人工呼吸吧！"

这句话很管用，像极了很多喜剧电影里的桥段，王征亚刚说完，学生就轻咳了一声，慢慢地睁开了眼睛。

围观的学生们哈哈大笑起来："老师，图尔苏是装的。"

王征亚不去理会同学们的玩笑话，轻声地询问图尔苏的病情。

"老师，我头疼得厉害！"图尔苏说完就侧过身，双手抱住了头。

校医让图尔苏试着自己坐起来，但图尔苏说起不来，接着就抱着头在地上翻滚起来。这可把王征亚和校医都吓坏了，赶紧拨打了120。

在人民医院急诊室里，图尔苏躺在病床上，双目紧闭，时不时地呻吟几声。这让王征亚在一旁心如火焚："吕医生，他的头为啥疼成这样啊？您快想想办法啊！"

阿卜杜热西提也在一旁焦急地等待着医生的答复。他是在课间的时候听同学说图尔苏军训的时候晕倒了，他就向顾海林请了假来看望表弟。兄弟两个远离家乡求学，阿卜杜热西提从一开始就下定决心要照顾好表弟。

吕中华是县人民医院的神经外科主任、脑科专家。他仔细检查了图尔苏的情况，又详细分析了检验报告，然后肯定地说："他没啥问题，我给他配点儿药，你们就可以回去了。"

还没等王征亚再询问，图尔苏就大口喘着粗气，双手捂头，不停地喊："不行了，不行了，疼死我了，疼死我了！"

吕医生对图尔苏刚刚表现出来的症状很是疑惑，但还是先安排图尔苏住院留观，看看明天是否需要再做进一步的检查。

王征亚把图尔苏推进病房刚安顿好，吕医生就过来把他叫了出去。阿卜杜热西提忙着去打开水了，病房内只有图尔苏一人，他闭眼躺在床上。吕医生和王征亚二人在门口交谈的声音很小，但图尔苏还是隐约能听得到。

对话的大概内容是吕医生认为图尔荪没啥大毛病,他现有的症状表现可能就是出于对军训产生的恐惧感,不需要再做其他检查了,最多挂点儿生理盐水,做好心理的疏导和情绪安抚更重要。吕医生还建议王征亚今晚能和图尔荪好好地聊一聊,明天上午就回学校去。

从心理学角度看,畏惧和逃避常常出现在一些自己并不想完成和坚持的事情上。基于畏惧和逃避心理,人会做出一些超常规行为来博取他人的认可,从而达到自己想要的目的。

王征亚回到病房,也是满脸疑惑,他刚想和图尔荪说什么,就接到了徐晓贤的电话,让他马上要回学校去处理一件比较棘手的事情。

第一天军训,班级里有很多事情需要解决。千头万绪的事情如乱麻一团,在王征亚的心里滚来滚去。

阿卜杜热西提本来要留下来陪图尔荪的,但他现在是电子专业的导生(学生中的小老师,负责协助老师指导学生的操作实践),晚上有辅导任务,所以他也只能和王征亚一起回校。他们走后,图尔荪就坐了起来,一会儿托着下巴,一会儿望望天花板,在床上思考了半天,然后就进了卫生间。

徐晓贤来到病房的时候,图尔荪正在输液。病房在三楼,还是个单人间。

"怎么样了,图尔荪?"徐晓贤关切地问。徐晓贤是138汽修班的副班主任。在长兴职教中心,有着这样的一个传统:当班主任有些事情忙不过来的时候,副班主任就要及时顶上。

图尔荪回答:"还是头痛,很厉害的那种痛。"

"好吧,你注意休息。医生肯定能医好你的头痛,别担心!对了,我给你带饭来了,你输液好了再吃!"徐晓贤把一个保温饭盒放在了床头柜上。图尔荪瞧了瞧保温饭盒,喉咙里咕噜一声咽了下口水。

新疆来的学生,因为饮食的习惯,他们只能吃学校民族餐厅的饭菜,所以每当有新疆学生住院，老师们除了"护工"的身份外还得多加一个"配送员"的角色，一日三餐的及时配送也成了一项重要的任务。

"不，徐老师，我现在就想吃，很饿。"图尔苏眼睛盯着饭盒说。

"行，但你要注意，别碰到打针的手。"徐晓贤把图尔苏的病床摇起来，接着把病床上的小桌板支起来，最后，再把香喷喷的饭菜端在图尔苏的桌前。

图尔苏贪婪地用鼻子闻了一下，就狼吞虎咽地吃起来。此时他没有了一丝病人的模样，但徐晓贤没有察觉到这些。看着图尔苏大快朵颐的样子，徐晓贤笑了，她此刻想起了自己 5 岁的儿子。这半个月来，自己早出晚归，算算和儿子都没说上 20 句话。她老公在县纪委工作，也是忙得整天不着家，没法照顾儿子。也不知道那个小家伙每天在奶奶的照看下是否也能如此狼吞虎咽地吃饭呢？想到这，她鼻子不禁一阵阵发酸，泪水在眼眶里直打转。

正在这时，"叮叮，叮叮"地传来了微信的提示音。徐晓贤打开一看：徐老师，今天是新生军训的第一天，学校安排我们两个班主任通宵值班；医院那里，只能辛苦你了，我明天一早去换你，实在对不起了！

其实，对于王征亚发来这样的短信，徐晓贤并不意外，她来医院前，心里就有了整夜陪护图尔苏的思想准备。

对新疆学生的照料，不论从哪个角度来看，都需要格外用心。一是他们远离了故乡和亲人，更需要亲人般的照顾和呵护；二是由于生活习惯的差异，异地遇到困难时他们更容易动摇；三是从立场高度看，新疆孩子来此学习，还关系到民族团结的问题。

图尔苏吃好饭后，用餐巾纸擦了擦嘴，就开始和徐晓贤聊天。

"老师，您回家去吧！我自己可以的。"

"那不行！一旦有突发情况，我不在场就糟了。"

"老师，病房条件不如家里，您在这休息不好。"

"不怕,我身体好着呢,今晚不睡了。"

"老师,没想到,当咱们新疆中职班的老师会这么辛苦。记得我小时候生病住院,妈妈就是像您现在这样陪我在医院里……"

"图尔苏,以后在长兴,我们老师就是你的家人!"

……

熄灯后,窗外无月,但街道上高高的路灯的光亮照射进来,投在白色墙上,病房里的事物还是依稀可见。

图尔苏躺在病床上,闭着眼睛,一动不动。他此时心里一直还在为自己躲过了一下午的艰苦军训而庆幸,不!应该是接下来的军训都不必参加了。

徐晓贤真的太累了,她竟然趴在床头柜上睡着了。事实上,她也无法安然好睡,因为学校里领导、老师打来的电话基本上是一个接一个。姚书记打完后,顾海林又打来,之后再是王征亚……徐晓贤都快成话务员了。

老师们的关心,让图尔苏十分感动,他的脸一阵阵发热。如果此时灯亮着,徐晓贤一定能看到他羞红的脸。

当图尔苏迷迷糊糊地快入睡时,突然感觉到身上发冷,头晕晕的,喉咙也隐隐作痛。他想坐起来,却浑身无力,接着不由自主地发出了呻吟声。

徐晓贤马上被惊醒了,她用手去摸了摸图尔苏的额头,发现很烫,就赶紧跑去叫值班医生。

此时图尔苏虽然身上难受,但心里却是无比的温暖。刚刚徐老师轻抚他额头的一幕和自己小时候妈妈给他试体温的情形太像了。远离家乡的他,这些天来一直被思念亲人的情绪困扰着,无法宣泄,今夜竟然在病房里感受到了母亲般的关爱。

图尔苏的心情变得复杂起来,生病逃避了军训,自然有些开心;但连累了老师,又满心愧疚,他内心犹如打翻了五味瓶。用"淡淡的喜悦"加"浓浓的忧伤"来表达他当时的内心感受是非常恰当的。

经过值班医生的检查,图尔苏是感冒了。医生赶紧给他配药、输液。

图尔苏的感冒还真不轻,住院挂了三天的盐水才见好转。这三天,王征亚和徐晓贤轮番来照顾他,他们对图尔苏的照顾无微不至,不仅一日三餐热乎可口,而且还怕他在病床上无聊,带来了小游戏机、漫画书等给他解闷。表哥阿卜杜热西提每天中午也会过来看看他,生病的图尔苏可真是一点儿都不寂寞。

图尔苏住院期间,用徐晓贤的手机给家里人打过电话,他父母听说孩子住院了,很是担心。好在图尔苏把医生和老师们的精心照料都仔仔细细地给父母说了,远在新疆的父母听后非常感动,觉得自己的担心是多虑了。

住院到第四天,图尔苏主动要求出院。他对王征亚老师说:"王老师,回去后,我一定要认真练习,会操时肯定不给班级丢脸。"经吕医生同意,他可以出院了。王征亚又是楼上楼下来回跑了几趟,才办好了出院手续。

回到班级队列时,虽然图尔苏还有些体虚,但是他这回一点儿也不懈怠,每个动作都很认真地完成。汗水在他的军训服上留下了一圈圈白色涟漪。同学们都有些好奇,图尔苏为什么突然变得这么认真,难道他在医院吃了什么治疗调皮捣蛋的灵丹妙药?

为期两周的军训结束了。学生们都被晒黑了,但他们的眼神中充满了坚毅;学生们都瘦了,但他们骨子里透着刚强。在军训会操那天,138汽修班凭着出色的表现拿下了"军训优秀排"的称号,"逃兵"图尔苏则被评选为了"军训优秀标兵"。

那天晚上,图尔苏主动和班主任坦白说:"王老师,我很对不起您和徐老师,我是因为怕军训的苦,才第一天就装病去了医院。"

"没有吧?你感冒很严重啊!"王征亚不解地问。

图尔苏红着脸,吞吞吐吐了半天,说:"那天,您和吕医生的谈话我都听到了。我怕第二天查不出病就得出院,所以,您走后,我趁没人注意就在卫生间冲了冷水澡再去吹空调,反复几次后就得了重感冒。"图尔苏说完,悔恨的泪水也跟着滚落下来。

王征亚沉默了一会儿,说:"难怪一开始吕医生说你没什么大碍! 不过……算了……以后好好学习吧,你将来能有出息,也不枉我们这一番辛苦……但记住,诚信是做人之本、立事之根!"

图尔苏含着泪,又连声说:"真的对不起两位老师! 我以后一定会好好学习,学好技术,对得起学校和老师的培养!"

王征亚看着图尔苏,笑了,他知道这次军训的一些目的达到了。

生活中,有时候改变你的,不是滔滔不绝的大道理,可能就源于一次刻骨铭心的感动!

普通话,可以这样学

那是 2012 年 12 月的一天,学校发冬季校服。在二号教学楼下,王锦华望着八大包塞得满满当当的冬装犯愁了。若自己一人扛到三楼,确实吃不消,但此时学生正在上课,又不能去叫他们来帮忙。纠结了好一会儿,他还是决定自己把它们扛上楼。

当王锦华喘着粗气把第四包冬装扛到办公室门口时,悠扬的下课铃响了。不错,终于可以找学生来帮忙了。

"肉孜卡热,帮忙找两个男生把楼下的四包冬季校服扛到我办公室来。"王锦华冲着刚走出 128 汽修班教室门的肉孜卡热•吐拉克说。

"四包? 楼下?"肉孜卡热疑惑地问。

"对,四包,都拿来放在我的办公桌边上。"王锦华指着办公室说。说完,他就去四楼打印资料了。

等王锦华再回到办公室时发现,他辛苦扛上来的那四包冬装不见了,看到这儿,他下意识地想到了什么,赶紧跑到窗口往楼下看,那八包胀鼓鼓的冬装整整齐齐地摆在空地上;它们像极了八个淘气的孩子正抬头嘲笑着王锦华："来啊！再来扛我们啊！"

此时办公室也没有男同事在，没办法，王锦华只得又把那几个男同学叫来，和他们一起再把那八包冬装重新扛到楼上来。王锦华就这样楼上楼下地跑着，在那个寒风吹起的天气里竟累得满头大汗。干完活后，他气喘吁吁地说："看来，凡事都得靠自己啊！"这句话，让女同事们都笑得前仰后合。

由于老师和个别学生之间语言交流的不畅，诸如此类的小故事时有发生。在生活中发生这些事情可一笑了之，但在教学中如此，就要慎重反思了。

长兴职教中心招收的前几届新疆学生的普通话水平确实不高，这成了老师授课时的"拦路虎"。每一届新疆学生一入学，任课老师都非常重视普通话的教学工作，他们想尽一切办法来提高学生语文听、说、读、写的水平。2011年，校领导提出了一个至今看来都非常有价值的观点：任教于新疆中职班的所有教师首先都要把自己看成是语文教师。

语言沟通是人类思想情感沟通的桥梁，老师们一直在为建设这座桥梁而努力。

2013年11月的一个周末，午后天空中飘着毛毛细雨，篮球场和田径场上都看不到学生们矫健的身影，大家都躲在寝室里闲聊。

7302寝室里，不时地传来阵阵笑声。笑声飘出窗外，回荡在楼道里。

原来是图尔苏正在给大家讲《西游记》中银角大王移来须弥山压困孙悟空的那一段戏。他讲得生动有趣，动作也模仿得惟妙惟肖，逗得大家哈哈大笑，大家就一直缠着他继续讲下去。

宋川打趣地说："没想到，图尔苏还是个故事大王啊！"

听有人夸赞自己，图尔苏更来了精神，接着又讲起了孙悟空大闹天宫的那一段；虽然他讲的内容和书上不完全相符，有的地方更是玄玄乎乎，但同学们都听得津津有味。

"讲得真好!"134电子班的沙恩别克·努热阿合提不知道何时站在了寝室门口,他称赞完还向图尔苏竖起了大拇指。

宋川此时突然来了鬼主意,怂恿沙恩别克也讲一个故事。因为他知道沙恩别克的普通话讲得不好,他讲起故事来那吞吞吐吐的样子一定会给大家带来无穷的乐趣。同学之间并没有恶意,都是想能玩得开心就好。

"图尔苏代表7302,沙恩别克你代表7303,我们两个寝室进行一次讲故事比赛,咱们比比谁厉害!"凯萨尔·艾克木借机提议。

没想到,沙恩别克还真就要讲上一段,他要讲"三打白骨精"的故事。不过,他开口还没说几句,寝室里的人就笑得前仰后合了。

这一幕正好被前来找图尔苏的阿卜杜热西提撞见了。

作为学长,阿卜杜热西提马上提出了不同看法。他建议说,既然要比赛,就得公正公平,要讲统一的故事内容才行。

接着同学们就七嘴八舌起来,有的说讲《西游记》,有的说讲《八仙过海》,有的说讲《农夫与蛇》……争了半天,也没个结果。

"同学们,大家既然是在长兴读书,这里的民间故事既丰富又精彩,我们就讲长兴的故事吧!好不好?长兴最经典的故事莫过于《百叶龙的传说》了,就定这个,准备一周时间,大家看呢?"图尔苏说完,用恳切的目光看着大家。

"好!就讲长兴这个百叶龙的故事。"同学们异口同声。

故事内容定好了,但谁来做评委呢?阿卜杜热西提倒是非常愿意,可沙恩别克说他是图尔苏的表哥,做评委自己肯定不服。想选其他同学,大家都低下了头,看来同学们都对自己的普通话不自信啊。这可真难选,这让讲故事比赛的讨论陷入了僵局。

"我都听半天了,"顾海林推开半掩的门进来了,"我来做评委,找时间让你们好好地比一比!怎么样?"

顾海林周末巡查寝室，正好撞见了这一幕。同学们主动以比赛的方式来"晾晒"自己的普通话水平，这在平时语文课堂上是难见到的。他看到这一幕，心里别提有多激动了。

"顾老师，比就比！"图尔苏满怀信心地说。

"比，一定要比，谁……怕谁！"沙恩别克也不示弱。

热合曼·艾合买提提醒说："顾老师，比赛可以，但不能您一个人做评委。"

经热合曼这么一提醒，顾海林马上反应过来，就自己一个人做评委，肯定难以服众，看来学生还想得挺周到的。

于是顾海林提出让 138 汽修班和 134 电子班的两个班主任和两个语文老师一起来担任评委。当然，作为此次讲故事比赛的正式发起人，阿卜杜热西提也在评委之列。

大家同意了顾海林的建议，一起商定要利用下周五的班会课在 138 汽修班举行这场讲故事比赛。

阳光少年之间的比拼,总能让人热血沸腾。22 日下午,天气晴朗,阳光明媚。138 汽修教室里挤满了人,80 多人挤在教室里却鸦雀无声,因为大家正期待着一场寝室与寝室的比赛,其实这也是班级与班级之间的普通话较量。

顾海林、张海兵、戴友莲、何信海、王征亚和阿卜杜热西提六个评委,都在教室最后面正襟危坐着。

比赛开始!宋川作为主持人,大声地邀请图尔荪上台。

图尔荪迈着健步登上讲台,很有礼貌地向大家施礼后,开始了演讲:

> 很久很久以前,在浙江北部的茗溪岸边,住着一对勤劳善良的
> 青年夫妇。妻子怀胎一年,生下一个怪胎,似人非人,似蛇非
> 蛇……

图尔荪讲起故事来声音抑扬顿挫、铿锵有力,夹杂着的动作表演也十分形象,赢得同学们阵阵热烈的掌声。讲完后,他走下台时看了沙恩别克一眼,眼神里流露出的是:我赢定了。

沙恩别克上台后,显得非常紧张,不停地搓着手。因为他的普通话水平确实一般,他没有在台上当着这么多同学和老师的面演讲过,但他明白,当初为了争口气,答应了比赛,今天就必须得站在这讲台上。看着台下老师和同学们期许的眼神,特别是顾海林老师那满是鼓励的目光,他赶紧调整好状态,进入了角色。沙恩别克开讲了:

> 很久……很久以前,在浙江北部的……茗溪岸边,住着一对
> ……勤劳善良的青年夫妇。妻子怀胎一年,生下一个……怪胎,似
> 人……非人,似蛇非蛇……

沙恩别克一开始自己都感觉糟糕透了,但讲着讲着,他胆子慢慢地大起

来,嘴巴里的字越吐越清楚,演讲的表情也越来越自然……

"哟,他还越讲越顺溜啊!"一些同学开始私语起来。

听到同学们的话,图尔荪原本自信的笑容开始收敛起来。沙恩别克原本有些躲闪的目光渐渐和大家有了互动,也赢得了一阵阵掌声。

结果,六个评委老师意见一致,沙恩别克赢得了比赛!

当顾海林宣布这一结果后,教室里一片哗然。

当时,7302整个寝室的同学都不愿意接受这个结果,特别是图尔荪,他想不通,疑惑地问:"顾老师,沙恩别克讲得没有我顺畅啊! 他凭什么赢我?"

"你讲得确实很棒! 但有一点你不如他!"顾海林说。

"哪一点呢?"图尔荪不解地问。但顾海林却不回答了,只是笑着看了一眼身边的阿卜杜热西提。

"沙恩别克讲故事时,全程脱稿,而你是照着稿子演讲的! 从态度上,他赢了你。虽然他开始讲的时候,表现并不如意,但后来,他越来越有了演讲的感觉,他的这份自信也强于你,所以,这次他赢了! 弟弟,接受结果吧!"阿卜杜热西提说完,拍了拍图尔荪的肩膀。

顾海林最后总结说:"要讲好中国故事,表情达意固然重要,但态度和精气神更重要。在这个方面,你觉得应不应该向沙恩别克学习呢?"

图尔荪最终还是服气地接受了比赛的结果。

讲故事比赛,看似是一件小事儿,却在一定程度上激发了学生们学习普通话的热情,也给了两位语文老师创新新疆中职班语文课堂教学模式的信心。

从此,两位语文老师在语文课上总是抽出一定的时间让学生来讲故事——名著故事、成语故事、传说故事……

采用讲故事的语文教学形式,在帮助新疆学生快速提高语文学习能力上确实起到了一定的效果。事实也证明,时间不会辜负勤奋的人。在当年学校组织的湖州市普通话水平测试中,143名新疆学生参加测试,62人拿到了普通话等级证书。可以这样说,这在当时应该是个相当不错的成绩。用姚新明书记的话说:"学校敢于组织新疆学生参加这次测试就表明了老师们和学生们已经向学习普通话口语发起了信心满满的挑战!"

没有人能随随便便成功,上天定然也不会辜负真正努力的人。

在此,不禁让人又想起了另一个故事。

2021年3月,浙江省曲艺家协会下发了关于"举办浙江省第十届故事会演讲比赛的活动"的通知。比赛分两个阶段举行,首先各地市先进行选拔赛,然后再推荐"优秀故事员"参加省里的决赛。

在接到通知后,我马上向姚新明校长请战,我们把这次讲故事比赛看成是对新疆中职班普通话口语教学效果的一次检验。想想看,如果我们的学生能和经验丰富的表演艺术家们同台竞技,这将是一件多么值得骄傲的事情!如果学生凭着实力获了奖,更是对我们普通话口语教学的巨大褒奖!

征得姚校长的同意后,我在高一新生中选了一个音质较好的学生参加集训,他就是208学前班的哈力穆拉提·吾加布拉。他讲的稿子是我在浙江省第十届故事会征稿的入围作品——《"惊喜"连连》,讲的是一个党员干部如何守住初心、廉洁奉公的故事。

我确实选对了人。聪明勤奋的哈力穆拉提仅用三天时间就把稿子背得滚瓜烂熟,他还自己设计了一套手势动作。

"老师,您放心,我肯定能进省赛!"每次训练后,哈力穆拉提都这样说,他也是在给自己打气。

我向他竖起大拇指,我也相信他的实力。

4月10日下午,湖州市首届故事演讲大赛在湖州市青少年宫举行。哈力穆拉提身着民族服饰,站在舞台上,朝气蓬勃、英姿飒爽,一副势在必得的模样。

成绩在晚上才揭晓,哈力穆拉提在 114 名选手中脱颖而出,成功晋级省赛。

4 月 23 日,浙江省第十届故事会演讲大赛在安吉县余村举行。出发前,我告诉哈力穆拉提参加决赛的 47 名故事员中有知名的老艺术家,有演艺团体的名角,也有国家级的演员……他听后眼神中闪过了一丝黯淡,但很快他的眼眸里又重新充满了光泽。

"老师,我能站在那个舞台上就已经赢了,是吗?"哈力穆拉提微笑着问我。

"当然,勇气第一!"我也微笑着回答。

余村,三面环山,一条小溪穿村而过。溪水如同快乐地奔跑着的画笔,一路勾勒,一路描绘,余村如画。远处群山连绵、莽莽苍苍;近处草木掩映、绿树红花:好一派和谐安宁的景象,好一个绿水青山的余村。这里可是习近平总书记"绿水青山就是金山银山"重要理念的诞生地啊! 我在如此生机盎然的季节里带着哈力穆拉提来到余村演讲歌颂党、赞美祖国的故事,是多么地恰合时宜。那就让这个身着维吾尔族盛装的帅小伙给余村这山、这水再添上一笔色彩吧!

我在路边停下车,让哈力穆拉提站在那块刻着"绿水青山就是金山银山"的巨型石碑下拍照留念,那将是他终生难忘的记忆。

哈力穆拉提那天是最后一位上台演讲的选手。他精彩的故事内容及台上精湛的临场表演赢得了观众和评委们热烈的掌声和好评。

故事会演讲大赛结束后,浙江省曲艺家协会顾问汪黎明先生叫住了哈力穆拉提。

"小伙子,你的普通话讲得真不错,表演能力也很强!"汪黎明先生称赞哈力穆拉提说。

哈力穆拉提弯腰给汪黎明先生敬礼,说"谢谢汪老师,明年我还会再来!"

落日渐渐地变成了金色的光盘,余村正被多彩的霞光笼罩着。我们就是在这个美丽的时刻驾车离开余村的。

路上,哈力穆拉提一直沉默着。

"哈力穆拉提,你在想什么? 优秀奖也不错啊!"我说。

"老师,我在回忆刚才听来的那些中国好故事呢!"哈力穆拉提认真地回答了我。

"你已经很棒了!"我再次表扬了他。

"老师,我会继续努力学习普通话,用普通话讲好中国故事。等我毕业回到新疆后,我要用普通话给家乡人讲好中国故事!"哈力穆拉提说得很动容。

"相信你会做得越来越好!"我又一次向他竖起大拇指点赞。

车窗外,青山如画卷,快速展开;绿水如薄缕,飘逸而过。这美丽的江南风景,也许已勾起了哈力穆拉提对万里之外故乡 4 月风景的回忆。在那广袤的戈壁上,绿意也开始弹奏春天的旋律,讲述春天的故事。

实践出真知

2月正是新疆"千里冰封，万里雪飘"的时候，而与新疆有万里之遥的浙江长兴也是朔风阵阵。2014年2月10日，这天是正月十一，早上寒风刺骨，长兴的气温达到了零下三摄氏度。在长三角地区，这个气温已算是相当寒冷了。人在室外走得久了，碰一碰耳朵和鼻尖，都有一种钻心的痛。

这一天正好轮到138汽修班值日。图尔苏早早地把同学们叫了起来。他们既要打扫教学楼的卫生，还要清理教学楼前后小广场上的积雪。凌晨的那场雪下得并不大，虽只是薄薄地覆盖着地面，但如若不及时清理，师生们踩上去很容易因为打滑摔倒而受伤。图尔苏做事极其认真负责，他让大部分同学都拿上工具去除雪，自己领着三个人去清扫教学楼的楼道。

图尔苏拿着拖把，拧开一楼卫生间的水龙头，却不见水，水管被冻住了。他去二楼的卫生间看，更糟糕，拖把池上方的水龙头已经被冰胀裂，水流如注，卫生间的地面已经全是积水，洗手台的大理石面上结了一层薄冰。零下三摄氏度，这个温度与北方冬天的寒冷比起来算不得什么，但在江南的部分地区，它却具有不小的破坏性。

图尔荪见状马上掏出手机要打给班主任王征亚,忽然身后传来了讲话声,回头一看,顾海林正从楼道的另一端走过来。这样的天气,他怕出现险情,一早就来学校巡查了。

"图尔荪,今天不能拖地了,地面容易结冰。你们赶紧把前后广场上的积雪扫掉就行了。还有,通知大家早饭后去后面实训大楼的阶梯教室集合,今天的培训地点放那儿了,8点半开始。"顾海林给图尔荪交代后,又继续去其他楼层巡查了。

顾海林所说的培训是指海信(浙江)空调有限责任公司的技术人员给新疆中职班学生进行的工学结合岗前培训。培训已经进行三天了,这天还需要一个上午。

工学结合的人才培养模式可以把学生在课堂学到的理论知识与企业的需求结合在一起。学生通过在生产一线进行岗位锻炼,既能强化自身的专业知识又能培养自己吃苦耐劳的精神和坚忍不拔的毅力。从这个角度看,"纸上得来终觉浅,绝知此事要躬行"这句诗对人们的指导意义是非常深刻的。

每年2月,空调生产就步入了旺季。随着订单量的增加,海信公司也出现了技术工人短缺的困难。每年的这个时候,长兴职教中心作为县内的龙头职校就会及时发挥助力企业的作用,派学生进企业参与生产实践。这次就派出了2011级、2012级和2013级共六个新疆中职班的学生到海信公司进行为期两个月的工学结合活动。

2月15日这天中午,也就是学生们进入海信公司进行工学结合活动的第五天,内机车间生产线A内线的一名班组长突然跑进值班室说:"顾老师,不好了!快去看看吧!有两个学生打架了,打得还挺厉害,我拉都拉不开!"

顾海林一听,赶紧起身随这名班组长跑了出去。

等他们赶到时,图尔苏和阿迪力江已经被同学们拉开了,但两个人都还气呼呼地站在那里,好像红了眼的斗鸡;看样子,没有完全罢手的意思。

阿卜杜热西提正尴尬地站在一边,胸脯起伏着,他在喘着粗气,可见他刚刚拉架时一定很努力。打架的两人,一个是他的表弟,一个是他的好朋友。他帮谁好呢?他最终还是经受住了亲情和友情的考验,他刚刚并没有拉偏架。

顾海林顾不上问原因,先查看了他们的伤势,阿迪力江的右眼稍微肿胀发青,图尔苏的嘴角被撕开了一个小口,有血迹,但也没有大碍。阿迪力江是 113 电子班的班长,班主任正是顾海林。

"顾老师,图尔苏太不讲道理了。他见到我二话不说,上来就打!弄得我云里雾里一头懵。"阿迪力江怒气未消地说。

"你吃饭时说了什么话?难道自己不知道吗?"图尔苏激动地问,眼睛瞪得好大。

"我……那个……"阿迪力江显然不想说或者不敢说。

顾海林也没有立即深究,决定还是先把图尔苏带回值班室仔细问清楚情况再说。

在值班室里,顾海林先给图尔苏倒了一杯水,又让他坐下来平静了一会儿,问道:"你说说,到底怎么回事?"

稍微消了气的图尔苏打开了话匣子,他把事情的前因后果都告诉了顾海林。

原来,在此次工学结合活动中,115 汽修班、123 电子班、128 汽修班和 134 电子班都被安排在了外机生产区,只有 113 电子班和 138 汽修班被安排在了内机生产区。113 电子班在 A 内线干活,138 汽修班在 B 内线干活。两条生产线相邻,两个班的人数差不多,这就让他们产生了相互比较的想法。这几天下来,138 汽修班的日产量比 113 电子班低了很多。今天中午吃饭时,阿迪力江就说起了这个事儿。他说138汽修班都是懒汉,班级也不团结,班风有问题,这个话正好被坐在他身后的图尔苏听到了。作为138汽修班的班长,图尔苏当然无法接受。就这样,二人就争吵起来,继而大打出手。

顾海林听后,沉默了一会儿说:"我会查清楚的,如果阿迪力江毫无根据地乱说话,我肯定要批评他。但反过来看,如果他说的是事实,图尔苏你是不是也要反思一下?你们的班风到底有没有问题?你们工学结合的日产量为什么就不如我们班?"

图尔苏忙站了起来,说:"顾老师,您说得对。我是应该带领全班同学反思一下了。"

"那接下来你要怎么做呢?"顾海林一脸严肃地看着图尔苏问。

这时,图尔苏倒来了勇气,坚定地说:"顾老师,目前我还没想好。晚上回到学校,我想先给班委开个会!"

顾海林表面上没说什么,心里却很满意。

晚饭后,经过顾海林和王征亚的共同调解,图尔苏和阿迪力江终于握手言和。握手后,图尔苏对阿迪力江说了一句:"我们会做到的! 你等着看吧!"

那天晚上7点半的样子,四辆公交车在毛毛细雨中开进了校园,停在了食堂前。车门打开后,学生们清理好车上的垃圾后雀跃着跳下车。不得不佩服,他们的体力真好,一天下来毫无疲倦感。冷风钻进了衣领衣袖,他们立刻裹紧工作服,快步地向寝室奔去,阵阵寒风尾随其后。

138汽修班的班委会成员却没有回寝室,他们按照约定在班级里开了一次没有班主任参与的班干部会议。这是他们自组班以来第一次自发组织的班会,后来这种情况成了常态。

2021年初,电话采访图尔苏时,我问:"那天班会课上,你们都谈了什么？做了哪些决定？"他回答我说记不清什么了，只记得大家都表态说以后要好好干活，给班级争口气。

幸好，王征亚翻箱倒柜地给我找出了当年的那本班级日志，上面有宣传委员马瑞记录的那次班干部会议上大家的发言情况。

副班长包虎：要想不被人看扁，就要努力做好该做的事情，让他们改变对我们的看法；要想被人认可，就必须有作为！

体育委员麦吾兰·尼亚孜：我们只要好好干，一定能比他们做得更好。今后不论是在学习上，还是在实践工作上，我们都要有所改变，不能再像以前那样了。

学习委员蔡玉新：今天才知道，原来别人是这样看待我们班级的，真的很丢人。但打架解决不了问题，我们要从自身找原因，慢慢地改变。把这次工学结合的活动做好，这是第一步，也是关键的一步，用事实说话，才有力量。

手机管理员艾克帕尔·尔肯：从明天起，我们都要努力干活，大家辛苦点儿，动作麻利点儿，多做点儿，一定要把113电子班的日产量比下去。我保证，只要不生病，工学结合期间，我绝对不请假！

团支书许飞：光我们几个班干部努力干活，日产量怎么能超过他们？我们要发动全班同学，只有大家齐心协力，胜利才会属于我们。人心齐，泰山移，所以，我们班级一定要团结，团结就是力量。

图尔苏：今天，阿迪力江这几拳算是把我打醒了，也应该把我们138汽修班打醒了。我们要想堵住别人的嘴，那就得自身做得好，俗话说"打铁还需自身硬"，我们各方面都做好了，他们除了赞扬，还能说什么呢？等下我们回到寝室，就要给其他同学做工作。从明天起，我们开始认真起来，好好学技术，卖力工作，一定要把A内线的日产量比下去。蔡玉新说得对，做好工学结合，这是我们的第一步，有句老话说得好，"能胜强敌者，先自胜也"；以后,我们 138 汽修班要在各个方面都做得最好,让他们羡慕,向我们竖大拇指。

那晚图尔苏组织的班干部会议无疑是成功的。因为从第二天起,B 内线的日产量就有了很大的提高。几天后,B 内线的日产量就反超了 A 内线,这引起了 A 内线全体员工的重视,他们看 B 内线的目光明显不同了。

2014 年 2 月 20 日晚下班时,B 内线的线长把大家都集合起来,宣布当天的日产量竟然达到了 2710 台,这个产量是 138 汽修班学生参加工学结合活动以来最高的一次;当天 113 电子班所在的 A 内线的日产量是 2542 台,也创新高了。线长刚说完,138 汽修班的学生鼓起了雷鸣般的掌声,紧接着就是一片欢呼声。那天,海信公司除了给他们发了牛奶、面包外,还特别奖励给他们每人一瓶红牛饮料。

那晚在公交车上,138 汽修班的学生一路欢声笑语。图尔苏还唱了一首完整的民族歌曲,原来,图尔苏的歌声是那么的甜美。歌声挤出车窗,飘向神秘的夜空。

在接下来的一个多月里,B 内线的日产量一直比 A 内线的日产量高出很多,并且这段时间 138 汽修班全勤的人数高达 16 人,这个数字已经很了不起了。比比看,113 电子班全勤的人数是 11 人。人有的时候,不要怕比,因为有比较,才会有压力;有压力,才会有动力。而人一旦动力十足,还有什么事情能干不好?

努力就有成果,付出就有收获。当为期两个月的工学结合活动结束时,学生们都收获满满,他们平均每人拿到了 6000 元左右的薪酬。6000 元在很多大老板眼里也许连一顿饭钱都不够,但在这些新疆学生的心里却是沉甸甸的希望。也许某个人的家里要翻盖房子,这笔钱正好可以派上用场,也许某个人的家人要去做生意,这笔钱正好可以做本钱……

要额外提一提,138 汽修班学生的平均薪酬要比其他班学生多一些。

这里面应该有图尔苏的功劳啊。看着自己用汗水和技术换来的"硕果",学生们相视而笑,满脸满足。

当然,这个"果实",不应该仅仅是用金钱来衡量,"果实"里还包括了学生专业技能的提升、岗位适应能力和人际交往能力的历练、人生阅历的增长。有些"果实"本身就不是金钱,也不是用金钱就能买得到的。

只要凝心聚力,展开良性的竞争,那么就有可能发生质的改变。不论是从小团队看,还是从大集体看,这都是一条颠扑不破的道理,国家、民族、世界的发展莫不如此。

工学结合之后,校园学习生活恢复了正常。新疆中职班的老师们发现,经历了企业锻炼之后,学生们变得安静和专心了。他们坐在教室里学理论课时,不再嚷着说"枯燥";他们在实训室的工位上操作时,不再叫苦喊累。在我看来,那是因为他们已经懂得了学习专业技能的价值,明白了掌握一门技术对自己的人生有着怎样的重大意义。

不经坎坷的人生会缺少一些精彩,不经磨炼的生活会缺少一些参悟。只有经历过坎坷与磨炼的人生,才会更加饱满、圆润。

2014年5月底,长兴职教中心和海信公司共同举办了"海信(浙江)空调有限责任公司工学结合活动总结暨表彰大会"。

会上,长兴职教中心副校长钱柏良首先对本次工学结合活动做了总结。他说:"同学们在面对第一次的实习岗位时,有困惑、疑虑、偶尔还有些技术性的偷懒,但是最终大家都能够坚持下来,从对流水线作业的不适应到最后的操作自如,这是你们挑战自我、提升自我的一大胜利。当你们拿着辛苦赚来的工资时,首先想到的不是犒劳自己,而是回馈父母,我们很感动。但请你们记住,你们回馈给父母最好的礼物不仅仅是物质形式的礼品,更重要的是你们不断地自我成熟、自我提升……"

接着,海信公司人资行政部的石永生部长公布了本次工学结合活动的优秀学员名单,有 59 名优秀学员和 42 名优胜学员。

当图尔苏和阿迪力江站在一起领取优秀学员奖状时,图尔苏小声地对阿迪力江说:"我们做到了。"阿迪力江也微笑着说:"我看到了,你们做得太棒了!"

亲情永远在

用"像石榴籽一样紧紧抱在一起"来比喻民族团结实在是太贴切了。长兴职教中心"民汉学生结对子"活动的积极开展就十分有效地促进了当地的民族团结。

为了丰富新疆学生的课余文化生活和加强各民族学生之间的沟通交流,学校每年都会举行一次新疆少数民族学生和长兴本地汉族学生的结对子活动,我们称之为"民汉学生结对子"。

正因为有了这样的活动,我们会看见:雷锋纪念日,结对子的学生一起走进社区为居民义务修家电;清明节,结对子的学生一起去"江南红村"祭扫烈士墓;重阳节,结对子的学生一起去雉城镇养老院慰问孤寡老人。这一系列的活动,不仅让学生们体验了社会实践,还进一步加深了结对子学生之间的感情。

直到现在,很多当年结对子的学生彼此还保持着密切的联系,正如王勃诗中所云"海内存知己,天涯若比邻"。这样的例子很多,比如当年113电子班的阿卜杜热西提和111园艺班的陈建晶是最早一批结对子的学生。阿卜杜热西提毕业后回家打工的那两年,就经常向陈建晶请教一些关于企业管理的经验。154电子班的阿卜都拉·吾麦尔在长兴读书时,就经常到2015级导生班的高凯家里去做客。他们现在也经常通过微信交流互动,有时候还会为了一个电脑编程问题而争论不休。164电子班的阿肯木江·库尔班和161电子班的陈文浩当年每到周末就在一起拍搞笑短视频,二人还曾相约要找个机会一起去横店做一回真正的电影演员呢……他们的友谊如涓涓泉水清澈而流长!

这些让我们欣喜地看到,长兴职教中心"民汉学生结对子"活动的开展对促进少数民族学生和本地汉族学生的语言交流、情感融合、文化融合和思想融合都起到了积极作用。

2020年国庆节,图尔苏给我打电话,我们聊起了他当年在校读书时的一些往事。他说:"老师,我太怀念在长兴读书的那段日子了,有些人和事儿一直都在我的记忆深处——初到的不适应、老师的温情、班级的温馨、校园的美丽、江南烟雨的诗情画意……那些回忆真的很美好!"接着他就给我讲起了他和阿卜杜热西提去沈泽历家里做客的故事。

他说那天是2014年4月12日,周六,天气晴好。当天图尔苏原本和阿卜杜热西提约好一起打羽毛球的,但一早沈泽历就给他发来信息,想约他和阿卜杜热西提到自己家里做客。这可是图尔苏期待已久的事情,他马上同意了。沈泽历是和图尔苏结对子的本地学生,就读于131汽修班。

请一天的假,这可是要顾海林老师同意才行。图尔苏央求阿卜杜热西提去找顾老师请假,因为阿卜杜热西提是顾老师眼里的"大红人",他去请假,肯定能成功。事实证明,图尔苏还真聪明,顾海林非常支持他们这次"走亲戚"的活动。

"你们一定要借助这次机会,好好地了解一下长兴当地的风土人情啊!"这是顾海林对他们这次"走亲戚"的嘱咐。

9 点整,三个同学在学校的大门口会合了。他们决定从学校一直走到位于雉城镇高家墩的沈泽历家里去,这正好满足了图尔苏"好好逛逛长兴街"的愿望。

4 月的长兴,草长莺飞,莺歌燕舞;阳光温暖,微风拂面,十分惬意;路旁随风摆动的柳条像极了达坂城姑娘的发丝,细又长。三个小伙伴悠闲地漫步在路上,谈天说地。人行道旁树上的鸟儿也时不时地倾听他们的说笑。一路上,因为聊得兴起,图尔苏还给沈泽历唱了一首维语民歌《青春舞曲》:

> 太阳下去明早依旧爬上来
>
> 花儿谢了明天还是一样的开
>
> 美丽小鸟一去无踪影
>
> 我的青春小鸟一样不回来
>
> 我的青春小鸟一样不回来
>
> 别的那呀哟别的那呀哟
>
> ……

沈泽历对他们说:"唱歌我是唱不来的,但我妈妈是个越剧迷,她唱戏可好听了。"

"那我给阿姨跳一段新疆舞蹈。"阿卜杜热西提说。

"好啊! 我爸妈肯定喜欢看你跳舞!"沈泽历说完,还有模有样地扭动了几下。这把图尔苏和阿卜杜热西提逗得大笑,说:"你这跳得够难看了!"

因为他们没急着赶路,所以用了将近一个小时才到沈泽历家。沈泽历的家在高家墩社区黄土桥自然村,是一幢自建的三层楼房,还有一个近百平方米大的院子。

图尔苏一进院子就叫道:"你家的别墅要比王山新村那里的阔气很多啊!"

听到声音后，沈泽历的爸妈就笑呵呵地出来迎接了。

沈爸爸仔细打量了一番图尔苏和阿卜杜热西提，称赞说新疆的小伙子实在太帅了。图尔苏兄弟俩听后心里美滋滋的，同时他们也很有礼貌地向叔叔阿姨问好。

沈泽历带着兄弟二人在家里跑上跑下地参观，引得他们不时地啧啧称赞："太漂亮了，房间好大！"

他们回到客厅后，沈妈妈早已准备好了茶水和水果。

"你们家的房子是什么样的呢？肯定比这大吧？"沈妈妈问了一句。

"阿姨，我们家是平房，有四间。"阿卜杜热西提边说边比画。

图尔苏对表哥的描述并不满意，于是他就把新疆农村房子的建筑样式给沈泽历一家人仔细地描述了一遍。他以喀什地区维吾尔族的民居为例说起，那里的房屋大多是内庭院式，卧室和客厅都很宽阔，面向庭院的客厅前设有木质结构的外拱廊，拱廊前建有苏帕（类似于东北的土炕），苏帕上铺着图案别致、配色美观的地毯，地毯上放置做工考究的木桌，桌上摆满了各种果盘。盘坐在苏帕上吃着瓜果的人们根本不用担心阳光的炙烤，因为头顶上那缀满枝叶的葡萄架犹如一块绿布早把他们严严实实地护住了。两米高的砖砌围墙将房屋、葡萄架、各种花卉和果树等统统围了起来，就形成了方形的庭院。

"听你这么一说，真长见识了。"沈爸爸说。

"叔叔，我来长兴读书，那才是长见识呢！可以说，长兴是我的第二个家呢！"图尔苏说。

图尔苏说的的确是心里话。长兴作为帝乡佛国、千年古城，有着深厚的文化底蕴，其"好客"传统源远流长。如今大气开放的长兴更是诚迎八方来客。也正因为如此，来长兴读书的新疆学子们才有了宾至如归的感觉。

在客厅里，大家聊得非常开心。沈妈妈在厨房烧菜虽然很忙，但她还总是抽空过来和图尔苏聊上几句。看得出,沈泽历一家人很喜欢这两个来自新疆的客人。

几个人时而发出一阵阵的笑声来,时间就在这欢快的气氛中很快地溜走了。午饭时间到了,伴随着沈妈妈的一声"开饭喽",大家都从沙发上站了起来。

"我妈妈烧的菜可好吃了,你们千万不要客气哦!"沈泽历边说边引着图尔苏和阿卜杜热西提向餐桌走去。

图尔苏和阿卜杜热西提彼此对望了一眼,随即脸上都露出了为难的神色。他们心里想的一样:来的路上咋就忘记给沈泽历说自己不能留下来吃中饭的事儿了? 等下面对一桌子丰盛的饭菜,自己又不能吃,多尴尬啊! 由于维吾尔族和汉族在饮食文化方面有差异,长兴职教中心结对子的新疆学生在"走亲戚"时一般都不会留在汉族同学家里吃饭。

但此时面对沈家人的热情,图尔苏和阿卜杜热西提没了主意,不由自主地挪动身子跟着沈泽历。当兄弟俩看向餐桌时,他们惊呆了。一盘高高摞起的烤馕映入了他们的眼帘,仔细一看居然是皮芽子囊(皮芽子即洋葱)。在新疆诸多种类的馕饼中,图尔苏最喜欢吃皮芽子囊了。大家落座后,沈妈妈又端上来三样菜,分别是土豆炖牛肉、红烧羊排和清蒸整鸡。菜品虽不多,但分量足,每道菜都是满满的一大盘。

"烤馕是从海兴路上的兰州拉面馆买的,但这三道菜可是我亲手做的。你们的饮食习惯啊,我清楚的。你们放心吃!"沈妈妈微笑着说。

"哦,对了。这盘子和筷子都是昨天新买的,今天第一次用。"沈泽历紧接着说。

沈爸爸又补充道:"还有做菜的铁锅也是前段时间买的,今天第一次用。"

听着这一家人贴心的话语,再看着眼前的美食,图尔苏和阿卜杜热西提心里顿感无比的温暖。沈家人的盛情款待让他们感动，对他们饮食习惯的尊重更让这两兄弟心生感激之情。

这场景，图尔荪觉得有必要说两句了，就起身给沈爸爸沈妈妈弯腰行礼说："今天我们是来走亲戚的，以后我们就是一家人呢！"他这句话一说完，其他人就都站起身来说"好，好，好"。席间，从来不喜欢在众人面前唱歌的沈泽历还给大家完整地唱了一首歌——《相亲相爱一家人》：

> 因为我们是一家人
>
> 相亲相爱的一家人
>
> 有缘才能相聚
>
> 有心才会珍惜
>
> ……

图尔荪说，沈泽历唱歌的时候，客厅里的阳光温暖柔和，似乎也被这欢聚的场景和动人的歌声陶醉了。

午饭后，图尔荪和阿卜杜热西提都得到了一份很特殊的礼物。

当沈爸爸得知维吾尔族文字在纸上是从右向左写的时候，就迫不及待地拉着他们去了自己的书房。

原来沈爸爸是个书法爱好者，他最近一直在尝试写草书。今天见图尔荪两兄弟来了，他也想露一手。

沈爸爸在长桌上摆好了纸笔，他想让图尔荪写一段字给他看看。

图尔荪先是推脱，但实在拗不过沈爸爸，就想今天算是民族文化交流吧，于是开始写。

"谢谢你们对我的款待，有机会我也邀请你们到新疆去玩，我带你们游览大美新疆，吃新疆美食。"图尔荪放下笔后一字一顿地念着。

沈爸爸先是表扬了图尔荪的字，后又说："图尔荪，我以后一定会去新疆看看的，但现在我要给你回个礼。"沈爸爸说完，就麻利地在长桌上铺开宣纸，倒好墨水，提起毛笔，略微思索了一下，然后就落笔了。

"民族团结万岁"，几个遒劲的大字跃然纸上，沈爸爸用得意的眼神看了看身边的三个小伙子，笑着问："怎么样？"

三个小伙子马上拍手叫好。

"我爸不禁夸，咱们这一夸，他又要显摆了。"沈泽历故作表情地说。

"哪里是显摆？我们是在用文字进行心灵的交流。你要这么说，那我还得再送他们几个字了！小伙子，你们说，想让我写啥？"沈爸爸满脸兴奋地说。

这回，图尔苏抢先说："沈叔叔，我们和沈泽历是民汉结对子的学生，您就写祝福友谊的文字吧！"

沈爸爸点点头，凝神想了一下，马上运笔，饱蘸浓墨，落笔发力，"亲情永远在"五个飘逸的大字力透纸背。

书房里，顿时响起了掌声，大家都为沈爸爸点赞。

这次串门"走亲戚"，让图尔苏和阿卜杜热西提更加深入地了解到长兴本地的风土人情。难忘的记忆总是和幸福有关，幸福的记忆又总是长长久久的！

下午3点多，图尔苏和阿卜杜热西提走在了返校的路上。路旁时而汽车呼啸而过；路上时而树影斑驳，时而阳光倾泻。阳光将他俩的影子拉得很长很长。

2021年，在笑苹果胶带有限责任公司成立之前，阿卜杜热西提还特意托顾海林向沈泽历的爸爸讨要一幅书法。当顾海林向沈爸爸说明情况后，沈爸爸着力书写了一幅"生意兴隆"，并托顾海林寄给远在新疆的阿卜杜热西提。公司成立仪式当天，阿卜杜热西提特意将这幅装裱后挂在了小公室的"生意兴隆"拍照发给顾海林，并托请转达他对沈爸爸的谢意。

只要心连心，时空阻隔不了彼此的挂念。

拆的就是新汽车

如果你要问图尔荪职高三年里最难忘的事情是哪一件儿,他肯定会给你讲起这件往事。

那是 2014 年 5 月 13 日下午,138 汽修班正在实训室上发动机润滑系统拆装课。王征亚老师以寝室为单位把班级学生分成六个小组,并明确每个组员的分工。在讲解完操作要领后,他就让各小组学生在工位上进行项目操作。

王征亚在巡查学生操作进度时发现,伊力亚斯·努尔和图尔荪分别站在了宋川和廖江川身后小声地指导着。此刻,王征亚想起来了,这堂课的操作项目对伊力亚斯和图尔荪来说实在太容易了,因为这两人在去年的 11 月被确定为参加市技能节比赛的选手后,就一直在训练整车拆装项目。拆装整个发动机对他们来说已经是小菜一碟,何况今天的这个项目了。

要知道,图尔荪和伊力亚斯二人的动手能力确实很强,前后训练了五个月,就能在赛场上以实力碾压对手。伊力亚斯在 4 月举行的湖州市技能节发动机拆装项目比赛中获得了一等奖,图尔荪获得了二等奖。于是王征亚决定给他们俩安排其他的操作项目,就把他们喊了过来。

"你们两个去练习轮胎拆装吧,多熟悉一下轮胎拆装机。"王征亚对他们说。二人听后面露难色,他们心想扒轮胎那可是体力活,不想去。

"拆装轮胎也是基础操作能力之一,不能把它看简单了。"王征亚似乎看穿了二人的心思,态度坚决地说。

二人无奈,只好领了任务。

课间休息时候,伊力亚斯带着情绪说:"王老师让两个在市技能节比赛中获奖的高手来扒轮胎,这不是大材小用吗?扒轮胎有什么好训练的!"

图尔苏笑笑说:"王老师这样做,肯定有理由。今后咱们得低调点儿,咱们学的这点儿技能在老师面前可都是皮毛,加油吧!兄弟。"

二人正小声地交谈着,突然,隔壁的汽车整装实训室里传来了欢呼声,大部分同学都跑过去看热闹了。图尔苏和伊力亚斯也跟了过去。

原来,刚刚顾海林和张胜琪两位老师每人开着一辆新车进入了实训室,一辆是丰田卡罗拉,另一辆是丰田凯美瑞。现在,两辆新车就停在了龙门式汽车举升机下面,格外扎眼,这就引来了学生们一阵阵的尖叫声。围过来的学生越来越多,整个实训室就像一锅烧开的水,沸腾着。

顾海林赶紧拍拍手示意大家安静下来,说:"上课了,你们赶紧回到工位去训练。只要你们肯努力学技能,以后这两台新车就专门给你们训练用了!"他的话音刚落,学生们就一阵哄笑。

"真的!你们可以随便拆!"顾海林满脸微笑地说。

学生们又是一阵哄笑。顾海林平时爱和学生们开开玩笑,所以今天大家也都当他说的是玩笑话。

大家笑完后,也都各自回工位去了。

这时,图尔苏、伊力亚斯、宋川和廖江川几个人还围在车边,他们时不时地用手抚摸着黑得发亮的车身,满脸的羡慕和兴奋。

图尔苏主动提议他们几个人在下午放学后留下来打扫实训室的卫生，其他几个人听后当即表示同意。能多看一眼新车，那才是他们心里想要的，累点儿就不在乎了。顾海林听后也没多想，点头同意后就离开了。

就这样，下午放学后，这几个人连饭都顾不上吃就开始打扫实训室的卫生了，他们边干活边时不时地瞄着两辆新车。

"喂，你们说这两辆新车真是给咱们上操作课用的?"廖江川问。

"不能，这可都是没上牌的新车啊！给咱们拆拆装装的，也可惜了。肯定不是给咱们用的。"宋川抢着回答。

"嗯，也是，咱们能用上报废车就不错了。不过，顾老师说过，2007 年的时候，学校就曾经给学生买过新车用来训练。"伊力亚斯说。

"那是给参加国赛的学生用的！和咱们不沾边!"宋川说。

图尔苏发话了："我觉得就是给咱们用的！要不放这里干啥?"

这时，宋川去拉了一下车门，居然拉开了，几个人就坐到了车里去。大家在车里，摸摸这儿，碰碰那儿，都沉默着。

"图尔苏，你认为这车是给咱们用的，那你敢拆吗?"伊力亚斯突然发问。

"敢!"图尔苏说话的时候眼睛都没眨。

他俩的对话把宋川和廖江川惊住了，但他们很快表态说敢跟着。

"兄弟们，拿工具，动手！我今天就要尝尝拆新车的滋味!"图尔苏对其他几个伙伴下令了。

伊力亚斯也附和着说："来，拆!"

几个人说干就干，真的就打开引擎盖，动手拆起发动机来。

实训室的灯光摇曳着，似乎也要看看热闹。

偌大的汽车整装实训室里除了工具偶尔的碰撞声外，再就是几个人轻轻的低语声。不知不觉间，一个多小时过去了，再过半个多小时，这辆丰田卡罗拉的发动机就会被拆下了。

这时,一条长长的黑影在灯光下被拉得很直,影子慢慢地向他们靠近,最后影子映在车身上且停住了,他们还没发现。此刻,他们几个人的专注力全都在发动机上。

过了一会儿,黑影轻咳了一声。这可把几个注意力高度集中的学生吓了一跳,他们站起来回头看去,一下子全都惊住了。

顾海林就站在他们的身后。

"你们在干什么?"顾海林严肃地问。

"上实训课呢!"宋川回答。"我们在打扫卫生呢!"廖江川回答。这两个人害怕得连说话都语无伦次了;伊力亚斯此时也呆呆地站在那里不知道怎么答话了。

"顾老师,我们在拆发动机!"图尔荪鼓起勇气回答。

"谁让你们拆的?"顾海林问,依旧很严肃。

"您啊! 老师。"图尔荪大着胆子说。

顾海林此时想起了下午时候自己说的那句"你们可以随便拆"后,没再说什么,转身走了。

几个小伙伴看着顾海林离去的背影马上瘫坐在了地上,心里如打鼓一般咚咚地跳着。刚才的那种刺激和兴奋变成了莫名的无助和担忧。

"完了,赔钱吧!"廖江川说。宋川在一旁低着头,一句话也说不出来。

"咱们能赔得起吗?"伊力亚斯问。

"不用赔,拆了还能装回去,又没拆坏!"图尔荪满不在乎地说。

经图尔荪这么一说,他们马上又觉得事情没那么严重了。他们赶紧整理好工具,打算回去上晚课了。

当天晚自修快上课的时候,阿卜杜热西提到138汽修班把图尔荪叫到了教室外。不得不说,自从图尔荪来长兴读书后,阿卜杜热西提对这个弟弟的关心做到了极致。图尔荪生病住院了,他要护理;图尔荪外出购物了,他要陪同;图尔苏与人发生矛盾了,他要调解。这回,图尔苏惹的可是大祸,拆了学校新买来的汽车,阿卜杜热西提也不知道咋办了,只能干着急。

"拆汽车,这是不是你的主意?"阿卜杜热西提生气地问。

图尔苏不做声,这就等于承认了。这把阿卜杜热西提气得半天没话讲。

"大不了,我们再把发动机装回去。"图尔苏突然来了一句。

"好,只要你能保证装得和原来一模一样!"顾海林的声音,他和王征亚出现在了楼梯口。

两位老师的到来,让伊力亚斯、宋川和廖江川在椅子上坐不住了,他们纷纷走出了教室,在教室门口低头站成了一排,样子像极了做了坏事的孩子。

关键时刻,图尔苏壮了壮胆子,清了清嗓子,大声说:"顾老师,您说实话,这新车是不是学校给我们买来上实训课用的?"

顾海林没料到图尔苏会这样反问,但还是问道:"你为什么这么想?"

"顾老师,如果这新车不是给我们用的,也就不会开到汽修实训室了。还有,傍晚我们在拆发动机的时候,您也看见了,但您也没坚决阻止。再退一步说,如果新车不是给我们用的,但我们已经拆了,赔钱肯定是没有了,我们可以完好无缺地还原。"图尔苏有条理地分析道。

接着,几个人纷纷表态说一定能把发动机装好。廖江川述讲起了装回发动机的流程,伊力亚斯为了证明自己拆装发动机的能力竟然还从怀里拿出了那张一等奖的证书给两个老师看,原来这张获奖证书一直被他带在身上。

几个人的举动把顾海林、王征亚逗笑了。接着顾海林说了实话,学校开学初就决定要购置两辆新车放在汽车整装实训室供新疆中职班汽修专业的学生进行训练用,今天才提到车。没想到,新车在实训室里还没过夜,发动机就被拆了。

学校为了这些新疆学生投入确实太大了,学生们真的太幸运了。

听完,几个人都高兴得差点儿跳起来。这回不仅不用赔钱,以后还有新车用,当然开心了。特别是阿卜杜热西提竟然高兴得抹起了眼泪,不知道他是为表弟庆幸还是被学校的行为感动了。

接着王征亚还是批评他们做事太鲁莽了,不计后果。说得几个人立刻消去了笑容,红着脸低下了头。

"顾老师、王老师,我们今天擅自操作,拆了新汽车,您惩罚我们吧!"图尔荪诚恳地说。

"老师,我们认罚,认罚!"几个人也都争着说。

"好,敢作敢当,也是一种难得的品质。那你说想接受怎样的惩罚?顾海林说完,微笑地看着图尔荪。

"顾老师,那我们就再打扫一周的实训室卫生,行吗?"

图尔荪这句话把其他三个伙伴弄蒙了,他们面面相觑,一时无语,心里却想:这图尔荪是不是犯傻了,干活没够吗?顾海林已经看穿了图尔荪的心思,这个家伙主动请罪,肯定又"心怀不轨"。顾海林只是笑了笑并没揭穿他,摆手示意几个人回教室去自修。

这次图尔荪几个人擅自拆新车发动机的行为的确有些"过火"了,但几个学生敢作敢当的品质又令人佩服。他们之间没有相互推诿,尤其图尔荪更是勇敢地承担责任。这件事儿给新疆学生的心灵带来了极大的震撼,他们充分认识到学校为了提高新疆学生的实训能力而不惜代价的决心,充分认识到学真本领的重要性,也充分认识到老师对他们的严慈有加。

一个人的心灵一旦受到了巨大震撼,就会对他以后的人生产生重要影响。多年后,图尔荪和阿卜杜热西提在谈到这件事儿时表示,当时真没想到学校对他们这些新疆来长兴学习的学生如此包容,如此重视和如此不惜成本地培养。

烤包子里有爱的味道

　　这个故事得从 2014 年 5 月 16 日那天说起。那天,艳阳高照,晴空万里。因为是周五,所以学生们的心情比天气还要好。午睡是不可能了,他们激动的心如弹弓一般早就把困意弹射到九霄云外。等上完下午的班团课,他们就可以惬意地享受周末的快乐时光了。

　　而此刻,图尔苏正趴在桌子上盘算着自己银行卡里的那点儿钱呢。这学期的工学结合赚了 6000 多元,但他都给家里汇过去了。可自己要买个中意的东西,钱就不够了。原来,图尔苏打算下学期加入学校风云篮球社,为此他想买一双好一点儿的球鞋。昨天他在淘宝网上看中了一双,但价格超出了他的预算;他舍不得买,但心里还放不下,这是一种煎熬。没有哪种煎熬比自己极其渴望得到某种事物却又得不到的难受劲儿更痛苦。

　　班团课的铃声响起,班主任王征亚推门进来,后面还跟着学校民族餐厅的厨师长亚生·肉孜。

　　亚生于 2012 年 9 月 2 日从上一任厨师长手中接过了长柄方头铲,正式上岗。亚生原本在老家阿克苏经营着一家餐厅,后来经他姐姐推荐,他带着老婆和 3 岁的儿子来到了长兴职教中心，当起了厨师。亚生厨艺好，他做的新疆菜，色香味俱全，深受师生喜爱。出于尊重，大家平时都喊他亚生师傅。

就在前几天，亚生的腰扭伤了，于是他想在汽修班里挑选一名男同学到食堂来帮忙。举手报名的学生有十来个，图尔苏也在内。

"亚生师傅，我们还有二十几天就放暑假了，去厨房帮忙这段时间能给多少钱啊？"图尔苏问得很直接。

亚生看了看图尔苏，说："你呀，我……不要！你连新汽车都敢拆，我怕你去了餐厅，把我的冰柜和烤箱也给拆了，不要。"亚生说完，全班同学都哈哈大笑起来。

自从前几天图尔苏拆了新汽车之后，他就成了学校的"名人"，很多人都知道他了。亚生这句是玩笑话，图尔苏当然也知道，所以他还要据理力争。

"亚生师傅，我能拆就能修；餐厅的电器坏了，我也照样修得好。"图尔苏果真聪明，他这句话就变被动为主动了。

"你既然这么牛，就要你了。酬劳是 350 元，下课后你就来餐厅！"亚生丢下这两句话后就离开了。

350 元，可以买一双不错的运动鞋了！图尔苏心里暗暗喜滋滋起来。

图尔苏没闲心去关注同学们投来的羡慕眼光了，那还没到手的 350 元钱已经装满了他的脑海，他现在正幻想着穿上那双球鞋，在篮球场上运球、过人、转身，然后纵身起投，"哐"的一声，球乖乖入篮了！场边传来同学们热烈的掌声。

在民族餐厅里，亚生正用右手捶着腰，问："图尔苏，吃苦，你怕不怕？"

"只要能学手艺，我不怕。"图尔苏回答得很痛快。

亚生点点头，把图尔苏带进了厨房，先让他把两口大锅刷干净，接着又让他去洗一大摞餐盘。图尔苏心里犯了嘀咕："我给亚生师傅做帮手，不学炒菜，光是洗洗刷刷，这可不行，等下我得问问。"

"亚生师傅，晚上做什么菜啊？"图尔荪小心翼翼地问。

"大盘鸡，我先用小锅做，你认真学。然后用大锅，我教你……"亚生话还没说完，图尔荪就抢着说："大盘鸡，我会做，我在家经常做。"

图尔荪的不谦逊，让亚生有些不悦，亚生说："家里做菜和学校餐厅做菜能一样吗？学手艺，要虚心；山外有山，人外有人。"

图尔荪也意识到自己的不礼貌，低下头不再说话。接下来，亚生就开始给图尔荪做示范，一边做一边告诉他做大盘鸡的要领。

聪明人，一点即通，一学就会。图尔荪学什么都有模有样，在亚生的指导下，当天的大盘鸡做得还算成功。吃饭时，亚生和餐厅的几个阿姨都夸赞了图尔荪。图尔荪一高兴，猴急的性格又来了："亚生师傅，明天做烤包子吧！您做的烤包子太好吃了，这个手艺，我一定要学到手。"

亚生放下筷子，有些不悦地说："做烤包子费时费料，餐厅里要一个月才可以吃一回。学东西要从基础做起，好高骛远，可不行！你这么急干嘛？该教你的时候，我自然会教。"

图尔荪尴尬地吐了吐舌头，低头只顾吃饭了；但做烤包子的想法此时如春潮般不停地在他脑海里汹涌澎湃。他想，我一定要学会做烤包子的技术！思想的巨人加上行动的先锋，那就没有不能实现的愿望。

5月17日的一大早，图尔荪来到了餐厅后厨，周末只有两个阿姨上班。当他得知亚生去县人民医院拍片子要中午才能回来时，他脑子里跳出了一个大胆的想法。

说到这，大家也都会猜到图尔荪要干什么了，对，他要自己尝试做烤包子。想到就做，他开始切羊肉、萝卜、洋葱做馅儿，并动手擀面皮。他知道这个事儿绝不能让亚生知道，否则肯定会挨骂。所以，要赶在亚生回来之前就把烤包子吃到肚子里才行。这样想着，他手里的动作就格外麻利。很快，十几个包子就摆在了面案上，虽然样子有些难看，但一个个"肚大腰圆"，不说能让人垂涎三尺，但至少让人看着也有一定的食欲。

图尔苏把包子放进烤箱，启动了烘焙按钮。然后他就坐在凳子上焦急地等待新鲜的烤包子出炉。他想，等个十几分钟肯定够了。可开烤还没到十分钟，餐厅里就响起了亚生的说话声，这是亚生从医院回来了。图尔苏猛地抬头，透过玻璃窗看到亚生正向后厨走来，吓得他慌忙躲进了更衣间。

亚生怎么回来得这么快？原来是医生给他诊断后没有建议他拍片子，配了些药就让他回来了，嘱咐他以静养为主。

一开始亚生在厨房里并没有发现任何异样，他从冰柜中拿出一大块牛肉，接着准备其他的配菜。直到烤炉里飘出了焦糊味，亚生才发现了烤包子，不过，烤包子已经变成"烤炭"了！

图尔苏见事情已败露，就出来主动和亚生承认错误。

亚生把烤糊的包子拿出来，放在了面案上，回头说："图尔苏，这就是你做的烤包子！特创的糊焦味！这应该是世上最难吃的烤包子了。你这个人太没规矩，你走吧！我这里不需要你帮忙了。你这拆车名人真不虚传啊！"

图尔苏愣在一边，说不出话来，烤包子的焦糊味弥漫在厨房里。

"如果让你留下来，下一次你就真的能把烤箱给拆了。"亚生又补了一句。

听亚生这样说，图尔苏感到自己这次不是做烤包子失败了，而是做人失败了。他没再解释，慢慢地走出了厨房，离开了民族餐厅。原本，图尔苏以为亚生只会骂他几句，没想到，亚生直接把他赶了出来。走在回寝室的路上，他在心里不停地责怪自己，难过极了。图尔苏也意识到擅自操作烤箱，确实危险。

亚生把图尔苏赶走时，图尔苏并没有做太多解释。这倒让亚生有些难以理解了，按理，图尔苏会据理解释一番。其实他根本不知道，图尔苏之所以要学做烤包子，是有原因的。

图尔苏好久没有跟爸爸通电话了，他很想爸爸，正所谓日有所思，夜有

所梦;前不久的一天晚上,他做了一个梦,在梦中,爸爸好像要远行,对他说:
"儿子,烤包子真好吃,要是你能学会做这个,那就好了。"图尔苏知道爸爸最
喜欢吃烤包子,即便是在梦中还叮嘱他呢。这次有机会来民族餐厅学艺,他
想趁机学学怎样做烤包子,但亚生暂时不教,他有些心急,他太想学做烤包
子的技术了,以便放假回家给爸爸露一手,于是这次趁亚生上医院的机会,
他想独自试试看。但他不想把这个小心思告诉亚生,所以,面对指责,他选
择了沉默。

那天的午饭,图尔苏没有去吃,他躲在了寝室里,蜷缩在床上,一副可怜
巴巴的样子,满肚子的委屈没处诉说。这时,他想起了爸爸妈妈,特别是爸
爸,还是去年11月他们通过一次电话,之后再打电话接的人都是妈妈,妈妈
总是说爸爸在忙或者没在家。不行,今天的委屈一定要和爸爸说,否则心里
无法痛快。

想到这,他马上拨通了家里的电话……图尔苏真恨不得顺着电话线溜
回家。

晚上7点多,当王征亚接到阿卜杜热西提的电话时,他还在杭州出差,
赶不回来,于是他赶紧拨通了顾海林的电话。

当顾海林在田径场的看台上找到图尔苏的时候,图尔苏已经哭成了泪
人。阿卜杜热西提坐在边上紧紧地握着表弟的手,满肚子安慰的话语却不
知道怎么说出口。对于图尔苏家的事儿,阿卜杜热西提也不知情。此刻,他
也陷入了无尽的悲伤中。

见到了顾海林,图尔苏一把拉住他的胳膊哭出声来,看来,他不只是受
了什么委屈这么简单。顾海林拍了拍图尔苏的肩膀说:"你要哭,就大声地
哭出来吧!"图尔苏的哭声就越来越大。他的哭声回荡在黑夜中的田径场
上,格外令人心痛。

事情原来是这样的,中午时,图尔苏给家里打电话,这回他一定要爸爸

接电话不可，妈妈躲不过，只好告诉他说爸爸因为坏血病太严重，已经不在了，去年 11 月 28 日那天走了……图尔苏如同遭了晴天霹雳，整个人一下子就失去了思维和知觉，他感觉自己就是根木桩，动也动不了。过了好一阵儿，他才发现自己的呼吸还在，随后就觉得心如万箭刺穿一般的痛，他无法忍受这巨大的悲痛，疯狂地跑出了寝室，在田径场上一直待到天黑。

晚饭时，阿卜杜热西提来寝室找图尔苏一起吃饭，四处找不见人，最后在田径场上发现了图尔苏并得知了事情原委，但他安慰不了表弟，只得向老师求助。

图尔苏和爸爸的感情非常好。他能来浙江读书，多亏爸爸配合他演戏才说服了妈妈。报到时，爸爸还亲自送他到乌鲁木齐。他弄不明白，爸爸根本就没啥大病，每次去医院也只是配药而已，这样一个爱家人、爱生活的人怎么说没就没了呢！自己也真傻，半年了，爸爸都没和自己通电话，自己竟然没多想……图尔苏越想越伤心，陷入了无限的自责中。

人们常说母子心连心，其实父子之间也会心连心。图尔苏怎么也没想到，前段时间爸爸托梦让他学做烤包子，竟然是心灵感应，是永别后的思念。

事实上，顾海林对图尔苏父亲去世的事情是知道的，但他答应了图尔苏的妈妈，暂时不告诉图尔苏，不想让他在学习上分心。就在上一周，他还分别和王征亚及图尔苏的妈妈商量："马上就要放暑假了，不可能一直瞒着图尔苏，找个机会告诉他吧，好让他在回家前有个心理准备。"

"顾老师，我没有爸爸了，我没有爸爸了……"

"图尔苏，你有妈妈，有哥哥，有老师，有同学；我们都在你身边！你的幸福还在！"

"顾老师，我没用！我真是个没用的人！"

"谁说你没用？你很优秀，爱学习，成绩好，动手能力强，人际关系好。"

"爸爸最爱吃烤包子，我想学会，回去做给他吃，可我学不会，现在就算学会了,他也吃不到了。"

"我相信你肯定能做出最好吃的烤包子。我们都想吃,你妈妈、哥哥,还有同学们。"

"亚生师傅已经不需要我了。"

"我给他打过电话了,他要你明天早上就去给他帮忙。"

……

顾海林、图尔荪和阿卜杜热西提在田径场的看台上坐了好久好久,他们说了好多好多话。顾海林握着图尔荪的手,想尽了这世间最能开导人心的话儿来安慰他,希望他能尽快走出痛苦的心灵沼泽。

那晚分别时,顾海林对图尔荪说:"图尔荪,你要振作起来,爸爸没了,你就是家里的顶梁柱!你将来发展得好,爸爸在天堂看得见。加油!"这几句话,图尔荪至今仍旧记得。

周日早上,当顾海林领着图尔荪走进民族餐厅的后厨时,图尔荪看见亚生和几个阿姨正在忙活着。有的在削萝卜,有的在剥洋葱,有的在切肉丁。

"图尔荪,快来帮忙,我教你做烤包子。"亚生微笑着说。

"哦……嗯!"图尔荪先是感到很意外,随后心里就懂了,亚生师傅肯定已经什么都知道了。

"以后,我还要教你烤面包,烤馕!"亚生又微笑着说。

"嗯,谢谢亚生师傅。"

姓邹的阿姨笑着说:"亚生师傅终于有个好帮手了,衣钵不愁传了。"

那天,图尔荪包了很多有模有样的烤包子,亚生教他如何预热烤箱,如何在烤盘里加植物油,如何在烤包子的过程中掌握火候。中午,新疆的学生们都吃到了盼望已久的烤包子,大家开心极了。

图尔荪那天一共吃了八个烤包子。他吃得很慢很慢,因为他咀嚼出了烤包子里爱的味道!

顾爸爸,我们爱您

5月的江南,温润轻柔;5月的长兴,微风宜人。

2014年5月28日,长兴职教中心在校艺术馆为首届新疆中职班的毕业生举行了隆重的毕业典礼——"再见了,母校"。

入场前,学生们争先恐后地在活动背景布上郑重地签下了自己的名字。他们这次的签名比以前任何一本作业簿上的字迹都要工整,因为这是他们高中生活里最"浓墨重彩"的一笔,当然要倍加珍惜。入场后,他们都安安静静地坐在座位上,等待着一场属于他们的极富仪式感的洗礼。

毕业典礼上的节目都是学生们自己精心挑选和认真排练的。今天的日子,十分喜庆,这是属于学生们的日子;今天的舞台,光辉灿烂,它是属于毕业生的舞台。一阵热烈的掌声后,开场舞《葡萄熟了》的乐声响起。美丽的维吾尔族少女帕提古丽·艾海提率先登场,她一身艳丽的民族服装在聚光灯下格外耀眼,她左手叉腰,右臂上扬,潇洒地转了一圈儿,两条乌黑的长辫顺势甩出了一条优美的弧线,裙子的绿色下摆也荡漾成了一个圆,犹如展开的荷叶。她轻声一喝,十个帅气的维吾尔族小伙子就分别从舞台的两侧边

109

舞边聚拢来……好美的一幅画面啊！是啊！葡萄熟了，新疆的人们丰收了；学生们毕业了，我们也丰收了。接着 123 电子班的布伦巴台给学长们献唱了一首经典的毕业歌曲《老师，我总是想起你》："每当我获得成绩得到奖励，啊，老师我总是想起来了你……"他一开口，蒋子龙就喊了一声："好小子，上课的时候，让他读课文，他磕磕巴巴，这歌咋唱得这么好！"听他这么一说，边上的同学和老师都笑了。

同学们啊，老师也想你们能拉住这流年，让我们永远都定格在最美的年华里。可是，该走的，终究要离去。你们毕业了，奔向了新疆那无限广阔的天地里，留给了老师们无尽的思念。

这会儿容不得老师们再伤感下去了，舞台上毕业生代表已经朗诵起充满眷恋与离愁的诗篇。看，阿卜杜热西提那握着红色朗诵夹的手微微颤抖着，他不是紧张，而是太激动。不忍离别，今天的师生们却又不得不说再见；不想说再见，此时的毕业生却已经唱起了离别的歌。长兴职教中心的校园往事必将成为他们心中最难忘的故事。

毕业生代表的演讲都是那么的真诚而恳切。阿卜杜热西提十分动情地说："感谢母校给予我们三年幸福的学习时光，让我们有大好的前程可奔赴；谢谢老师们三年的陪伴和悉心培养，2012 年和 2013 年两个大年夜，顾老师在学校陪伴我们过年的场景，历历在目。这，谁能忘记？在这里，我们有难忘的青春可回首。回到新疆后，我们一定会用学来的专业知识和技术努力建设我们的家乡，成就自己美好的未来……'饮其流者怀其源，学其成时念吾师'，我们永记母校，不忘师恩……"

班主任的发言是那样的感人肺腑、意味深长。顾海林这样说："同学们，再有几天，你们就要踏上了回家的火车。此一别，不知道再见是何年。无论你们是升学还是就业，我希望你们，都能怀着一颗报效祖国的感恩心、积极奋斗的进取心、乐观向上的平常心在未来的人生道路上努力前行！请相信，时光不负有心人!愿你们以梦为马、不负韶华、前程似锦,来日方长……请记住,长兴职教中心永远是你们的家!欢迎常回家看看。"

那天,姚新明书记的讲话也热情洋溢、声声入心。他这样说:"同学们,你们通过刻苦努力、艰辛付出,最终摘得了学习的硕果,即将回到自己的家乡,为建设大美新疆去贡献个人的力量……临别之际,我想请你们牢记,爱国是人世间最深层、最持久的情感。对我们每一个中国人来说,爱国是本分,也是职责,是心之所系、情之所往。因此,你们回到新疆后,要把建设家乡的个人理想和爱国之情牢牢地绑定在一起,让个人理想融入伟大的'中国梦'中。请把你们的爱国之心、强国之志、报国之情统一起来,这样你们才能在担当时代使命的过程中得到历练,在建功立业的新征程中得到成长……"

言有尽而情不可终。老师们的坚守与学生们的毕业别离合奏成了一首动人心弦的歌。

6月8日,这天是新疆学生们放假回家的日子。那天一大早,大大小小的行李箱就摆满了学校食堂前的广场。10点多钟的时候,五辆公交车在广场上刚刚依次停稳,学生们就欢呼着奔向车门。高一高二的学生拉着行李箱跑得飞快,因为他们的步伐远远不及高三学生的脚步沉重。

欢送的场面十分热烈。任课老师们都来了,沈玉良校长和姚新明书记也来了,县教育局、县公安局和县统战部的领导们也来了。

"再见了,同学们!"

"再见了,老师们!"

"再见了,母校!"

"再见了,长兴!"

声声浓浓的道别回荡在职教中心的校园里。此情此景,种种滋味,涌上心头!此时,用"只可意会不可言传"来表达师生们的情感,恐怕是再适合不过的。

采访阿卜杜热西提时,他对我说:"孟老师,当我们拉着行李踏上车门的那一刻,我才真正懂得了'百感交集''感慨万千''悲喜交加'这些词语的意思! 感谢老师们教我学会了普通话。"

那天,当顾海林走到 2 号车前和同学们挥手告别时,阿卜杜热西提突然从车上挤下来,伸开双臂抱住了顾海林。

"顾爸爸,顾爸爸,我爱您!"阿卜杜热西提终于把隐藏在心底,一直想说又不敢说的话在此刻喊了出来。在他的带动下,2 号车的同学们都高声喊了起来:"顾爸爸,我们爱您。"随后 1 号车上的同学们也喊了起来。接着 3 号车、4 号车、5 号车的车窗口也飘出了同样的声音:"顾爸爸,我们爱您。"从此,顾海林就有了这个响亮的"荣誉"——新疆学生的浙江爸爸。

此刻,顾海林原本含在眼眶里的泪水就止不住地涌出来。"那应该是我人生中最高光的时刻。我愿意永远做一道光,照亮新疆孩子们前进的路。"顾海林每谈及此事都会这样说。

阿卜杜热西提久久地抱着顾海林不肯放手,图尔苏见状跑下来安慰着表哥。

"哥,你再不放手,我们就赶不上火车了;你再不放手,顾老师就没法去接受报社记者的采访了!"

当天下午,顾海林要接受《浙江日报》记者的专访。所以他这次不能送学生回新疆了,这也让 113 电子班的学生格外伤感。其实,他们不知道的是,顾海林已经订好了第二天的机票,他会在 10 号那天下午准时出现在乌鲁木齐火车站的出站口等着他的学生们。就像顾海林对记者所言:"从 2011 年开始,我每年都要往返两趟接送新疆学生,这已经是我第五次去新疆了。"第一届学生毕业了,他怎么能不送呢?

就因为阿卜杜热西提那一声"顾爸爸",后来《浙江日报》专门刊登了一篇题为"新疆孩子的浙江爸爸"的文章。从此,"浙江爸爸"就成为了顾海林

在每一届新疆学生心目中的记忆。

如今的顾海林已有诸多荣誉加身:长兴县二级名师、长兴县劳模、长兴县优秀共产党员、长兴好人、湖州市优秀共产党员、湖州市民族团结进步模范个人、最美湖州人、湖州市劳模、最美浙江人、浙江省中小学师德楷模、中国好人……我问他:"面对如此多的荣誉称号,最让你心动和自豪的是哪一个?"他回答:"都不是。"面对我的再三追问,他说是"浙江爸爸"。

是啊! 何为"浙江爸爸"? 那是一个个新疆孩子对他爱的表达。

在火车上,阿卜杜热西提内心的激动久久不能平静;和他同样伤感的还有图尔荪。图尔荪有的当然不是毕业的伤感,而是因为和自己亦亲亦友的表哥毕业了,他很失落。他心里感叹着,此后自己还能和谁一起坐在雉山顶上谈梦想? 自己还能和谁走在校园里一起思念着远方的家乡? 自己还能和谁一起因为成绩的好坏而喜悦或者忧伤?

毋庸置疑,任何人一生中都不会只有一个知己。对图尔荪而言,他也注定不会孤单寂寞。三个月后,他就会迎来另一位知心好友,这个人就是143电子班的哈依沙尔江。

第三章

不改初心,演绎化蛹成蝶

*　　*　　*

都说"少年自有少年狂"！哈依沙尔江从塞外的广阔草原来到了江南的绿水青山中。锋芒初露,"我们不一样,每个人都有不同的境遇",但天生我材必有用,少年仗剑走天涯。傲气傲骨,顽强拼搏,迎风而立的哈依沙尔江宛如玉树花开,成就了自己人生的一段传奇。谁能说他还不够优秀？好少年,不负年少！

为梦想而远行

哈依沙尔江的家在昌吉州木垒县,那里属于北疆。

时光回转到 2014 年 5 月 16 日的傍晚,哈依沙尔江正走在回家的路上,此刻他心里塞满了惬意,倒不是因为路边的景色多么迷人,那时乡道两旁的戈壁滩上已悄然扬起了风沙,但这丝毫没有影响到他的好心情。他正赶着回家去和爸妈商量一件重要的事情,所以周末本应该在学校里补课的他特地向班主任请了一天的假。

哈依沙尔江当时正在木垒县第一中学读初三,品学兼优的他深受老师和同学们喜爱。不出意外的话,他肯定能考进昌吉州排名靠前的普通高中——昌吉州第一中学。考进这所高中,也是哈依沙尔江刚跨入初中时的愿望。哈依沙尔江自小就对电子产品非常痴迷,他经常将爸爸买给他的电动玩具拆开又完好无损地装回去。小学五年级的时候,他就央求爸爸给他买了万用表、电烙铁和各种电子元器件。每天写完作业后,他就拿块儿电路板这儿点点那儿焊焊。因为对电子产品的喜爱,他自己曾做过这样的规划:在昌吉一中努力学习三年,然后去考电子科技类的大学,毕业后创办一家属于自己的电子公司。

　　上苍总会垂青有准备和有行动力的人。事实证明,哈依沙尔江的早期自我规划并非空想,而是一场奇幻旅行的开始。就像"少年派"那样,一路惊奇同行。

　　那天下午,虽然戈壁上起了风沙,但哈依沙尔江的心情却不错。他先是从木垒县城出发,坐了一个多小时的客车回到了雀仁乡,再步行三公里回家。

　　哈依沙尔江一进院子,家中的大黄狗就吠叫着扑过来和他亲昵,接着正在做作业的双胞胎妹妹也闻声跑出来迎接他。她们有一个月没见到哥哥了,此刻很是兴奋。姐妹俩一人拉着哥哥的一只手,一蹦一跳。孩童的快乐就这么简单,却又如此的浓情。

　　大妹妹叫古丽吾孜·塔依尔,小妹妹叫德丽吾孜·塔依尔。那时,哈依沙尔江的两个妹妹正读小学四年级,学习成绩在班里均名列前茅。后来,古丽吾孜读了内高班,考进了厦门大学附属科技中学;德丽吾孜选择了留在爸妈身边读书,考进了木垒县中学。

　　爸爸塔依尔·买买提突然见到儿子,欲言又止地愣在了门口,他担心儿子在学校遇到了什么难事。倒是妈妈热孜完古丽·卡米力高兴地问:"儿子,你今天怎么回来了？周末没有补课了吗？"

　　哈依沙尔江微笑了一下说:"爸,妈,我回来,是想和你们商量我要报考职高的事情。"

　　接着,哈依沙尔江就把当天课上班主任对新疆中职班招生的事情讲了一遍,同时重点介绍了长兴职教中心及该校的电子专业。爸妈听后,半天都没说话,空气似乎也跟着凝固了一样,屋子里静得能听见小钢针掉到地上的声音。

　　"爸,妈,既然我已经认定了今后一定要从事和电子技术相关的工作,那就应该尽早接触这个专业。如果我去读普高,然后再通过考大学去学习这个专业,那就等于绕了一个大弯子。咱们想想看,早三年和晚三年,对一个人专业成长的影响,是不是完全不同?"哈依沙尔江说话时一副老成的模样。

热孜完古丽问了一句:"那你以后——就不考大学了吗?"

哈依沙尔江答道:"现在职高生也可以考大学! 班主任讲过的。"

哈依沙尔江看爸妈的态度都很平和,就进一步说:"我们班主任说过,有技术的人在激烈的社会竞争中会更有优势,我在网络上也能经常看到这样的话。我在电子技术这方面是很有天分的,只要下功夫把这个专业学好,我相信自己能成为这个领域里的人才。现在东南沿海地区发展很快,那里的学校设备先进,师资力量强。我如果能去那里学习电子技术,肯定是最佳选择了。至于大学,无论在哪儿读书,我肯定要考的,这一点,请爸妈放心!"

与同龄人相比,哈依沙尔江确实有些与众不同,他颇显成熟,很有想法,虑事周全;但也有欠缺的一面,就是容易自满,过于傲气。

塔依尔说:"儿子,一直以来,你都很有主见,我也相信你的眼光。但今天的事儿,你得给我点儿时间考虑,明天早上咱们再做决定吧!"

看来,哈依沙尔江报考长兴职教中心的事并没他想象中那么顺利。虽然塔依尔对儿子的想法一直比较尊重,但报考新疆中职班的事情在他看来是关系儿子前途命运的一件大事,他一定要慎重考虑才行。

院子里的大黄狗突然叫了两声就停住了,看来一定是有熟人到访。让人意想不到的是,就是这个熟人在塔依尔支持儿子报考新疆中职班的事情上起到了助推的作用。

来人是邻居马力强,他是来借电瓶车充电器的,他家的充电器在下午使用时坏掉了。

没等塔依尔搭话,哈依沙尔江就说:"马大叔,您的充电器我估计没啥大毛病,我现在就带上工具去您家修修吧,应该很快就好!"

马力强将目光转向哈依沙尔江,惊讶地问:"你能修? 那充电器刚刚插电的时候都冒黑烟啦!"

"嗯,我试试吧!按您的描述看,可能是短路了,二极管或者电容烧坏了!要是修好了,能省三四十元呢!"哈依沙尔江说完就回屋去拿工具。

马力强扭头看着塔依尔说:"孩子能行吗?电这东西可不是随便碰的……"

塔依尔却笑了:"让他去试试吧!他从小就爱修理这些小电器。你都要扔的东西了,还怕他修得更糟糕吗?来,坐下喝茶。"

二人就坐下闲聊了起来。马力强说:"如果哈依沙尔江真能有这技术,那将来还真不错。雀仁乡上就有一个家电维修部,老板一年可不少赚呢!"

塔依尔摆摆手说:"我儿子的志向,可不是开个小家电维修部。"

"哦!"马力强吃惊地看着塔依尔。

二人闲聊着,一个小时就这样过去了,哈依沙尔江推门进屋了。

哈依沙尔江微笑着说:"马大叔,充电器修好了!还有,我顺便把您家里的电视遥控器也修好了。您就安心在这儿和我爸聊天吧。"

这几句话就犹如几颗钉子一般把马力强钉在了地上,马力强站在那好一会儿才说:"哈依沙尔江,你小小年纪,就精通了这门技术,太了不起了!"

虽然哈依沙尔江被表扬得脸有点儿红,但是眉宇间还是藏不住那股傲气。其实,哈依沙尔江的修理技术谈不上精通,因为他根本看不懂电路图。但他之前拆装修理了很多的电动玩具,这也给他积累了一些经验。所以面对遥控器一类的电子产品出现的小问题,他凭经验有时也能取得成功。

父子两个把马力强送到了大门外。望着马大叔的背影,哈依沙尔江突然有种打胜仗的感觉。

在院子里,哈依沙尔江就被塔依尔叫住了。

塔依尔神情严肃地说:"哈依沙尔江,我现在就决定,全力支持你的选择!"

"真的吗？谢谢爸!"虽然哈依沙尔江早就信心十足地在等着这句话了,但当听到爸爸如此庄重地说出来时,心里还是有着说不出的惊喜。

塔依尔又说:"刚刚我从你马大叔的眼睛里看到了什么？看到了技术的价值,看到了他对技术人才的敬意;所以,我不用考虑到明天了,我现在就答应你,并且会一直支持你到底!"

"嗯!"哈依沙尔江激动地看着爸爸,嘴里就挤出了这一个字。

院子里突然吹了阵微风,令人格外清爽。两个妹妹跑出来,分别拉着他们进屋吃饭去了。

第二天很早,哈依沙尔江就起床了,他并不是急着回学校,而是想看看日出。世间万物的生长都离不开太阳,人类梦想的滋生也同样需要阳光。

哈依沙尔江起得太早了,夜的帘幕还要再等等才能卷起,晨光还在帘幕后梦呓,所以他索性搬把椅子坐在院子里等着,抬头望望天空,几颗晨星调皮地眨着眼睛。不知不觉间,东方的鱼肚白已微微显露,他就骑着自行车奔上了乡道。他要尽情地撒欢一次,舒缓一下初三这段时间以来的紧张感。

戈壁滩静静地躺在路旁,沙丘又静静地睡在戈壁滩上。

哈依沙尔江的心情大好,他的脚劲也越来越足,自行车朝着太阳的方向奔去。5月早晨的空气依旧微冷,他放慢车速,看了看远处,隐约可见戈壁滩上的绿洲正寂寞而又焦渴地冷对着苍穹。

大约7点的光景,朝阳从地平线上缓缓升起,阳光在天上轻轻一拨,白云就纷纷飘散变淡,万丈光芒从云隙中倾泻下来,照亮了大地,覆盖了所有。

这让人想起南宋诗人杨万里的《日出》:"散云作雾恰昏昏,收雾依前复作云。一面红金大圆镜,尽销云雾照乾坤。"我觉得只有这首诗才能对应上当时哈依沙尔江的心境。

不知不觉间,哈依沙尔江已经骑出了约五公里,来到了一片胡杨林前。严格地说,这不能称之为"林",只有七八棵胡杨树相对集中地生长在戈壁滩上。仔细看看,这还是一片"死林",因为那几棵胡杨树早已老死干枯,但它们依然枝丫虬曲、光秃秃地"站"在那里,树皮呈淡灰褐色。其中有一棵树的外形像极了一位老者在静坐、冥思,它似乎在告诉哈依沙尔江,它们也曾枝繁叶茂过,它们正在一同演绎着一首"生而不死一千年,死而不倒一千年,倒而不朽一千年"的生命赞歌。在晨光照耀下,这片胡杨林格外沧桑遒劲、诗情画意。

这个地方,哈依沙尔江曾经来过多次,以前都没把这儿当成过风景,但今天他却用敬畏生命的态度审视了每一棵胡杨树。最后他能确定,这里没有一棵胡杨是活着的或者会起死回生的,但每一棵胡杨的傲然身姿却在用苍劲浑厚的声音告诉他:只要我存在着,死去又何妨!

在生命的面前,人无法和胡杨争短长。名震千古的帝王们哪一个没梦想过长生不老?最后也只能无奈地用偌大的陵墓来告诉后人"这个世界,我曾来过"。

看来,真能长久的,得是一种精气神。

记得顾海林跟我介绍哈依沙尔江时说:"他身上那种与生俱来的傲气是很难改掉的,也许只有经过几次挫折才能有改变吧,他身上的那种自信和执着,也是同龄人中少有的。"

现在想想,曾经在千年胡杨树下思考过人生的少年早就浑身浸染了这种顽强精神,长成了一身傲骨。

时光如水,不舍昼夜。生活如忙碌的车轮,滚滚向前。

2014 年 7 月 2 日这天,哈依沙尔江接到了班主任俞兆军的电话。俞老师在电话里问他以 587 分的成绩去读新疆中职班是否后悔,如果现在后悔还来得及,他会去想办法。哈依沙尔江明确地说自己已经决定的事情都是经过深思熟虑的,不需要修改志愿了。

那天,俞兆军在电话里说了这样一段令哈依沙尔江至今难忘的话:"现在社会上对技能型人才需求量很大,但企业需要的是有真才实学的精英,不会要那些半斤八两的水货；所以，去了新疆中职班，你要沉下心来把技术学扎实。"

7月的北疆很美，硕果累累。哈密瓜熟了，甜美可口；葡萄熟了，串串诱人。

2014年7月18日，哈依沙尔江如愿地从俞兆军老师手中接过了长兴职教中心的录取通知书，通知书上的专业也顺心遂意：电气运行与控制。

那天晚上，哈依沙尔江躺在床上兴奋得睡不着，就用手机浏览了很多关于长兴的资料。太湖、弁山、毛竹、杨梅、银杏、紫笋茶、大唐贡茶院、陈武帝故居……这些景和物在后半夜就飞进了他的梦里。

第二天下午，木垒县教育局的工作人员电话通知哈依沙尔江三天后到昌吉市第七中学报到，在那里参加为期三天的普通话培训。

出发前的头一天傍晚，哈依沙尔江骑车又来到了那片胡杨林。他望着天边的晚霞，长长地舒了一口气。他知道，自己就要与这片茫茫戈壁暂别了。三年也好，五年也罢！他走出去的目的就是为了要再走回来。

出去是为了学习技能，回来是为了建设家乡。

2014年8月28日，哈依沙尔江与其他90名同学一起，在内派教师和长兴职教中心接新生的教师们的带领下踏上了开往长兴的火车，开启了一段漫漫旅程。

火车徐徐开动，一条绿色的长龙驶出了乌鲁木齐车站。

哈依沙尔江拨通了爸爸的电话。

哈依沙尔江："爸，K596已经发车了。"

塔依尔："去吧！那里有绿水青山，是个读书的好地方。"

长兴的确是个好地方。东濒太湖美，西倚天目巍。百里沃野，物华大宝，悠悠古城，革故鼎新。悠悠古城，人杰地灵，科第兴盛，文明传承。新疆学子来此学习，定会不负韶华。

藏不住的锋芒

2014级新疆中职班的新生军训已经结束,下周正式上课,顾海林要做的事情就更多了。这天吃午饭的时间到了,他独自一人匆忙地向食堂走去。吃好午饭,他还得写一份重要的材料上交县教育局。远远地,他就看见哈依沙尔江和图尔荪正站在教工餐厅的门口聊着什么。

等顾海林走近后,哈依沙尔江和图尔荪都迎上来打招呼。顾海林本以为和他们就是偶遇,彼此问好后他就继续往前走。图尔荪突然大声说:"顾老师,哈依沙尔江说他找您有事儿。"与此同时,哈依沙尔江也展开双臂在顾海林身前做了一个拦截的姿势。

于是顾海林就停了下来,耐心地听他们讲。

原来,学校团委要在9月18日那天组织电子专业的师生开展一次"技能服务进社区"的志愿活动,帮助王山新村的居民修理小家电。哈依沙尔江很想参加这次活动,可班主任徐晓贤认为他是刚入学的新生,不可能胜任这样的任务。所以无论哈依沙尔江怎样地软磨硬泡,徐晓贤就是不同意。哈依沙尔江参加活动的想法之所以如此强烈,是有他个人想法的。他认为这是一次超好的自我表现机会。出风头的事儿，他向来不愿意放过。其实，军训期间的新老生交流会上，他一口流利的普通话震惊了全场，已经在同学们面前充分地展示了自己，但他认为还不够。他想利用这次志愿活动再秀一秀自己的技能，那就更露脸了。

可班主任这道防线实在攻不破啊，无奈之下，哈依沙尔江就去找了图尔苏，图尔苏给他出的主意就是来求顾海林。

"你会修家电？"顾海林听后盯着哈依沙尔江的眼睛疑惑地问。

"嗯，只要不是太大的毛病，修小家电，对我来说是小意思！"哈依沙尔江说话时一副神采飞扬的模样。这句话从一个刚入学半个多月的学生口中说出来，确实过于高调，甚至还给人一种很不舒服的感觉。

"你们为什么想到来找我？是不是觉得我好说话？"顾海林哈哈笑着问。

"因为您现在管着我们的班主任啊，您要是帮求情，徐老师肯定会听您的。"图尔苏调皮地回答。

顾海林望着眼前的两人并没有直接给出答复，只说他会去做做班主任的工作。聪明的哈依沙尔江已经从顾海林微笑的脸上看到了希望。事实上，顾海林当时就决定帮他这个忙了。

顾海林后来说，他是出于两点考虑才同意哈依沙尔江去参加那次志愿活动的：一是要激励一下他学习技能的热情，二是想趁机检验一下他的实操能力。当然，顾海林还有一个想法，如果哈依沙尔江在志愿活动中表现出色，那正好可以立他为典型，给同学们作榜样；如果他的表现不如意，那正好可以让他反思，懂得应该在谦虚中学习与成长。

客观上说，顾海林的想法成全了哈依沙尔江，这个刚上高一的"初生牛犊"在志愿活动中着实好好地大展了一番拳脚。当天的志愿服务活动一共9个志愿者参加——何信海老师和8个学生。大家利用一下午的时间，总共"复活"了41件故障家电，这是非常不错的成绩。哈依沙尔江坚持独立工作,他维修了两台电风扇、四个烧水壶、两个电饭锅。当然,何信海带着几个学生专门维修电冰箱和电视机等大件家电,费时耗力,这就不好用维修数量来衡量服务质量了。但从个人维修的数量上看,哈依沙尔江确实是最多的。活动现场,一个老大爷对哈依沙尔江竖起了大拇指说:"新疆小伙子不仅长得帅气,技术也一流。"边上的同学听后,有人就假装生气地说:"哈依沙尔江,功劳都被你一个人抢去了。"

2014年9月19日,长兴新闻网用了整整一个版面对长兴职教中心"技能服务进社区"的志愿活动进行了报道。新闻中有这样的一段话:"在活动现场,王山新村的居民们纷纷提着搬着出了毛病的小家电前来'就诊',只要能维修再使用的,志愿者们都会尽最大的努力让它们变废为宝。值得一提的是,新疆中职班的哈依沙尔江同学是第一次做志愿服务工作,但在他手里共有8件故障家电'重获新生'……"

哈依沙尔江在这次志愿活动中的优秀表现,加深了顾海林对他的好印象。一次课间,顾海林拍了拍他的肩膀说:"表现不错,长兴新闻都报道你修家电的'战绩'了。"哈依沙尔江羞涩地笑了笑,说:"这得感谢顾老师给我机会。"顾海林正色道:"你得感谢自己。说实在的,当初我对徐老师要选你当班长的事情还是有想法的;不过,你突出的表现早已把我的顾虑打消了。好样的,继续努力!"

不得不承认,哈依沙尔江在电子技术方面确实有天赋。通过给王山新村居民修家电,他一战成名,赢得了师生们的认可,他也因此正式地当上了班长。他上任班长的第一天,徐晓贤就对他提出了要求:"你要全面发展,在班里带一个好头。"

哈依沙尔江也暗下决心,一定不辜负班主任的期望。

我要留下来

"嗯,真不错!"顾海林正在看143电子班的期中成绩汇总表,当他看到哈依沙尔江三门专业课的理论成绩都是满分时,他发出了由衷的赞叹。可当他看到哈依沙尔江的文化课分数时,他吃惊地自言自语:"真没想到啊!"同时面部的表情也变得凝重了。

"衡量新疆学生的学业水平,我们既要考核他们的文化课成绩,也要检测他们的专业技术能力,两者要并重。"在每次考试后的成绩分析会上,顾海林都会强调这句话。正是在这样的育人理念指导下,他一直强调要引导学生全面发展、平衡发展。可这一次,哈依沙尔江的期中考试成绩给了他冰火两重天的感受。

"什么? 他文化课的成绩都是勉强及格?"正在杭州参加班主任能力提升培训的徐晓贤接到顾海林的电话时,她觉得不可思议。在她眼中,哈依沙尔江是个品学兼优的学生,她不想看到他出现偏科的情况;再有,哈依沙尔江是班长,一个班长的综合能力对班风学风的建设有着很大的影响。所以,她听到这个消息后,恨不得背上马上长出一双翅膀飞回长兴。

　　"我感觉他心里一定是有什么想法,否则他不至于文化课退步得这么厉害。要知道,他的入学成绩可是全班最高的。"顾海林若有所思地说。电话里,二人就接下来如何引导哈依沙尔江端正学习态度交流了很多想法。由于徐晓贤还要三天才能结束培训,所以顾海林决定晚自修时先找哈依沙尔江谈谈,了解下他内心的真实想法。

　　然而,还没等到晚自修,哈依沙尔江就闯祸了。

　　下午的语文课上,哈依沙尔江连课本都懒得翻开,只顾埋头摆弄手里的挖掘机模型。蒋子龙老师多次提醒他,他竟然连头都不抬。后来,蒋老师走过去想先没收他手中的模型,这可惹恼了哈依沙尔江,他朝着蒋老师大喊:"我不想在这儿混下去了!"

　　"混?你把在这里读书看成了'混'?"蒋子龙不解地问。

　　"对!这里和我当初想的不一样,我不想在这儿读下去了!"

　　哈依沙尔江说完,扭头看向窗外,教室里顿时鸦雀无声。此时,坐在他边上的殷俊豪说了一句:"蒋老师,哈依沙尔江的退学申请书都写好了。"

　　殷俊豪的话音刚落,教室里马上一片哗然,大家开始七嘴八舌地议论起来。一直以来,哈依沙尔江在大家心目中的分量可不低啊。他要退学,这给大家带来的震撼自然不小。蒋子龙听后,也惊讶得半天说不出话来。

　　当顾海林得知哈依沙尔江有退学的想法后,他内心充满了愧疚和失落。他猛然间觉得自己这两个月来的辛苦和忙碌都是徒劳,他甚至对自己这个主任的工作能力产生了怀疑。待自己的心情平静下来后,他决定先收起低落的情绪,去找哈依沙尔江彼此敞开心扉地谈一谈。顾海林做学生工作,向来都是想得细致,想得周到。

　　11月的江南,微风清凉,暖阳微醺,舒适宜人。偶有几片落叶在风中飘飞,那也是初冬的诗行。傍晚时分的校园,呈现一派欢快、热闹景象。田径场上慢跑的人儿,正三三两两地匀速前进;绿茵场上的足球小子们伸胳膊蹬腿地做着赛前的热身运动；篮球场上，男孩们矫健的身影伴随着呐喊声不断地腾挪闪跳。最热闹的地方要数排球场，那儿有高二的班级正在举行对抗赛，光是啦啦队的加油声就震响了半边天。

此时，顾海林和哈依沙尔江两人正站在雉山公园的山顶，俯瞰着校园里的一切。在这儿，他俩进行了一番真诚的畅谈，那也是彼此的心里话。

"哈依沙尔江，刚入学时的你就像一颗耀眼的明珠，深受大家的关注和喜爱。可两个月下来，你却变得和之前不一样了。我想知道原因，你能告诉我吗？"顾海林轻声地问。

"顾老师，那我就说说吧。您知道，我原本可以在新疆读重点普高的。我之所以选择长兴职教中心，就是想能在内地多学一些前沿的知识，因为我下决心要在电子专业领域里走得更深远一些。但您看，现在的上课情况，我实在不能理解。拿语文课来说吧，每堂课的前十分钟，蒋老师都让大家讲故事，实在是浪费时间。还有专业课，夏老师讲得也很慢，她有时还要手把手地教个别同学操作，您说这多耽误时间啊。我感觉学校的教学跟不上我的学习节奏，要一直这样下去的话，我不会有太大的长进，那还不如趁早回去。"

"哦，原来是这样。那你回去能干吗呢？"

"开个家电维修部或者去读个普高……"

顾海林听完后就大体明白了哈依沙尔江内心的一些想法，但他并没有给哈依沙尔江讲类似"分层教学"等教育理论上的大道理，而是问他班级里语文成绩最不好的提力瓦地和夏特克现在普通话讲得怎么样了。

"他们俩啊，进步非常明显。"

"这就是蒋老师课前让大家讲故事的教学方法起作用了。你现在想想，这还算浪费时间吗？"

"那……不算。"

接着顾海林又问:"如果夏老师上课时,为了赶进度,对那些学习能力弱的同学不管不顾,你会怎么看她呢?"

"那……我会认为她工作……不负责任。"

"还有,如果你真的回去读普高,那你当初的职业生涯规划可能就要改写了,随着一些不可控因素的出现,也许你以后从事的工作和电子专业都不相关了,这个你要想好。"

"顾老师,这个结果绝对不是我想要的。"

成熟老练的顾海林和哈依沙尔江打起了心理战,成功地逐个打消了他的疑虑,这下哈依沙尔江无话可说了。顾海林乘胜追击,又打起了感情牌。

"守得住初心,才能不辜负人生。我倒是希望你能继续坚持原来的想法,我可以帮你一个忙。"

哈依沙尔江听后愣住了,脸上现出了疑惑的表情,但当他看到顾海林坚毅的眼神时,他强烈地感受到眼前这个人并不是在和他开玩笑。接下来他特别想知道顾老师能帮他什么忙,这个忙是否值得他留下来。

看着他急切的样子,顾海林就把打算推荐他去拜陈振一为师父,进而去参加技能竞赛训练的想法一股脑地都说出来了。原本这个事情他打算等徐晓贤回来再一起和哈依沙尔江说。现在,顾海林为了稳住哈依沙尔江的心和留住他的人,只好提前放大招。要知道,能做陈振一老师的徒弟,那可是长兴职教中心电子专业学生们梦寐以求的事情。

"顾老师,如果您真能让陈老师收我为徒,那我就把这张退学申请书撕掉!"说完,哈依沙尔江从裤兜里掏出了一张皱巴巴的写满字的作文纸,双手做了一个撕毁的动作。

看来顾海林的这招果然灵验。

"那你现在就撕吧,我肯定能做到。"顾海林自信地说,同时他那颗悬着的心也放下了。

哈依沙尔江看着顾海林,激动得说不出话来;接着双手不停地撕扯着那张皱巴巴的退学申请书,直到一整张纸碎成纸屑。他双手轻轻一扬,纸屑便随风飞舞而去。映着夕阳,碎纸屑片片飘飞,像极了冬天里的飞雪。

"不好,你个坏家伙,乱扔纸屑啊!"顾海林大喊。

据说他们那天为了捡纸屑连晚饭都没吃! 但他们却不觉得饿。

失去是另一种收获

在顾海林的极力推荐下,学校电子专业的"牛人"陈振一老师同意先和哈依沙尔江见面聊一聊。2014年11月24日下午,阳光照在身上暖暖的,令人心情愉悦,一如那天哈依沙尔江的心情。哈依沙尔江最初是从图尔荪那里听说了一些关于陈振一的传奇事迹,然后就心生崇拜了。自从顾海林承诺让他做陈振一的徒弟后,他就知道肯定会和陈老师见面的,但没想到见面会来得这么快。

那天在学校开放式实训大楼的电子工艺室,陈振一和哈依沙尔江聊了三个多小时,他们的交流广泛且深入。陈振一对哈依沙尔江非常满意,同意他过来和其他两位选手一起参加单片机装配与调试项目的训练。按理说,已经有两位选手在训练了,陈振一不该让哈依沙尔江加入的。之所以破例,一方面是因为顾海林对学生的这股子热情感动了陈振一,另一方面是因为陈振一对哈依沙尔江有一见如故之感,他从骨子里相信眼前这个学生是参加电子技术竞赛难得的好苗子。

哈依沙尔江后来说,那天是他的幸运日。从那天起,他重新找回了对学习的热情和信心。

陈振一为什么会收获像哈依沙尔江这样众多的学生粉丝呢？用句广告语形容是"有实力，才有魅力"啊。陈振一曾经也是长兴职教中心电子专业的学生，他在读高二的时候就一举夺得了全国技能大赛电子产品安装与调试赛项的二等奖。少年得志莫停步，奋勇向前再求知。2010年，他以优异的成绩考取了浙江师范大学。大学毕业后，他又回到长兴职教中心来教书。他的励志故事为学校一届又一届的学生们所津津乐道。如此看，学生身边的榜样更容易散发魅力的光芒。

如今，哈依沙尔江遇见了良师陈振一，二人可谓是意气相投。哈依沙尔江当场对陈振一表态说要跟着他努力学好专业技能，绝不怕苦怕累。这让人不禁想起晏殊《山亭柳·赠歌者》里的那句"若有知音见采，不辞唱遍阳春"。此后，陈振一对哈依沙尔江就格外关注，至今依然。可以说是陈振一把哈依沙尔江推上了专业成长的快车道。哈依沙尔江跟着陈振一勤学苦练，为自己日后在电子技术应用领域的发展打下了坚实的基础。

只要你有准备，机会总是说来就来。2014年12月9日，学校派陈振一带领竞赛选手前往上海市大众工业学校观摩上海市的电子产品安装与调试赛项的选拔赛。本来，哈依沙尔江没有资格参加这次令他终生难忘的观摩活动，是顾海林先后三次找姚新明书记求情才为哈依沙尔江争取到了这一难得的机会。看得出，那时顾海林就对哈依沙尔江颇为喜爱。

外出参观学习可以开阔一个人的视野。对哈依沙尔江来说，此次的上海之行，不仅让他在专业技术领域开阔了眼界，在别的方面也增长了许多见识。

到了上海，刚刚办理完酒店的入住手续，哈依沙尔江就向陈振一提出去东方明珠游玩的请求。虽然陈振一和另外两名学生经过一路的颠簸都已经疲惫不堪，但他们还是痛快地答应陪哈依沙尔江去尽情地游玩一番。东方明珠塔、外滩、黄浦江等这些哈依沙尔江以前只在网上看到过的风景,此时对他这个来自祖国大西北的少年产生了神奇的魔力,他只有畅游其中,才能称心快意。

在黄浦江边,哈依沙尔江拨通了爸爸的视频,急着给爸爸分享这一切。他至今还记着爸爸的话:"儿子,你都到大上海去了!那可是我梦想了一辈子的地方。你出息了!要感谢老师,感谢学校,感谢党啊……"

为期两天的观摩学习,让哈依沙尔江耳目一新,也加深了他对电子产品安装与调试赛项的了解。回到学校后,经顾海林和陈振一的共同举荐,哈依沙尔江正式成为备战2015年浙江省职业技能大赛的选手。有了之前外出学习的经验,这回他参赛的信心就更足了。在接下来的长期训练中,他每天在实训室里的时间加长了,经常是凌晨1点多才回寝室;他训练的力度和难度也加大了,陈振一每次给他设计的编程任务都要比别人难得多。

是的,没有一番寒彻骨,哪来的梅花扑鼻香?付出与成功是成正比的。没有播种,何来收获;没有辛苦,何来成功;没有磨难,何来辉煌。对于这些,哈依沙尔江是懂的,所以在节假日,老师们经常看到他一个人在实训室里挥汗如雨地忙碌着。

大家都知道,选手在竞技场上技压群雄就会志满意得,技不如人就要承受失败;大家也许不知道的是,有些比赛并不是所有的选手最后都有机会走上竞技场,即便之前他们训练得都非常辛苦。2015年2月下旬的一天,哈依沙尔江和他的两个队友就要面对这个残酷的现实——只有一人可以参加省赛。有竞争,就有淘汰。校领导组织了电子教研组的几位资深教师对三个选手进行了最终的选拔,结果是哈依沙尔江以优异的成绩胜出。

胜利者往往都会得到奖赏。那天的晚饭,顾海林特意让民族餐厅给哈依沙尔江开了小灶。当亚生师傅把一碗色香味俱全的大盘鸡和一盘劲道十足的拉条子端到哈依沙尔江的面前时,哈依沙尔江看得眼睛都直了,这两样新疆美食可是他的最爱！

"顾老师，您给我创造了这么好的机会，我一定不会让您失望！"哈依沙尔江一边大口地吃着一边说。

"你去杭州比赛的时候，我送你去高铁站。等你回来的时候，我在高铁站接你。然后，我还请你吃大盘鸡和拉条子，给你庆功。"顾海林微笑着说。

"哈哈，顾老师，咱们一言为定！"哈依沙尔江拍着胸脯说。

现在，参赛选手只剩下哈依沙尔江一个了，陈振一就把全部的精力都放在了他身上。这也意味着，哈依沙尔江的训练量和训练强度再次加大了。哈依沙尔江咬牙坚持着，因为他知道苦尽才会甘来。就这样，经过了一个多月一对一的强化训练，哈依沙尔江终于等来了证明自己的重要时刻。

2015 年 4 月 12 日一大早，顾海林开车把师徒二人送到了长兴高铁站。

"后天，我来接你。"顾海林拍了拍哈依沙尔江的肩膀。

"顾老师，别忘了您的承诺。"哈依沙尔江说完，摆出一副势在必得的样子。

当天上午，师徒二人在浙江工业大学熟悉完比赛的场地和机器后就早早地回酒店吃午饭去了。饭后，陈振一嘱咐哈依沙尔江回房间好好休息，养足精神以待明天的大赛。没想到，哈依沙尔江竟然向陈振一提出了要去西湖玩一个下午的想法，这回陈振一可不像上次那样痛快了，他直接拒绝了哈依沙尔江的请求。

"陈老师，我平时训练得够精细了，拿下这个比赛肯定没有问题！你看今天来的那些选手，我看没有几个能比我强的。所以，别紧张，我们先去西湖转转嘛！"哈依沙尔江大大咧咧地说。

陈振一听后好气又好笑。大赛当前，选手保持一个好心情很重要，但养精蓄锐也同样重要。所以陈振一并没有严厉地批评哈依沙尔江，而是耐心地给他讲了一些赛前的禁忌。听完后，哈依沙尔江也就没再坚持，转身回房去了。不过,"不开心"这三个字已经写在了他的脸上。

平日里千辛万苦地付出,就是为了能站在最高的领奖台上。

2015 年 4 月 13 日,哈依沙尔江代表湖州市在浙江工业大学参加了浙江省中等职业学校职业能力大赛单片机控制装置安装与调试赛项的比赛,这是他第一次参加省级竞赛。在比赛过程中,也许是哈依沙尔江的大赛经验不足或者是他太过于紧张,他把电路板上的一处电容正负极接反了。这个低级的错误最终导致他在 2015 年的省赛中没有获得名次。

面对这样的结果,师徒二人认为无须等到第二天的颁奖仪式后再走了。悔恨、自责都是无用的,收拾行装,铩羽而归吧。

在回长兴的动车上,哈依沙尔江的情绪非常低落。他的目光始终躲着陈振一,木然地盯着窗外。后来,陈振一给哈依沙尔江递了一杯热水,开始小声地安慰他。但哈依沙尔江无法听进去,因为此时还有一个声音在他耳边萦绕着。

"真丢人,我不会去接你的。你也别想着吃大盘鸡和拉条子了。"这句从他脑子里冒出来的话在耳边盘旋着,聒噪着,然后又往他的脑子里钻回去。哈依沙尔江实在受不了,最后双手抱着头伏在陈振一的肩头哭出了声。

长兴站到了,哈依沙尔江也强迫自己冷静了下来,背好包下车。陈振一左手搭着哈依沙尔江的肩,右手推着行李箱,二人一起向出站口走去。令哈依沙尔江意外的是,在出站口,那个穿着黑色皮夹克,满脸微笑的高个子男人还是出现了。

难道这个人还不知道哈依沙尔江的"战绩"吗?不可能,否则他怎么会提前一天来接站了。

"哈依沙尔江,累了吧。"顾海林微笑着问,像一个父亲在迎接远道而回的儿子。

"没有,不是……就是……"沉默了一个下午的哈依沙尔江终于开口说话了,尽管有些语无伦次。

"亚生师傅早就把大盘鸡烧好了,他说拉条子要等你回去再下……"顾海林依然没事人似的拍了拍哈依沙尔江的肩膀说。

其实,哈依沙尔江在"前线"失利的消息顾海林已经知道了。他也分析了哈依沙尔江失利的原因,虽说有自负和轻敌因素,但主因是哈依沙尔江太看重这次机会,以至于他因心急而操作失误。后来,顾海林与哈依沙尔江谈起那次比赛,哈依沙尔江所言与顾海林当初的分析完全吻合。

哈依沙尔江在那天的日记中写下了这样一句话:今天这碗拉条子的味道和我以前吃过的都不一样,因为碗里有我的泪水,也掺进了顾老师对我无微不至的爱。

这次的失败,对哈依沙尔江是不小的打击:之后的竞赛之路有两种可能,一是回来继续训练,准备明年再战,二是马上被别人替换掉,从此再无缘省赛。但在当时,无论是哪种可能,在哈依沙尔江看来都很残酷。不过,仔细认真反思后,哈依沙尔江进一步体会到陈振一平时常说的"赛场如战场,没有如果"这句话的深刻性。

好就好在,"失败是成功之母"这句话是真理。真正领悟其含义的人总会再战而胜。善于反思的人也会真正体悟"吃一堑长一智"的深刻道理。参加工作之后,哈依沙尔江时刻告诉自己:除了努力外,还需要谦虚和平常心;自负和急于事功都将给自己带来沮丧。

一次触及灵魂的洗礼

"吾生也有涯,而知也无涯。"知识无处不在,课堂也不应该只设在学校。

那就去研学旅行吧!让这些来自新疆的学生行走在江南这片神奇秀丽的土地上,让他们了解长兴悠久的历史、众多的名胜、宝贵的古迹、杰出的人物,感受美丽的山水、富饶的物产,体悟淳朴的民风、独特的文艺……这会有助于他们开阔视野,增长见识,升华思想,丰富感情。

从 2012 年起,长兴职教中心每学期都会组织新疆学生参加一次研学活动。三面环山的太湖图影生态湿地、雄峙于太湖南岸的弁山、波光潋滟的仙山湖、藏品丰富的太湖博物馆、气势恢宏的大唐贡茶院、硝烟远去的红色教育基地新四军苏浙军区纪念馆……这些地方都留下了新疆学生们一串串坚实的足印和一声声啧啧的称羡。

长兴哪个研学景点给新疆学生留下的印象最深刻?毫无疑问,肯定是新四军苏浙军区纪念馆了。为什么?因为每个去过那里的新疆学生都说过这样的话:"在那里,我们的灵魂得到了洗礼。"特别是哈依沙尔江在回答这个问题的时候,眼里还含着泪花。他的那次研学经历很有必要讲一讲了。

2015 年 5 月 17 日,晴空万里,微风习习。早上 7 点 20 分,六个班共 206 人全部在食堂前的广场上列队完毕,整装待发。他们此次研学的目的地是长兴县槐坎乡温塘村的新四军苏浙军区纪念馆。

随着顾海林的一声"出发",六支队伍开始有序上车。147 汽修班排在队伍的最前面,还拉着一条写有"以行促知,知行合一"的横幅。因为 143 电子班和 138 汽修班人数较少,所以这两个班就乘坐了同一辆公交车——3 号车。

五辆公交车缓缓地开出校门,向 30 公里外的新四军苏浙军区纪念馆进发。这个纪念馆是粟裕将军当年指挥抗日和解放战争的指挥所,如今是闻名全国的红色教育基地。

5 月的江南,格外温润,给人一种沁透心扉的舒适感。公交车正匀速地行驶在 301 省道上,路旁万木吐翠,欣欣向荣;原野里一块块的麦田就像一张张绒毯,微风起黄浪,金色入眼帘;有的农家房舍掩映在一片翠竹林里,偶有鸡鸣和狗叫声传来,真如陶潜诗所云"狗吠深巷中,鸡鸣桑树颠",这竟给村庄增添了无尽清幽。眼前如此的诗情画意,也不由得让人想起了戴表元的诗句"行遍江南清丽地,人生只合住湖州"。

同学们一直观赏着窗外的美景,不知道是谁喊了一声"唱歌呗",车厢内立刻就沸腾起来,大家都争抢着献唱。新疆学生的人生字典里从来就没有腼腆二字,他们有的是自信,要舞就舞,想唱则唱。一个车带了头,其他车就跟着响应。3 号车厢里尤为热闹,因为两个班级正在进行着拉歌较量。

你方唱罢我登场,大家的兴致一直高涨着。用歌唱来论输赢,在他们身上是行不通的。不过,大家图的就是开心热闹,胜负本来就与他们无关。3 号车的跟车教师是王征亚和顾海林,他们两个也很默契:今天就任由学生们去闹腾吧!让他们缓解一下平日里的学习压力也好。

顾海林很快注意到一个情况,分别坐在车厢后面角落里的图尔苏和哈依沙尔江并没有参加这场游戏,他们都沉默地坐在那儿,对眼前的热闹视而不见,双手托着下巴,目光一直没有离开过窗外。

过了一会儿,大家似乎都有些累了,但车厢里仍旧没有完全安静下来。

"宋川,去年这时候咱们研学去的地方是大唐贡茶院吧? 那些场景你还记得不?"廖江川大声地问。

"那么美的地方,怎么能忘记? 贡茶院可真是一个世外桃源啊!"宋川也大声地回答。

热合曼接过话说:"那个贡茶院,全是木头造的,真气派。还有那个什么紫笋茶,味道真香!"

"143 电子班就没这个福气了,他们没看到美景,更没喝到香茶。"廖江川这样说,是存心要在 143 电子班的同学面前显摆显摆。

原来,2014 年的五一期间,新疆中职班学生去了位于水口乡顾渚山上的大唐贡茶院进行研学。学生们在那里感受了江南水乡的美韵,品读了《茶经》上的经典茶语,登上了气势恢宏的陆羽阁,倾听了陆羽与李冶凄婉的爱情故事,品尝了香气四溢的紫笋茶。三面环山、翠竹若诗、鸟语啾啾、楼宇错落的大唐贡茶院给廖江川留下了非常深刻的印象,所以他才想在高一学生面前炫耀一下。

当然,那个时候,143 电子班的学生还没来呢。

一时间,车厢里全是 138 汽修班学生的声音了。大家纷纷讲述着以前研学的经历,说的都是些好吃或者好玩的东西。

看着 138 汽修班学生得意的样子,143 电子班学生的心里都不是个滋味,但脸上还是隐藏不住非常羡慕的神情。

也记不清当时是谁气不过,回怼了几句:

"就你们 138 汽修班牛,行了吧?"

"我们比你们高一个年级,不牛不行啊!"宋川的话听起来确实气人。

"是啊,你们确实牛!听说你们把学校新买来的两辆丰田车都拆烂了,但这次连一张湖州市技能节比赛的入场券都没拿到!"

听完这句话,图尔苏和伊力亚斯同时站了起来,脸色也变得不太好看。143电子班也就没人再说话了,车厢里一片沉默,静得仿佛可以听见每个人的喘息声。一场吵闹看似就这样过去了,可过了一会儿,赫科麦提·伊克木江偏偏来了一句:"如果你们143电子班这次能在省赛中获得奖项,那你们也可以牛一回,但你们不也是空手而归吗?"

赫科麦提的这句话自然又引来了一阵嘈杂声。坐在后座角落里的哈依沙尔江突然站了起来,说:"赫科麦提,你这话什么意思?"

看着哈依沙尔江怒瞪的眼睛,赫科麦提声音弱了下去:"我又没提你的名字!"

"你是没说名字,但你指的人,就是我!"哈依沙尔江气呼呼地说。

图尔苏也站起身,说:"哈依沙尔江,你班同学刚才不也是这样挖苦我了吗?我都忍住了,你还在这吼啥?"

图尔苏话音刚一落,哈依沙尔江同寝室的几个同学都站起来了,但图尔苏这面的朋友也没示弱,廖江川、赫科麦提和热合曼几个人也站了起来。此时,大家若不能自控,简单的吵嘴就会升级。

还没等他们进一步争执下去,顾海林和王征亚已经走了过来。两位老师一现身,他们立马都"蔫"了,像泄气的皮球一样没"气"了。他们赶紧坐下,眼睛望向窗外,就像刚才什么都没发生一样。

那图尔苏和哈依沙尔江刚才的"气"从何而来呢?原来图尔苏在王征亚的辅导下,这个学期在技能操作上进步很大。他勤学苦练的目的就是想参加2015年湖州市的技能节比赛,满心想在发动机拆装项目上摘金夺银,但就在上周学校举行的最终筛选比赛中,他落选了。其实,不是他不够努力和优秀,而是竞争对手太强大。再说说哈依沙尔江,自从他加入了陈振一老师的训练项目后,每天都早出晚归地刻苦训练,也如愿地晋级了省赛。4 月份,他参加了浙江省中等职业学校职业能力大赛单片机控制装置安装与调试赛项的比赛,但没有取得名次,无缘获奖。

当辛勤的付出没有得到收获,当不懈的努力没能等来回报,谁的心头都会笼罩着一片乌云。这就是他俩今天情绪低落和有"气"的原因了。

两位老师心里也明白,这几个学生的"气"是没那么容易消散的,但此刻又不是说服教育的时候,只得等回到学校后再给他们化解这个矛盾了。

"王老师,到了吧?"马玉明指着窗外问。整车人就都向窗外看去,车队已经鱼贯进村了——新疆的学生们踏进了这片镌刻着红色记忆的土地。

温塘村四面环山,环境清幽,农屋村舍错落有致,高竹低树仰俯生姿。它现在就如同一块镶嵌在深山中的红色瑰宝,大放异彩,人们已经给予了它"江南红村"的美誉。这里的一寸山河就是一寸血,一抔热土就是一抔魂。

很快,学生们就在停车场排好了整齐的队伍。在纪念馆工作人员的带领下,两百多人有序地穿门入院。院内古槐参天,银杏华盖,松柏掩映,翠竹摇曳,绿草成茵。好一派生机盎然的景象。

学生们在新四军苏浙军区司令员粟裕将军骨灰安放纪念碑前排列得整整齐齐。在这里,全体新疆中职班师生举行了一场庄严而隆重的纪念活动。

纪念活动结束后,学生们开始自由参观新四军苏浙军区纪念馆。

纪念馆馆舍原是一栋清代咸丰年间的民宅,也是当地妇孺皆知的沈家大院,属于典型的徽派建筑。整栋建筑为砖木结构,风火墙,前后两进五开间走马楼,加上左右两侧,共有大小 51 间屋。现在这些屋舍全都成了纪念馆的展厅和陈列室。

纪念馆现有馆藏文物 900 余件。楼上楼下 1000 多平方米,900 米展线陈列着 300 余件珍贵革命文物、420 幅历史照片和近百幅老战士诗书画作品。

学生们在展厅中看到了至今还保留着血迹的中共临时党员证;看到了当年新四军指战员穿过的蓑衣和布鞋;看到了从烈士遗骸上取下的子弹头……

学生们在整个参观的过程中神态庄严、面色凝重,他们被眼前的一幕幕场景感动了,被工作人员的深情解说打动了……

从纪念馆出来后,学生们红着眼眶围着工作人员问这问那。

"老师,新四军当时用的武器这么落后,是不是牺牲了很多战士啊?"

"老师,新四军小战士为什么那么勇敢呢?"

"老师,新四军将士们为什么会这么团结啊?"

"老师,我以后再也不看那些不靠谱的抗日神剧了!"

……

学生们的内心越是激动,想问的问题就越多。

工作人员当然不能一一回答所有的提问,但他实在是被这群善良的新疆学生感动了,他说:"我来教你们唱《新四军军歌》好吗?"

这正是大家求之不得的。一开始,只有几个人跟着学唱,慢慢地十几个人跟唱,再后来几十个人一起唱……围聚过来的师生逐渐增多,直到全部聚齐。能歌善舞的新疆学生学什么歌儿都是那么容易!工作人员只教了四五遍,他们居然就可以齐唱了。

> 光荣北伐,武昌城下
>
> 血染着我们的姓名
>
> 孤军奋斗罗霄山上
>
> 继承了先烈的殊勋
>
> 千百次抗争,风雪饥寒
>
> 千万里转战,穷山野营

> 获得丰富的斗争经验
>
> 锻炼艰苦的牺牲精神
>
> 为了社会幸福
>
> 为了民族生存
>
> 一贯坚持我们的斗争!
>
> 八省健儿汇成一道抗日的铁流
>
> 八省健儿汇成一道抗日的铁流
>
> 东进,东进! 我们是铁的新四军
>
> ……

　　毫无疑问,学生们被这场红色研学之旅彻底征服了,他们的爱国之情在心中久久地激荡着、升华着。

　　返程途中,学生们都还沉浸在爱国主义的氛围里,车厢里没了来时的喧闹。

顾海林不经意地回头发现,图尔荪和哈依沙尔江竟然坐在了一起,还小声地交流着。他凑过去问:"你们两个和好了?"

"顾老师,新四军和长兴的老百姓军民同心,战胜了侵略者。我和哈依沙尔江是上下届的师兄弟,我们不应该因为那几句恼人的话就闹矛盾。这算是我这次研学的收获吧。"图尔荪笑呵呵地说。

哈依沙尔江也微笑着说:"顾老师,我学的是电子专业,图尔荪学的是汽修专业。我们打算团结在一起,搞一个跨专业的学习兴趣小组,这也是我这次研学的一大收获。"

哈依沙尔江说的这个跨专业的学习兴趣小组其实就是他后来"小哈RC 工作室"的前身。

望着二人笑逐颜开的样子,顾海林回头看了一眼王征亚,他们悬着的心终于可以放下了。

采访顾海林时,我翻看了顾海林保留下来的那次班级研学的体会文章,篇篇情感真挚。

哈依沙尔江:今天在新四军苏浙军区纪念馆,我更加深刻地体会到曾经的中国人民经历了无比深重的苦难。无数的先烈用他们的鲜血和生命换来了今天的幸福生活。在这个无比幸福的新时代里,我能做什么?除了珍惜当下外,我还要努力奋斗,将来用自己所学的技能造福自己的家乡……

热依木·牙生:我原来一直认为,长兴这么美的地方不会有过战争,但今天才知道,长兴的美好,来之不易!

卡哈尔:研学,提升了我们审美的水平。长兴的风景美,文化更美!

当我翻看到平时汉语水平最差的提力瓦地的研学体会时,我不禁拍案叫好。他是这样写的:研学,让我爱上了江南,因为我看见了美,景美、物美、人美、情美;长兴的美已印在我的脑海里、心坎上。

不得不承认,研学旅行,就是路和书的融合。学生们不仅可以畅游书海,更可以去体验社会、感悟自然;不得不承认,红色研学对学生的教育意义巨大。红色研学可以让新疆的学生们牢记革命先烈,传承好先烈们的红色基因。

人间最美的天堂

6月的新疆,气候宜人,风景如画。每年的这个时候,长兴职教中心新疆中职班的家访活动就拉开了序幕。顾海林每次都担任家访活动的负责人。他不仅要提前制订好合理的家访计划,还要对整个家访团队的吃、住、行做出妥善的安排。十年来,顾海林已经往返新疆二十多次了,家访经验相当丰富。

"来,大家笑一笑。"顾海林说完就举起了照相机。这一幕发生在2015年6月15日,顾海林正带队在143电子班耿亮家中进行家访。耿亮一家人都是汉族,他们的老家在山东。耿亮的爷爷当年因为工作的需要在新疆待了半年,没想到,他竟然喜欢上了如诗如画的伊犁,就主动申请留下来工作,之后把家人也接过来长期定居了。著名的维吾尔族女歌唱家巴哈尔古丽的歌中有这么一句:"我走过多少地方,最美的还是我们的新疆。"我在想,如果让耿亮的爷爷来改写这句歌词,肯定会是:"我走过了多少最美的地方,最后我选择留在了新疆。"

留影之后,耿亮的爸妈热情地引老师们进屋。如今,耿亮一家人的生活

习惯已经完全当地化。大家进屋后就都盘腿坐在了地毯上,边吃着哈密瓜边尽情聊天。盘腿而坐,对江南人来说并非易事。那天杨杰老师在盘腿的时候就闹了个笑话,他费了好大的劲才盘好腿坐下去,当他伸手接过耿亮递来的哈密瓜后整个身子就向后仰去。同行的老师都哈哈笑了起来,这一笑,屋内的气氛就更融洽了,老师和家长的交流也更顺畅了。通过交谈,老师们对耿亮的家庭情况有了进一步的了解;顾海林也把耿亮在学校的生活、学习等情况给耿亮的爸妈做了非常详细的反馈。

"顾老师,耿亮这次回来,长高了,也变得更懂事了。真没想到,浙江的老师能把我儿子教育和照顾得这么好。"耿亮爸爸说。

"顾老师,说实话,耿亮在浙江读书这一年来,我这个当妈的,背地里没少掉眼泪,我担心他在那里受欺负,也担心他的学习。今后啊,我就放心了。"耿亮妈妈说。

顾海林听完信心满怀地说:"你们就放心地把孩子交给我们吧!两年后,我们一定会还给你们一个优秀的男子汉……"

耿亮的父母听完这话,心里都乐开了花。他们对孩子在学校的表现很

高兴,对学校的教育很满意。

看着耿亮父母脸上挂着微笑,老师们心里也美滋滋的。每天奔波几百公里进行家访虽然很辛苦,但只要能达到家校沟通的目的,老师们就是再辛苦也值得。学校和家庭就像河的两岸,要想互通,也需要一座"桥梁"。家访,就是这座"桥梁",它能让学校和家庭在教育上形成了强大的合力。

午饭后,一辆中巴车和一辆电瓶车出现在了肖尔布拉克镇开热格塔斯村的村头,耿亮和他的爸爸挥手与老师们作别。

"老师们,8月底,我在乌鲁木齐等你们!"耿亮说完,对着车子不停地挥手。

顾海林将头伸出车窗外,说:"好!8月底,我在乌鲁木齐等你!回去吧!骑车要注意安全!"他一直目送着耿亮骑着电瓶车渐行渐远。

耿亮是老师们此次在新疆家访的最后一个家访对象了。老师们现在要赶回伊宁市区,休整一个下午,明天就乘机飞回浙江。他们离开家已经有八天了,此刻念家的情绪都涌在了心头。虽然这样,但对新疆大美风景的向往,总是那么难以阻挡。

都说新疆最美的地方莫过于伊犁,而伊犁最美的地方莫过于那拉提。

这次能来伊犁家访,机会难得,大家都想去那拉提看看。顾海林是领队,他想了想,还是答应了大家的请求,毕竟家访任务结束,明天就要返程了,也该让大家放松一下。

王锦华在地图上查了一下,说:"那拉提离这儿也就143公里,还真没多远,那就去吧。"

请注意,王锦华说的"也就143公里""还真没多远",这话听起来可能会让人不可思议地问:"143公里啊,那叫没多远吗?"

让我怎么回答呢?这样好了,用之前我家访时从新疆导游那里听来的原话举例吧:

"老师们,再坚持一会儿,很快就到了,也就两百多公里!"

"各位老师,别着急,没多远了,再有三个小时,我们就回到市区了!"

新疆人对距离的概念就是这样的宏观,由此可见,新疆之广袤,新疆之辽阔。

接到新指令的司机加快了车速,中巴车直奔那拉提。

在新疆旅行的人,可能会遇见这样的一幅场景:高速路上,牧民赶着迁徙的羊群在悠然地前行,羊群后面跟着一队越聚越多的车辆,但没有一辆车会鸣笛;直到牧民扬起长鞭,儿声脆响之后,羊群慢慢靠拢一边儿,剩下的半边路才会让给车队。如果此时再有司机鸣笛,那一阵嘀嘀响声就是一种答谢。这已是这条路上老司机与牧民们约定俗成的事儿了。

那天,老师们一路却出奇地顺利,因为他们看见的羊群只出现在高速路边的山坡上,如飘动的云朵,从车窗外闪过。

下午1点半的样子,一行12人到达了那拉提风景区。它位于伊犁州新源县那拉提镇境内,在楚鲁特山的北坡。云朵在《情定那拉提》中唱道:

> 云深处,放牧人家,炊烟袅袅染晚霞。松林海,月亮花,雪山云

雾弄轻纱……

"三面青山列翠屏,腰围玉带河纵横"便是对那拉提景区最恰当的描述。阿吾热勒山、那拉提山和安迪尔山就是三山。三山积雪消融,就汇成了一条因逆流而成名的巩乃斯河。此河支流形成纵横交错之感。

在景区,各位教师自己买好门票后,大家都选择乘坐区间车游览。上山之前首先要经过一段长达四公里的环线去观赏草原民俗体验区。坐在车上眺望,远处,雪山蜿蜒,峰峦起伏,云霞似雾般笼罩于峰顶;近处,山峦高低错落,百态千姿,白桦林气势如涛;满山青翠欲滴,绿草如茵,铺满了整个山坡,五颜六色的野花装点着草地;巩乃斯河蜿蜒而过,水声潺潺。

远处的羊群在悠闲地吃草,如同云朵撒在了绿地上;眼前有三五匹骏马在草地上撒欢,就像饱餐后的孩子一样,无拘无束,恣意放浪。

在翠绿绵亘的草原上,散布着白色的哈萨克毡房。此刻,炊烟正在升起,袅袅而上;杂花烂漫的山坡上,耸立着正在迎风作响的密叶杨林;偶尔,远处传来牧民的歌声与色不孜克的乐音……一切是那么的和谐自然、相映成趣。

如果画家在此,我想他一时也不知道该如何下笔将这河谷草原的美丽来完美呈现。

区间车一路缓慢上行,来到了天界台。天界台是景区河谷草原与高山草原的"分水岭",此名取"人间天堂入口,天上人间之界"的寓意。这里就是世界四大草原之一的那拉提草原的入口。

大家下了车,站在高处,空中草原的绝美风姿已经一览无余。

无边的碧草如一张铺天盖地的绿毯,把山丘和平地都遮盖得严严密密,大地全都换成了绿色的肌肤。一望无际的草原就像辽阔的碧海,微风吹过,翠波涌动,向远处无限地延伸而去。那拉提大草原就像镶嵌在这茫茫大漠中的一块巨大碧玉，阳光一照，熠熠生辉。这倒是让人想起阿尔卑斯山谷一条马路上的那句"慢慢走，欣赏啊"的提示语。在家访老师们看来，那拉提风景更值得"慢慢走，欣赏啊"。

从这里再看远山，雄浑而苍茫；再看云霞，仪态万千；再看河流，纤细而绵长。

不远处，十几个蒙古包就像大大的白蘑菇，点缀在草原之上。牛羊懒散地静卧在草地上休息，几匹枣红马正摇头甩着长长的鬃毛。牧民们欢快的歌声时高时低地随风儿飘来又飘去。这不禁让人想起"敕勒川，阴山下。天似穹庐，笼盖四野。天苍苍，野茫茫。风吹草低见牛羊"的唯美诗句。

我敢肯定，这个世上任何一位伟大的作家，当他站在这片上苍恩赐给尘世的绿色净土之上时，他都会承认和责怪自己无法用文字来彻彻底底地描述出那拉提草原之美。

因为，美到灵魂里与情至最深处一样，本就无法言说。

陶醉在美的享受里，人往往容易忘记时间。不知不觉，半天过去了。大家不能太任性也就无法更尽兴，毕竟还有 270 公里的长途等着呢。人生有的时候需要留点儿遗憾，那样的生活才更值得纪念。

晚上 6 点钟的时候，中巴车驶上了回伊宁的墩那高速公路。三个小时后，老师们就可以抵达预订好的酒店了。这会儿，大家都靠在座位上闭目养神，也许他们还在回味着那拉提草原之游的乐趣，也许他们正在想象着明晚在家里和亲人团聚的情形。但他们不会想到，明天还有一场更艰巨的家访任务在等待着他们。

第三章　不改初心,演绎化蛹成蝶

跋涉 900 公里的家访

吃晚饭时,顾海林对大家说:"各位老师,明天啊,我们还有一个家访任务!"

有的老师不由得"啊"了一声,家访不是结束了吗?

顾海林看着大家疑惑的眼神,开口了:"是这样的。在车上时,我收到了143电子班哈依沙尔江的微信。他说8月份不能返校读书了。班主任徐晓贤这次没来家访,我这个副班主任有责任去他的家里看看。我们不能让他就这么轻易放弃读书啊。"

听说哈依沙尔江有辍学的想法,大家都觉得不可理解,毕竟他在老师们的眼中一直都是那么的优秀。

"一定是他的家里发生了什么事情,否则他是绝不会放弃学业的。"这是老师们一致的想法。

顾海林又说:"各位老师,家访的意义就是要深度了解学生的家庭状况,与家长对话,进而和家长一起与学生进行心灵的沟通。虽然哈依沙尔江不在这次家访的名单内,我们家访的任务也已经结束,但我觉得明天还是有必

151

要去哈依沙尔江家做一次家访。"

听了顾海林的话,大家都表示赞同。

"哈依沙尔江的家在昌吉州,离这儿有900多公里。我们要是决定去家访,明天就得起早动身。并且,我们肯定要推迟一天才能回长兴了。"顾海林又来了一句重要的补充。

本来明天老师们就可以回浙江了。这些天来,他们想家了,也太累了。大家沉默了一两分钟后,还是相继表态了。

"去,这得去!要不我们这次的家访就没做到位。"

"我也同意去,一定要让他放弃辍学的想法。"

"我们这次去,也许还能帮他解决家里的困难呢。"

"如果这次不去,我们明天到家后,心里也会不安的。"

"一定得去啊!我们这次来干啥呢?在不在名单上有关系吗?晚回去一天又能咋地?"

······

大家你一言我一语地讲着这些令人感动的话。

就这样,一趟临时增加的将近十个小时的家访行程又要开始了。

第二天早上5点多一点儿,中巴车载着长兴职教中心的家访团队向着昌吉州木垒县进发了。经过一夜的休整,老师们又精神焕发了。在车上顾海林开始给大家详细地介绍哈依沙尔江的一些情况,随后大家就探讨出几套应对方案。哈依沙尔江辍学的想法家长是否知道,他本人的态度是否坚定,他的家里到底有没有事情发生,有怎么办,没有怎么办,这些因素老师们都考虑得非常周全。

朝阳从地平线上慢慢地露出脸来,老师们向窗外看去。道路两边多是绿油油的麦田和连成片的黑绿色玉米地。田间地头,间或生长着一棵棵白杨树、榆树或者野杏树,高高低低的,像卫士一般守护在那儿。

马不停蹄的长途奔波,让大家陷入了极度的疲惫中,车程的后半部分,车厢内就没有人发声了,大家或沉沉睡着或闭目养神。

下午 4 点钟时,车子开到了一个岔路口,导航提示"到达目的地附近",这让大家瞬间又来了精神,终于到了。顾海林往外看了看,糟了,岔路口的左右都各有村庄,去哪个呢? 原来导航也并非无所不能。

顾海林本来想给哈依沙尔江来个"突袭"家访,好让他在毫无准备的状态下乖乖"就范",可现在也只能给他打电话了。

几分钟后,哈依沙尔江骑着电瓶车来到路口。他见到老师们,连说了两遍"老师,你们怎么来了? 你们昨天还在伊犁呢! 这么远的路!"言语中满是惊讶和欢喜。

顾海林没说话,摆摆手让他前面带路。电瓶车和中巴车就一前一后沿着一条蜿蜒的水泥路行驶着。没多久,他们就来到了一个小山坡上,有十几个蔬菜大棚整齐地分扎在水泥路的两边。哈依沙尔江在一个门口停放着一辆电动三轮车的大棚前停住了电瓶车。

哈依沙尔江的爸爸塔依尔从大棚里钻了出来,微笑着用不太标准的普通话说:"老师啊,你们来家访,我太开心了。顾老师,你应该早点儿说,我好提前有个准备。"

"你准备得挺好,这凳子够坐了。"蒋大鹏的话把大家都逗笑了。老师们家访,就怕家长太客气。蒋大鹏说的这句玩笑话一定程度上也是他内心真实的想法。老师们在新疆家访,由于两个原因,有的时候是只能在学生家里用餐的,一是路程远,返回酒店就错过了饭点;二是家长实在太盛情,推脱不掉。不过,时间长了,顾海林也就有经验了,每次吃饭后都会以慰问的名义把"餐费"塞到家长的手上。

一棵粗且高的白杨树下,摆放着十几个塑料凳。但老师们并不想坐下休息,他们对塔依尔家的大棚很感兴趣,新疆的大棚里都能种出什么蔬菜呢？他们想去参观参观。塔依尔也高兴在老师们面前显显宝，就叫哈依沙尔江去姑姑家拿西瓜，自己则带领老师们走进了大棚。大棚里的各类蔬菜长势都非常好，有芹菜、西红柿、菠菜……这几天正是收获期，也是他们最忙的时候。

在参观的过程中，顾海林得知哈依沙尔江家在今年2月的时候失火了，房子也被烧光了，他们一家现在暂住在哈依沙尔江的亲姑姑阿娜尔古丽·买买提家中。本来，塔依尔只侍弄了一个蔬菜大棚。现在为了多赚钱，早日把房子重建起来，他只好把全村的大棚都租了下来。好在自己是个种植蔬菜的能手，这十几个大棚被他打理得井井有条。了解到这些，老师们不得不佩服他的勤劳和他身上那种不服输的精神。

家里发生火灾的事情，塔依尔怕影响哈依沙尔江的学习，当时并没有告诉他。一周前，哈依沙尔江到家后得知了这一切，他的情绪就变得非常低落，整天埋头在大棚里干活。其实，他是太心疼爸妈了，他想自己拼命多干一点儿来减轻爸妈的负担。

人在心情不好时，运气往往也会变差。前天下午，哈依沙尔江开着电动三轮车和妈妈去乡里送菜的时候，由于他车技不熟，一不小心就翻了车。妈妈从车上掉下来时，摔坏了左小腿。这两天一直处在自责中的哈依沙尔江心情更是糟糕。昨天，他还无缘无故地和爸爸吵了一架。

听到这儿，顾海林也大致明白了哈依沙尔江为什么会有辍学的想法。

这时，哈依沙尔江进大棚来请老师们去吃西瓜。顾海林没心思吃西瓜，等哈依沙尔江带老师们离开后就问塔依尔："哈依沙尔江打算退学，你知道吗？"

"知道，他昨天和我吵完架后就说不要去读书了。"

塔依尔接下来告诉顾海林说自己绝对不会同意哈依沙尔江辍学的，反倒非常支持儿子去内地学技术。他认为哈依沙尔江现在所学的电子技术将来在新疆一定能大有作为。说这些话时，他是激情满怀的。不过，当顾海林问他该如何打消哈依沙尔江的错误想法时，他一下子就变得蔫了许多，他说："我儿子的个性太强了。他一旦决定的事情，我很难劝得动。顾老师，你得帮帮我。"

"嗯，只要你这个做家长的不支持他辍学，那我就有办法了。"顾海林自信且神秘地说，"不过，塔依尔大哥，你得配合我。"

"行，行!"塔依尔听后，高兴地回答。

了解这些情况后，顾海林就走出大棚找其他老师商量事情去了。塔依尔也赶紧给妹妹打电话让她准备晚餐来招待老师们。

十几分钟后，顾海林把家访老师和塔依尔父子都叫到了一起，大家把塑料凳围成一个圆坐着，家访交流活动就算开始了。那棵白杨树枝繁叶茂，树冠也很大，所有人都能躲在树阴里，凉快得很。

顾海林先是向塔依尔询问了他妻子的伤情，在得知明天将要进行手术时，他从包里拿出一个信封塞在了塔依尔手中。原来他刚刚和老师们商量的就是这个事情，每位老师出了两百元做慰问金。他说这是老师们的一份心意，希望塔依尔一定要收下。塔依尔当然不肯收，但顾海林向他使了眼色，意思是"刚刚还要求你配合呢"。塔依尔也就明白了顾海林这样做是有原因的，但他拿着信封，还是激动得说不出话来。坐在一旁的哈依沙尔江被眼前的一幕感动得红了眼眶，他欲言又止地看着顾海林。

顾海林接着开始安慰哈依沙尔江，告诉他既然事情发生了，就不能过于自责，眼下要紧的事儿是照顾好妈妈，要求他今后要努力学习技能，将来靠技能致富，给父母盖一栋大房子。顾海林说了半天，就是不谈哈依沙尔江要辍学的事儿。但哈依沙尔江心里早就猜到老师们来家访的目的了，可顾海林一直不提这一茬，倒是让他倍感意外。

这时，蒋大鹏突然打断了顾海林的话，说："海林，听说陈振一想在全校范围内挑选新徒弟了。"

"嗯,他带的徒弟将来是要参加省赛国赛的,肯定得好好选了。"

"哈依沙尔江不就是他的徒弟吗?为啥要重新选?"

"他可能是觉得哈依沙尔江毅力不够吧。"

这两个人一唱一和地说着,就像说相声一样,完全当哈依沙尔江不存在。看来,二人的对话内容也是商量好的。而此时的哈依沙尔江既难过又不服气,在他心里,自己才是陈振一最应该看重的徒弟。现在陈振一居然要选新徒弟,不要自己了,这让他无法接受。他认为在长兴职教中心,也就只有他才有资格跟着陈振一一起登上省赛国赛的颁奖台。至于其他人,都不行。

"那陈老师找到新徒弟了吗?"哈依沙尔江情不自禁地问。

"这届高一电子专业的学生素质都非常不错,肯定能找到让他满意的。"蒋大鹏说,似乎是在回答哈依沙尔江的提问,但又不像。

"其实,哈依沙尔江也不错。他参加省赛国赛可能实力还不够,但参加市赛还行的。"顾海林轻描淡写地说着。

"顾老师,你凭啥说我参加不了省赛和国赛?"哈依沙尔江听得急了,大声问。

"好,哈依沙尔江,那你明年就参加个省赛国赛,获个奖给我们看看,你有这个胆量和信心吗?"顾海林猛地站起来问。

"参加就参加,获奖就获奖!"哈依沙尔江也站起身激动地回答。

"那就一言为定!"顾海林望着哈依沙尔江突然微笑了起来,接着其他老师都拍手叫起好来,塔依尔也跟着拍手叫好。看来,顾海林的激将法起到了应有的作用。哈依沙尔江摸摸头,终于明白了什么,不好意思地低下了头。

就这样,顾海林从头到尾都没有在哈依沙尔江面前提"辍学"这两个字,却让哈依沙尔江放弃了辍学的念头。顾海林是教政治的,但他对心理学也有一定的钻研。确实，他还真有国家二级心理咨询师的资格证书。

原来，当顾海林了解到哈依沙尔江的家庭近况时，他就想明白了，哈依沙尔江是想帮爸妈一起攒造新房子的钱，才萌生了退学的想法。再加上这两天他一直深陷在自责和愧疚中，心情非常难过，想用退学来惩罚自己。当然，还有一个重要原因，也被顾海林猜着了。那就是哈依沙尔江因为自负轻敌，在今年的省赛中没有取得名次，这一直让他感觉颜面尽失。他想退学，其实就是在和自己赌气。

也就是说，这个时候的哈依沙尔江并不是真心想退学，他的内心深处暂时隐藏了一个"心魔"，驱走"心魔"最好的良药就是老师、亲人们的关怀和安慰。顾海林把这一切看得太透彻了，所以他拿出了关怀、感动等情感法宝，再加上巧妙的激将法，哈依沙尔江也只能乖乖"就范"了。

当然，如果这次顾海林不带队来家访，哈依沙尔江的"心魔"也许就会一直膨胀着，到最后辍学就在所难免了。教育家苏霍姆林斯基曾说："在每个孩子心中最隐秘的一角，都有一根独特的琴弦，拨动它就会发出特有的音响，要使他的心同我讲的话产生共鸣，我自身就需要同孩子的心弦对准音调。"家访无疑是拨动孩子心弦音调的最好途径。家访，不仅可以让教师走进孩子的心灵，还让教师与孩子的心灵产生共鸣。

"顾老师，太谢谢你们了。如果这次你们不来家访，恐怕我儿子真的就会犯糊涂、做错事，把自己的未来给耽误了！"塔依尔感激地说。

"顾老师，我会记住老师们今天的良苦用心，我会用实际行动来回报你们。"哈依沙尔江满怀深情地说。

看着父子二人激动的样子，老师们都倍感欣慰。大家心里想，这次真没白来，今天的辛苦和付出都是值得的。

那天，老师们婉拒了塔依尔父子的盛情挽留，还是决定回酒店吃饭，7点多的时候就发车去了昌吉市。那日的晚霞格外美，半边天都被映成了火红色。

"哈依沙尔江,8月底,我在乌鲁木齐等你。"顾海林将头伸出车窗外喊。

哈依沙尔江跑着追上几步,说:"顾老师,8月底,乌鲁木齐见!"

顾海林回道:"相信你!"

返程途中,顾海林的脸上一直堆满了笑容,那是一种幸福与满足。其实,教师的快乐很简单,往往就来自学生和家长的一句"谢谢"!

这间教室超有爱

顾海林在 147 汽修班上课的时候曾问过学生一个问题:家,是什么?

学生们的答案五花八门:"帐篷""房子""吃饭和睡觉的地方"……然而,只有艾麦尔·伊米提的回答令他满意,艾麦尔说:"有父母,有爱的地方,就是家!"

那天,顾海林和学生们分享了一首网络微型诗歌《家》,虽然作者籍籍无名,但诗文内容却极好:"家,一个可以让翅膀收起的窝!"他带学生们读了几遍后,就让大家分析这首诗。学生们争抢着举手发言:

"收起翅膀,说明家里安全。"

"在家里可以休息了。"

"窝就是指一家人要团团圆圆。"

学生们的这些话,引发了他的感叹:"你们过草原、穿沙海,跨越 5000 公里来浙江读书,就如同雄鹰展翅高飞觅食一样。但雄鹰可以天天回家,你们回一次家却不容易啊。"

这时,艾麦尔却"哈哈"地笑出声来,他用手指着窗外说:"老师,我们也天天回家的呢！"

艾麦尔所指的地方就是位于 7 号公寓楼一层的休闲活动室。这活动室面积大约 100 平方米，室内放置了四张乒乓球桌，还有一组音响设备。学生们空闲时就在这儿聊天，打乒乓球，玩得高兴了还可以播放音乐高歌一曲。周末和节假日，学生们在这里尽情地自娱自乐，既能减轻学习压力，又能缓解思乡之情。

为了给新疆学生们提供这样一个休闲场所，不仅学校做了周密安排，其他单位也鼎力支持。因为新疆学生来长兴读书这不只是长兴职教中心的事儿，还是长兴人民的事儿，所以能给予帮助的单位都会积极伸出援手。

2015 年 5 月，长兴县政府出资十万元把这间活动室装修一新，还添置了一些硬件设施，有两张实木茶桌，六件新疆传统的民族乐器，数十套供演出使用的新疆民族服饰以及一台大屏液晶电视机。原本不起眼的活动室现在被打造成了一处民族团结教育的重要营地。看着眼前焕然一新且又富有民族特色的活动室，学生们开心极了；节假日时间，他们常常在这里玩得不亦乐乎。学生说每次走进活动室都能感受到家的气息，所以师生们就将这个新装修后的活动室称为"民族之家"。

"民族之家"里最让人感到热闹温馨的画面莫过于"集体生日会"了。所谓的"集体生日会"，就是把每个班当月过生日的同学汇聚起来，选一个周末的下午，新疆中职班的领导、班主任和学生代表们一起为这些"小寿星"过生日。集体生日会上，大家要给"小寿星"唱生日歌，送祝福语，再一起分享蛋糕；"小寿星"们有的还自告奋勇给大家来段新疆民族舞蹈，最后，老师们还要给"小寿星"送上装有零食的礼品袋；这种形式的生日聚会，气氛热烈，仪式感强，"小寿星"们都超级喜欢。

说到"集体生日会"，就一定要讲讲哈依沙尔江过 18 岁生日的故事了。因为"集体生日会"就是从他那开始的，或者说是因为他的 18 岁生日才有了新疆中职班的"集体生日会"。

2015 年 10 月 19 日，晚自修快上课的时候，哈依沙尔江来到办公室和徐晓贤说："徐老师，我想请假回家，明天回去，23 号就回来。"

徐晓贤听完一愣，心想什么情况？刚来一个多月就要请假回家？问哈依沙尔江什么原因，他就是不肯说，只强调 23 号一定能回来。

徐晓贤觉得这件事情肯定有蹊跷，打算先摸清情况后再和哈依沙尔江做进一步沟通。于是，她没有正面回应哈依沙尔江的请求，只是让他先回教室去，说明天再答复他。

徐晓贤随后就打电话向哈依沙尔江的家人了解情况。原来，哈依沙尔江之所以想回家，是因为 10 月 21 日那天他要过 18 岁生日。18 岁生日，除了自己之外，也备受亲友们的重视。在新疆，"小寿星"在 18 岁生日的当天，亲友们会欢聚一堂，吃拌面、喝奶茶，唱歌跳舞，场面非常热闹，气氛特别温馨，仪式感特别强。人一生只有一次 18 岁，怎么可以不和家人一起庆祝呢？哈依沙尔江当时如此想。

放下电话后，徐晓贤陷入沉思中。她回想自 2011 年学校举办新疆中职班以来，学校领导、老师对新疆学生的关心和照顾可以说是做到了无微不至。学生来校、返家，老师们不辞辛劳地接送；学生生病了，老师们整夜地在病床前陪护；学生听不懂知识点，老师就一遍遍地讲解……但细心的老师们还真就忽略了一点，那就是给学生们庆祝生日。而这一点，恰恰是老师们更应该做的。想到这儿，徐晓贤马上给顾海林打电话。

顾海林听完了徐晓贤的汇报和想法，马上表示支持，并表示连夜就向校长、书记请示。末了，他告诉徐晓贤说："你明天就按照你的想法准备这个事情吧。"

第二天早自修时间还没到，徐晓贤就到了教室。她惊讶地发现哈依沙尔江的座位是空的。她当时心里一惊：他难道也使用了当年阿卜杜热西提逃学的那招了？很快，她就镇定下来。她太了解哈依沙尔江了，他绝对不会那样做。但早自修铃声响过后，哈依沙尔江依旧没出现。她走出教室看向楼梯口，此时听不到任何的脚步声和说话声，这下她彻底慌了。

徐晓贤后来说："这是我有生以来受到的最大一次惊吓。在我心里，新疆学生的事情比啥都重要。"

正当徐晓贤急得满头大汗时，内派教师木纳瓦尔·阿不都热依木打来了电话，说哈依沙尔江一早上就赖在他寝室里不肯走，一定要他出面帮忙请假。原来，做事一向有想法的哈依沙尔江找人说情去了。

徐晓贤悬着的心总算放下了，不过，她觉得必须马上和哈依沙尔江好好地谈谈。很快，哈依沙尔江就出现在徐晓贤办公室门口。那天上午，办公室里只有徐晓贤和哈依沙尔江两人在。他们进行了一场斗智斗勇的对话。

"为什么一定要回去呢？"

"您肯定已经知道原因了啊。"

"好吧，18岁的生日，确实很重要。"

"所以，我要和家人一起过，我特别想亲手从爸爸手中接过祝福卡。我需要一个热闹且有仪式感的成人礼。"

"那你知道爸爸妈妈的生日吗？"

"知道！"

"想过给他们过生日吗？"

"想过，可我还没赚钱，没法给他们买礼物。"

"现在杭州到乌鲁木齐的机票可不便宜啊，把这笔钱省下来，明年暑假回去，就可以给爸妈买一个很好的生日礼物了。"

哈依沙尔江没作声，低着头，看来徐晓贤开始掌握对话的方向和主动权了。

"如果学校不准你的假，你会不会偷着跑？"

"我——我——不会。"

"如果老师和同学们一起给你庆祝 18 岁生日,你会拒绝吗?"

"我——我——想想"

"放心吧,我一定会给你个惊喜!"

"那——"

……

优秀的管理者,往往也必须是思想和语言上的巨人。

10 月 24 日下午,浅蓝色的天空中飘浮着淡淡的几朵云,确实是个好日子。周末的校园里要比以往安静了许多。

"祝你生日快乐,祝你生日快乐……"突然,从"民族之家"里传出来一阵阵热烈的掌声和欢乐的笑声,这是新疆中职班的师生在过集体生日。

当天的"小寿星"共有 12 位,徐晓贤还邀请了来自不同班级的 18 位学生代表。让学生们感动的是,各班的任课老师也都悉数到场了。室内两张实木茶桌摆成一排,上面放有蛋糕、大块儿的巧克力、鲜花等。每个学生都在开心地微笑,每个看着学生的老师也在开心地微笑。爱,就这样洋溢在这间 100 平方米的教室里。这样的集体生日,简单却不失温馨。当天的蛋糕共有五个,但其中有一个是哈依沙尔江专属的。这份特殊待遇是徐晓贤专门为哈依沙尔江准备的。18 岁的生日,需要搞点儿特殊。哈依沙尔江心想:"这个独有的蛋糕就是徐老师给我的惊喜吗?还真一般。"老师和同学都来庆祝他的 18 岁生日了,这让他内心充满了感激和幸福,但爸妈不在场!特别是他不能面对面地接到爸爸送给他的祝福卡,还是让他觉得有些遗憾。

集体生日更有仪式感。蛋糕上插满了五颜六色的蜡烛,烛光摇曳着,好像在舞蹈和欢歌。"小寿星"们闭上眼许下心愿。哈依沙尔江许愿的时间最长,他许下的愿望一定是非常美好的。

分享完蛋糕后,最开心的环节来了,班主任开始给"小寿星"们分发生日

礼物。装有零食的精致礼品袋,每人一个。拿到了礼物,他们都开心地跳起了民族舞蹈。

音乐停止后,徐晓贤面带微笑地走到了人群中,神秘地说:"今天是哈依沙尔江 18 岁的生日,有一位特殊的人物也被我们邀请来参加这场生日会了。"徐晓贤说完摆出了邀请的姿势,顾海林就满脸堆笑地推门而入。原来,这才是徐晓贤给哈依沙尔江准备的惊喜。

顾海林给哈依沙尔江送上了特别的生日礼物——正泰牌笔式万用表,这可是哈依沙尔江一直梦寐以求的东西。记得在小学五年级时,爸爸也送了一块万用表给他做生日礼物,现在已经坏得没法用了。今天顾老师就像爸爸一样也送给他万用表做生日礼物,多么的巧合啊!这款笔式万用表在网上售价也要 100 多元,所以他就一直没舍得买。现在顾老师就真真切切地把它交到了自己的手上,他能不激动吗?顾老师太明白他的心思了,知道他最想要的是啥。

"谢谢顾老师!"哈依沙尔江开心得大叫起来。

"还有呢,"顾海林把一张贺卡交给了哈依沙尔江,微笑道:"这是给你的祝福!"

"亲爱的孩子,18岁,是人生最美好的青春年华。愿你从今起,以梦为马,奔跑向未来,一路伴繁花。"落款写着"浙江爸爸"。

原来顾海林今天是以"浙江爸爸"的身份来参加"集体生日会"的,难怪如此神秘,如此深情。让哈依沙尔江想不到的是,"浙江爸爸"原本今天要去杭州出差,但为了给他庆祝18岁生日,顾海林退了车票。

艾麦尔不是说"有父母,有爱的地方,就是家"吗,对于这些离家万里、苦学技能的新疆学生们来说,长兴职教中心的"民族之家"就是他们心中的"家"!

舞台剧掀起了语文热

"姚校,我怕教不好啊!"

这是 2015 年的暑期姚新明校长说开学后安排我任教新疆中职班的语文课时我的第一反应和回答。说实话,对于这个任务,起初我是不太愿意接受的。姚校长问是不是怕苦怕累,怕周末和寒暑假不能正常休息。我当然不是因为这个。做老师,奉献精神是必须要具备的。我顾虑的是,多数高一新疆学生的普通话水平都不高,这样的语文课堂我如何驾驭?语文课教学的有效性该如何体现?

看着姚校长信任的目光,最后,我还是决定接受这个光荣的任务。

开学后,趁着新生军训的空档,我每天都去听新疆中职班高二的语文课。"三人行,必有我师焉。"蒋子龙、张海兵和我正好是三个人,那我就有了两位老师。经过高一的学习和训练,高二学生的普通话都讲得不错了。他们在语文课堂上的表现也非常积极,回答问题也比较有条理。不得不承认,张海兵让学生在课上用普通话讲故事的训练方式和蒋子龙的课前十分钟普通话演讲的训练模式在加强新疆学生语文教学的有效性上起到了一定的作用。对于两位老师的办法,我决定暂时"照搬照用"。不过,接下来发生的事情让我找到了一种适合自己也更适合学生的普通话教学模式。

9月22日傍晚,天边落日熔金,晚风微凉,放学后学生们雀跃着向民族餐厅跑去,校园里顿时热闹起来。我骑电瓶车刚从车棚中出来,就看见两个学生迎面向我跑来。这两个学生都是新疆中职班的名人,我刚来没几天就认识他们了。一个是图尔苏,另一个是哈依沙尔江。

"孟老师,我们在排练一出话剧,想请您指导一下。"图尔苏说。

"话剧?在排练?指导?"我一口气三连问。

两个学生都在点头,一脸自豪。

我也马上来了精神。新疆学生居然能自编、自导、自演话剧了!这可是新鲜事儿啊!我惊讶之余,心有感动,这一定要看看,忙问:"什么时候排练?"

"在阅览室,今天晚自修第二节课,这是第三次排练。"哈依沙尔江抢先回答说。

"好,那晚上我一定来!"回家的路上,我心里虽充满了疑惑,但更多的还是期待。我一会儿想象着他们用蹩脚的普通话说台词的样子,一会儿又想象着他们用流利的普通话说台词的样子。到家后,我晚饭也没吃,一门心思地等待约定时间的到来。

晚上7点40分,我准时来到学校。阅览室里,七个学生已经在那里等了。除了图尔苏和哈依沙尔江,还有134电子班的沙恩别克、156汽修班的艾则孜·依布拉依木、154电子班的阿布都拉、154电子班的玉散·约麦尔和158汽修班的帕尔哈提·吐尼牙孜。当我看见玉散和帕尔哈提时,我有一种说不出来的感觉,总之是内心中的失望大于了期待。我心想,这个图尔苏他们在开什么玩笑,玉散和帕尔哈提平时连基本的普通话都说不好,怎么拉他们来演话剧。我看啊,这几个人也就是心血来潮,闹着玩一会儿而已。

既然来了，我又不好马上走，就索性看看他们的表演。

教室里灯光很亮，几个来表演的学生都很精神。表演开始了，他们很认真，也都很快地进入了角色。严格地说，他们表演的根本不是话剧，而是模仿沈腾团队的小品《超能英雄》。玉散演钢铁侠，帕尔哈提演绿巨人，艾则孜演超人，图尔苏演金刚狼，哈依沙尔江演导游，其他人充当游客。说实话，他们的表演效果还行，就是不太熟练。谢天谢地，还是有一个地方令我很惊喜，就是玉散和帕尔哈提的表演，准确地说，是他们说台词时候的表情让我震撼了。

要知道，以前课前演讲时，我曾让玉散讲一讲他的爱好，他只是说了一句"我……喜欢……篮球"，之后就一直站在讲台上抓耳挠腮地傻笑着；我曾让帕尔哈提给大家讲一个有意义的故事，结果他开口却是"山上有座庙，庙里有个老和尚，老和尚对小和尚说：山上有座庙，庙里……"

但今天，我看到了不一样的他们，玉散和帕尔哈提的普通话表达比在课堂上好很多。虽然他们说出的台词并不是很标准，但都十分自然流利，感情也很丰富，语气语调也都比较到位。

帕尔哈提那句："钢铁侠，生气归生气，但外星人来了，该干还得干啊！"感染了在场的每一个人。

最后，玉散那句："回来，把兜里的五块钱给我，跟我合张影，之后让我干什么都行！"赢得了在场所有人的掌声。

夜风似乎也被热烈的掌声吸引了，潜入教室，把日光灯吹得微微晃动，犹如人摇头晃脑一般，但几位正在表演的同学似乎没有觉察到这一切。他们一遍遍地、投入地表演着，我也被吸引着一遍遍地看他们表演，可以说是在欣赏了。那晚窗外的月光很亮，树影斑驳。

我忘记了当晚都给了他们哪些具体的建议，只记得在回去的路上，我的心不淡定了。

过了两天,顾海林对我说图尔苏他们已经开始利用课余时间在"民族之家"演出《超能英雄》了,吸引了很多学生去观看。又过了两天,图尔苏和哈依沙尔江来找我。他们告诉我,现在高一和高二有很多学生找到他们,想加入他们的话剧社。听后,我心里一阵狂喜,因为这正是我猜到的和想要的结果。新疆学生个个能歌善舞,他们的表演能力都很强,唯独普通话相对弱,那么,只要他们想表演话剧,就得加强自身普通话的学习。换句话说,表演话剧的兴趣是促使他们下大力气学习普通话最好的动力。

为了让更多的同学可以表演小品。我和图尔苏一起改编了三个小品。我们把小品剧本的篇幅改短小了,台词也改得精练了,图尔苏分别把剧本安排了下去。他对我的意思也心领神会,他挑选演员的时候,普通话不好的同学反而优先。这段时间,哈依沙尔江的电子兴趣小组在网上接了太多的订单,他就很少参加剧本改编活动了,但只要有需要他帮忙的地方,他仍旧会抽空来帮忙。

那些天,每次看完学生们的表演后,我都特别开心,对于新疆学生的语文教学也越来越有信心。一次,我和图尔苏、哈依沙尔江商量改编话剧《威尼斯商人》的剧本时,哈依沙尔江突然冒出一句话:"老师,我们为什么不原创一部以新疆中职班学生的真实事例为原型的剧本呢?"

是啊,如果一部原创的关于新疆学生真实事例的舞台剧在元旦晚会上演出了,那不仅能轰动全校,更能激发新疆学生学习普通话的热情了。

说干就干,趁热打铁。当我把这个想法和顾海林汇报后,他也非常支持,当即就给学校团委书记浦邹军打去了电话,寻求学校团委的支持。因为舞台剧最终能否演出和取得成功,导演也非常关键,而只有学校团委才能请得动在整个长兴教育系统都赫赫有名的舞台剧导演王琳老师。

巧合的事情总是戏剧性地发生。电话那头浦邹军也激动得很,因为沈玉良校长前几天刚找过他,说去年学校没有排练节目参加县里中小学生艺术节的舞台剧的专场演出,今年无论如何一定要有节目参加。当看到文件通知时,浦邹军叫苦不迭。11 月中旬就要比赛,现在哪能来得及呢!正当他不知如何是好的时候,我们竟然来了个"自投罗网"。

以谁为原型来编写剧本呢?这个问题困扰了我和图尔苏好几天,直到徐晓贤给了我们建议:"你们为什么不写哈依沙尔江呢?他本人的一些事例很有教育意义啊。"

真是"当局者迷,旁观者清"啊。徐晓贤的建议犹如一针"兴奋剂",让我和图尔苏激动万分。于是,在我、图尔苏和哈依沙尔江的共同努力下,以哈依沙尔江为原型的舞台剧剧本《我要留下来》在国庆假期顺利创作完成了。剧情就围绕着哈依沙尔江高一时闹退学的事儿而展开,情节真实、故事感人。当这个消息传出之后,全校师生都很期待它在学校元旦晚会上的精彩呈现。

哈依沙尔江理所当然地被王琳确定为主演。自己演自己,这才是真正的"本色出演"。王琳精心执导,全体演员努力付出,仅仅用个把月的时间,舞台剧就排练得达到了比赛的要求。

2015 年 11 月,舞台剧《我要留下来》参加长兴县中小学生艺术节舞台剧节目比赛,荣获一等奖。同年 12 月,舞台剧《我要留下来》在湖州市中小学生艺术节汇报演出中获得一等奖。

舞台剧取得的荣誉就像一缕烟,总会慢慢飘淡,但它的影响力却会经久不衰。从 2015 年起,新疆中职班的学生因为对舞台剧的喜爱,开始更加注重对普通话的学习。学生学习普通话的热情高涨了,对于新疆中职班的语文教学来说可是一件大好事,课堂教学效果也有了质的改变,学生的文学素养逐渐得到了提升。

2015 年底,新疆中职班进行了期末考试。2015 级四个班语文的平均分的情况如下:154 电子 86 分、156 汽修 81 分、157 汽修 85 分、158 汽修 79

分。而四个班期中考试时语文的平均分情况是:154 电子 77 分、156 汽修 70 分、157 汽修 76 分、158 汽修 72 分。看看,这是多么大的进步啊!

"苔花如米小,也学牡丹开"。只要相信自己并不断地努力,每个人都会绽放出属于自己的花朵,散发出属于自己的芬芳。

爱因斯坦说过"兴趣是最好的老师",这句话是绝对经得起检验的。新疆中职班学生通过排练舞台剧来培养自己的普通话学习兴趣,这个做法十分有效。

我之所以能想到用舞台剧来推动新疆学生学习普通话的热情,进而带领他们慢慢地接受文学的熏陶,这和图尔荪、哈依沙尔江给我的启发与帮助有着莫大的关系。我,我们,都应该感谢他们。

小哈 RC 工作室的密码

2015 年 5 月 18 日中午,图尔苏、殷俊豪和塔来拜克·阿巴依都拉找到了哈依沙尔江。

"哈依沙尔江,昨天咱们不是商量要组建一个学习兴趣小组吗?"图尔苏问。

"哈依沙尔江,我们是好朋友,不能光你一个人进步啊,我们几个也想提升专业技能呢。"殷俊豪说。

塔来拜克也跟着说:"是啊,你跟着陈振一老师肯定额外学了很多本领,也教教我们吧。"

"那好,从现在起,电子技术兴趣小组就正式成立了。我们活动的地点主要在班级和寝室,时间也都在周末,我们每人每周都要制作一两件小电子产品,你们看咋样?"哈依沙尔江爽快地说。

"你是组长,我们听你的!"几个小伙伴都很激动地说。

这个电子技术兴趣小组成立后,哈依沙尔江每周都会带着他们一起做些小东西,有 LED 台灯、小电动玩具、小手电和电动剃须刀等。不过,每次基本上都是哈依沙尔江先制作完成,再耐心地教他们三个做。四个人的辛苦也没有白费,他们的作品经常会被专业教师拿到课堂上给同学们展示,特别是哈依沙尔江做的电动挖掘机模型,还被拿到了职业教育宣传周的展台上供全县的初三学生欣赏。慢慢地,这个电子技术兴趣小组在学校里有了一定的知名度,虽然它连一个正式的名字都没有。也曾有新疆中职班的学生要加入进来玩玩,但哈依沙尔江都拒绝了,他说:"我们这个电子技术兴趣小组绝不为一些凑热闹的人开门,我们只要真正有专业兴趣的人。"

其实,哈依沙尔江在 2015 年的省赛中失利,这对他的打击还是不小的。尽管他也时常对自己说:"立志于长远的人,要接受偶尔的失败。"可要在心里迈过这道坎,终究不是那么容易的事情。对他而言,今后的竞赛之路有两种可能,一是继续训练,准备明年再战;二是马上被别人替换掉,从此与省赛无缘。但无论是哪种可能,在哈依沙尔江看来都很残酷。不过,他也仔细地反思过,自己的自负和轻敌,是那次失败的主要原因。

反省是每个人都应该拥有的一面镜子,它能帮助我们找出错误,使我们有改正的机会。人生最困难的事情就是认识自己。一个人倘若有了自省的勇气与行动,那么他就会越来越接近成功。哈依沙尔江就是这样一个具有自省能力的人。

自从组建了这个电子技术兴趣小组,哈依沙尔江把课余精力都投入到电子产品的制作上了。四个小组成员用了半个月的时间,做出了近百件小电子产品。在 6 月初的校园跳蚤市场上,他们的"商品"非常受欢迎,开市还不到半个小时,近百件小电子产品竟然被抢购一空。他们几个仔细算了一下账,除去在网上买原材料的花销,他们的纯利润达到了 1100 多元。牛刀小试,就获成功,他们开心地拥抱在一起,这应该是他们人生中的第一桶金。这不仅是收益的问题,更关键的是有人喜欢他们的作品,这给了他们极大的鼓舞。

2015年9月，新学期，新开始。143电子班的班主任换人了。徐晓贤的岗位有了新的调整，她现在任新疆中职班的教务主任了。夏青青接手143电子班，成了新班主任。她对哈依沙尔江说："小哈，高二了，你要有更大的进步。我希望你能用你的好成绩来欢迎我这个新班主任，你能做到吗？"

"老师，相信我。我一定不会让您失望的！"哈依沙尔江很有底气地说。

努力的人，都有一颗上进的心，运气自然也不会差。

9月中旬，陈振一再次找到哈依沙尔江，学校决定让他继续参加训练，希望他能在2016年的省赛中取得好成绩。这对哈依沙尔江来说绝对是意外的惊喜，笼罩在他心头几个月的阴霾终于散去，他整个人一下子又精神百倍了。

与以往不同，哈依沙尔江像变了一个人似的，他每次训练遇见难题，都会主动地向老师和同学请教，言语中流露出虚心和真诚。

如此看来，失败未必一定是坏事，就看你怎么面对它。你害怕了，它就能彻底毁掉你；你不屑它，从中汲取了教训，它反过来还能成就你。

哈依沙尔江有时候还把他平时做的小电子产品拿来给陈振一看，让他指出不足，然后再去改正。说实话，当陈振一把这些小电子产品拿在手中时，内心里不由自主地赞叹起来："真不错，我可能都做不到这么好！"

有了老师和同学们的认可和鼓励，哈依沙尔江带领图尔苏几人就更来劲了。只要一有空，他们就在一起琢磨相关的制作技术问题。他们把买来的电子元器件放在寝室柜子里，也放在班级的书桌里。那么，偶尔弄丢点儿电子材料和一两件工具是常有的事情，他们也一直被这事困扰着。此时，能有一个安静且适合作业的工作场地成了他们共同的渴望。

这个情况被班主任夏青青看在眼里，也记在心里。她已经向领导汇报了此事，希望学校为哈依沙尔江他们提供一个稳定的制作场地。

2015年11月20日，晚自修第二节课，同学们作业都完成了，就开始看教育视频。

《暖春》的片头曲响起了,教室的灯光也随之熄灭。此时,哈依沙尔江就悄悄起身坐到了教室的最后一排。他的心思可不在电视剧上,今天的制作任务一定要完成。借助一体机屏幕上传来的时明时暗的光亮,他开始摆弄着还没组装完成的模型车。他太投入了,以至于此时教室窗外两个黑影盯着他看了好一会儿,他都丝毫没有察觉。窗外的人也许觉得隔着玻璃看不过瘾,就慢慢拉开了窗,但拉窗发出的摩擦声响仍旧没能引起哈依沙尔江的注意,他做事太专注了。

"小哈,你在做什么?眼睛不累吗?"顾海林的声音并不响,却把所有的同学都惊动了,前排的同学马上开了灯。"小哈"这个称呼在新疆中职班已是哈依沙尔江的专属了,它来源于夏青青。听着这个称呼,你也会觉得亲切,甚至能感受到夏青青对哈依沙尔江的偏爱。

哈依沙尔江一抬头,看见是顾海林老师和姚新明校长,他马上就站起来了,手里拿着模型车,一时间愣住了。顾海林招手示意他出来,然后让其他同学继续观影。

在办公室里,姚校长和顾海林分别把哈依沙尔江的模型车拿在手上摆弄了几下,但都没看出什么名堂来。

"顾老师,对不起,我下次肯定不在晚自修搞制作了。"哈依沙尔江说话的声音很小,像个犯了大错的孩子。

"小哈,你这个模型车和商场里的玩具车有什么不同吗?"姚校长率先问他。

一听姚校长问起这个,哈依沙尔江就滔滔不绝地讲了起来,完全把刚才的尴尬抛在了脑后。

听完了哈依沙尔江的讲解,姚校长和顾海林两个人对视了一下。姚校长先是把模型车还给了哈依沙尔江,接着严肃地问他:"小哈,如果给你一间工作室,你有信心做好吗?"

"有啊!当然有!"奇怪的是,哈依沙尔江回答这个话时,并没有显现出多么的激动。

后来哈依沙尔江和我说:"当时,我以为姚校长只是随便说说的,我有点儿不信。"

当时,姚校长似乎也看出了哈依沙尔江的疑虑,说:"明天就让总务处安排一间教室给你们用。"在哈依沙尔江看来,这句话比他在心中无数次期待的那句"哈依沙尔江,你在省赛中获奖了"的话要有魔力;这让他难掩兴奋,高兴得跳了起来,说:"谢谢姚校长,谢谢顾老师!"

临走时,姚校长拍了拍哈依沙尔江的肩膀以示鼓励。

几天后的傍晚,那天是 11 月 24 日,顾海林把工作室的钥匙交到哈依沙尔江手中。哈依沙尔江接过钥匙道谢后就急急地往寝室跑去,他要把这个激动人心的消息分享给图尔荪、殷俊豪和塔来拜克。也许是太激动了,钥匙竟然两次掉落在了地上。

2014 年的 11 月 24 日,哈依沙尔江正式拜陈振一为技能训练导师。2015 年的 11 月 24 日,哈依沙尔江有了自己的工作室。11 月 24 日,果然是哈依沙尔江的幸运日。

第二天,顾海林还专门召集新疆中职班的电子专业教师开了会。会上,大家热烈地讨论了今后如何来帮助哈依沙尔江这个工作室顺利地开展工作。那天,几个老师还帮哈依沙尔江的工作室起了一个大气响亮的名字——小哈 RC 工作室。

小哈 RC 工作室成立后,又吸纳了一个新成员,就是 154 电子班有着"操作小能手"之称的阿布都拉·吾麦尔。从此,五个小伙伴不负众望,他们用自己的勤奋和汗水向外界证明了他们有能力支撑起属于自己的那一片小天地。

一滴水飘不起纸片,大海上却能航行轮船和军舰;一棵孤树不顶用,一片树林却能抵挡狂风……这就是团队精神重要性的直观表现。在哈依沙尔江的带领下,工作室的成员刻苦钻研、齐心协力,工作室制作的电子产品种类也丰富起来了,制作的产品也不断地升级。从一开始的小台灯、小手电一类的产品到以制作工程类的遥控车模型为主,如遥控卡车、遥控挖掘机等。这里有一点要提到,2015 年 12 月到 2016 年 1 月底,小哈 RC 工作室的遥控车模型在网络短视频平台上大火,达到了几千万次的播放量,并带来了非常可观的收入。

用哈依沙尔江的话来说,收入不是他们真正看中的,他们在努力的过程中看到了自己未来的方向,这才是他们最想要的。

小哈 RC 工作室给哈依沙尔江带来了名气、自信和荣誉。当然,还有更美好的事情在等着他。

2016 年 4 月 9 日,哈依沙尔江代表湖州市在绍兴市中等专业学校参加了浙江省中等职业学校职业能力大赛单片机控制装置安装与调试赛项的比赛,这次他获得了浙江省第六名的好成绩——省三等奖。这是历年来湖州市参赛选手取得的最好成绩,哈依沙尔江也凭借着这个奖项提前锁定了一张大学录取通知书,他被保送乌鲁木齐职业大学了。

哈依沙尔江的亲身经历证明,上天从来都不会辜负努力拼搏的人。

他们舞起了百叶龙

浙江长兴的百叶龙因制作工艺新奇、舞龙技巧独特而名播华夏、蜚声海外,在中国的龙舞艺术中也因"奇""幻""美"而独树一帜。

为了传承和弘扬百叶龙精神以及提升学生的艺术修养,长兴职教中心于2003年9月成立了校百叶龙艺术团。2004年长兴县委、县政府为了更好地对百叶龙进行传承和保护,决定在全县范围内建立13个长兴百叶龙艺术培训基地,长兴职教中心有幸成为之一。

体育专业出身的蒋大鹏被选聘为校百叶龙艺术团指导教师。2014年9月,蒋大鹏开始任教新疆中职班。这让时任校党委书记的姚新明产生了一个非常有意义的想法:"大鹏,可以让新疆学生参加百叶龙艺术团,这更有利于他们了解内地传统文化啊!"

于是,新疆学生也有机会舞起了百叶龙。此后蒋大鹏每年都会在高一新疆中职班里挑选出一些学生来参加舞百叶龙的训练和演出。加入校百叶龙艺术团的新疆学生也经常随团参加省内外各类大型的文艺演出活动,这让新疆学生在充分感受百叶龙文化魅力的同时也眼界大开;对民族团结和民族文化的融合也有了更进一步的理解和体会。

在我看来，有了新疆学生的参与，长兴职教中心这条百叶龙才成了真正意义上的"中国龙"。至于百叶龙舞的江南神韵和独特意境，可能意会比言传更具味道，在此我就多说说新疆中职班的师生们在舞百叶龙时遇到的一些苦恼和乐趣吧！

2016年3月末，蒋大鹏在新疆中职班高一高二学生中挑选男演员时就遇到了不小的困难。可能是蒋大鹏对演员的身体条件要求越来越高的原因，他在学生中挑来挑去，最后勉强挑出八个人来。但舞龙头的演员却没找到合适的，因为对于这个特殊角色蒋大鹏要求更高，要高矮合适，胖瘦相宜，还得英俊帅气。都快到4月中旬了，这个人选还没着落。

一次课间操后，顾海林和蒋大鹏正站在田径场的跑道上商量选谁来舞龙头的事儿，哈依沙尔江跑了过来。原来，他想参加百叶龙舞蹈队，并自荐要舞龙头。两位老师对视了一下，似乎心里都有疑虑。

蒋大鹏问："你各方面条件确实符合，但你能有时间排练舞龙吗？你的工作室太忙了。"

"蒋老师，工作室的活我都交给图尔苏他们了。接下来，我就想专心舞龙。"哈依沙尔江诚恳地说。

"那好，你来吧。"

哈依沙尔江开心得一蹦三尺高。

"小哈，蒋老师的意思是让你试试，要不要你加入百叶龙舞蹈队，还要看你的表现。你加入了就得重视，不能半途而废。"顾海林之所以提出了这样的要求，是因为他非常了解哈依沙尔江。他认为哈依沙尔江这次参加百叶龙舞蹈队的动机多半还是为了表现自己，担心哈依沙尔江过了新鲜劲就不认真排练了，要知道，舞龙的排练和技能训练可不一样，舞龙的那套动作是固定的，略显单调；舞龙头，也是个体力活。

　　哈依沙尔江爱出风头，这一点连他自己也不否认，他确实也有一定的实力和能力。一入学，他就显露了惊人的专业天分，经常受到老师的表扬。高二时，他成立了自己的工作室，名声更大了；现在，他又拿到了一张保送大学的录取通知书，让新疆来的同学们羡慕不已。如今，哈依沙尔江在长兴也就剩下舞百叶龙这项活动没参与过了。以他的性格，在毕业前他是一定要尝试一番的。

　　顾海林猜得没错，哈依沙尔江也确实是这样想的。

　　当哈依沙尔江在学校的百叶龙艺术厅里看见这条身躯长达16米的百叶龙时，他被震撼得心跳加速。乍一看，龙身是由无数粉红娇艳的荷花瓣组成。事实上，整条龙身可以分拆成九个硕大的荷花。哈依沙尔江绝不会想到，单单制作那个龙头，就要130多道工序，80多种材料，就连蝴蝶状龙尾的设计也别具一格。站在这条栩栩如生的百叶龙旁，哈依沙尔江想："我是龙的子孙，龙的传人。我一定要把百叶龙舞好！"此刻，他抱有的再不是那种玩玩的心态了。

　　台上一分钟，台下十年功。哈依沙尔江开始练习一门新技能了。

　　4月下旬，训练已经进行十多天了。这期间每晚放学后，百叶龙舞蹈队的演员们都要训练一个小时，虽然训练比较辛苦，但是大家表现得还不错，没有几个喊苦喊累的。哈依沙尔江表现得非常积极，蒋大鹏对他也比较满意。顾海林看到后，甚至也怀疑自己当初是"以小人之心，度君子之腹"了。

　　这天，蒋大鹏接到校团委的通知，校领导决定在5月16日举行的学校阳光体育展示活动中演出百叶龙舞蹈。这可是要在全校3000多人的面前亮相啊。舞蹈队演员们听后个个都兴奋极了。特别是哈依沙尔江，他甚至闭上眼开始了想象：十几个身形强健的维吾尔族少年托举着荷花正游走在由一群美丽的汉族少女擎起的片片荷叶中，一幅多么唯美的画面啊！猛然间，一个英俊的少年从荷花丛中跃出，然后用力举起龙头狂舞起来，在他的牵引下，整条龙真如活了一般……"看，舞龙头那个就是哈依沙尔江，好帅啊……""他就是成立了工作室的那个新疆学生?"看台上的男孩女孩们这样议论着……

要知道，站在舞台上享受幸福荣光的时刻是用平时的辛勤和汗水浇灌来的。所以，舞蹈队的训练非常紧张，每天训练的时间也延长了，早上、中午、傍晚，没有停歇。

5月10日那天中午，虽然天气不算炎热，但阳光直射大地，连续训练了一个多小时的队员们头顶大太阳，已全身湿透，十分疲倦。趁着蒋大鹏去舞蹈室帮大家取水时，哈依沙尔江挥手道："走，到司令台下休息，等蒋老师回来再练。"

大家都坐下后，阿布都拉就对哈依沙尔江抱怨起来，他认为蒋大鹏很偏心。他的理由是，这些天来男队员在田径场上顶着太阳训练，而本地的女队员却在舞蹈室里训练。他觉得这不公平，怀疑蒋大鹏在故意整他们。

哈依沙尔江嘴上说"不可能"，但心里也开始琢磨着这个事儿，也越想越觉得不是滋味了。

"小哈，你的脸都被晒黑了，没有以前帅了哦。"罗虎的这句话等于火上浇油，让哈依沙尔江开始怨恨起蒋大鹏来。因为他想要在全校3000多名师生面前露这张帅气的脸呢，怎能允许它变黑，看来真不能顶着太阳训练了。

"好个蒋老师，等下我也整整你。"哈依沙尔江气愤地想。

蒋大鹏回来给队员们发放完矿泉水后就催着他们继续训练。

"蒋老师，我们今天也要去舞蹈室。"哈依沙尔江开口了。

"不行！还没到时候。"蒋大鹏的语气不容反驳。蒋大鹏在排练百叶龙舞蹈的时候有个习惯，在训练的初期，男队和女队是分开的，等到内队各自练习得非常熟练了，才合二为一进行组合打磨。

哈依沙尔江还想据理力争几句，但蒋大鹏却转身去器材室了。蒋大鹏再回来时手里多了一个龙头。这个龙头比哈依沙尔江手里那个要大很多。在接下来的训练中,蒋大鹏就让哈依沙尔江舞动这个大龙头。

"在田径场上表演,龙头要换大一点儿的。"这是蒋大鹏的解释。之前的龙头七斤重,而这个新换的足足有十斤重。哈依沙尔江看着这个新龙头,心里就更认定这是蒋大鹏在"整"他了。

当哈依沙尔江堵着气舞起这新龙头时,觉得怎么舞都找不到感觉,甚至觉得龙头越舞越沉,弄得他心烦意乱。

"小哈,你干什么?龙头舞得这么慢!你这样舞,我们后面就都得慢下来。"马斌不满意地说。

"是啊!咱们的龙啊,好像午觉才刚睡醒啊!"马骏宝也埋怨了几句。

马骏宝的话引来了大家一阵笑声,哈依沙尔江心里的气就更不打一处来,铁青着脸,但忍着没发作。

蒋大鹏说:"小哈,你重新来,练不好就一直练!"

"蒋老师这真是在整我啊!"哈依沙尔江心里生气地想。

再练时,哈依沙尔江用尽全力故意快速地舞动着龙头,后面的同学赶忙尽力跟着舞,舞龙尾的学生就在喊:"咋这么快?不是这个节奏啊!"蒋大鹏也赶紧过来想叫停,但为时已晚,只听"噗"的一响,龙头和后面一节龙身脱开了。

随后,哈依沙尔江没好气地把龙头递给阿布都拉,转身走了。

"你回来!"蒋大鹏对着哈依沙尔江的背影喊,但哈依沙尔江却加快了脚步。

哈依沙尔江回到寝室后,躺在床上开始回想着刚才的一幕。过了一会儿,他开始后悔起来。心想蒋老师这么多天一直陪着他们训练,而自己今天却猜疑他,冒犯他,实在太不应该了。"大名鼎鼎的哈依沙尔江居然是个小气的人。""他还是个没有礼貌的人。"他耳边仿佛传来了别人的评价声。他决定明天一定要诚心诚意地向蒋大鹏道歉。没想到，当天晚上，蒋大鹏就给他们集合了，不是训练舞蹈，而是观看舞蹈视频。

晚自修开始后，蒋大鹏就把男队队员都叫到了办公室。

"来，都坐好。我给大家看一段精彩的视频！"蒋大鹏打开了电脑，播放的正是 2009 年 10 月 1 日晚长兴的百叶龙在天安门广场上参加国庆 60 周年文艺汇演的内容。只见，伴随着《祝酒歌》优美的旋律，金水桥前瞬间幻化出一片江南水乡荷塘，田田的荷叶随风飘动，朵朵荷花争奇斗艳，色彩斑斓的蝴蝶在荷花丛中翩翩起舞。正当人们心驰神往时，骤然间两条"巨龙"腾空而起，翻飞于碧荷之间。接着，"巨龙"又变成了六条"小龙"，小龙们欢快地舞向前方……

"美啊！太美了！蒋老师！"学生们发出了由衷的赞叹，他们都被刚刚的画面和气氛感染了。

"蒋老师，这是国庆晚会视频吗？您参加了？"哈依沙尔江问。

蒋大鹏点点头说："为了参加那次国庆晚会表演，我们从 6 月 22 日开始排练到 10 月 1 日登台亮相，90 多个日日夜夜，全体演职人员不知道付出了多少的辛勤与汗水。面对似火的骄阳，大家没有丝毫放松，每一个动作都练得一丝不苟。汗水沿着脊背往下流，不仅湿透了衣服，连裤子都湿了。但我们在浙江省知名艺术家邵小眉的指导下，精心组织、严格排练，发扬团结拼搏、开拓创新的百叶龙精神，队员之间、工作小组之间、演员和工作人员之间拧成一股绳，形成一股劲，全身心地投入到训练中去。排练过程中，我们不仅要面对高温酷暑的考验，还必须挑战自身的体能极限，不少队员在训练过程中受了伤，但依然咬牙坚持，全力以赴投入排练……经过三个多月的艰苦努力，长兴百叶龙最终不辱使命，在国庆盛典上完美呈现。当百叶龙全体演职人员和全场的观众一起高呼'祖国万岁！祖国万岁！'时，我那份作为长兴人的骄傲、作为中国人的骄傲心情是无与伦比的……"

此刻，学生们被蒋大鹏的话感动了，他们安静地等着，似乎在等着蒋大鹏再多说几句。

"你们才练几天啊？你们才练到什么程度啊？维吾尔族同学和汉族同学一起在全校师生面前舞百叶龙，这对你们来说，意义多么重大啊！难道我们不该多多练习吗？不该好好练习吗？舞台虽小，但训练能少吗？"蒋大鹏的话真诚而朴实。

"蒋老师，对不起，我们一定要好好练！"

"蒋老师，我们肯定不会再偷懒了！"

"16号那天，我们一定会呈现精彩！"

大家都纷纷表态。蒋大鹏被感动得微笑了起来。

"蒋老师，今天全是我的错，一切都是因为我。对不起，对不起！"哈依沙尔江低着头认错。

"小哈，我对新疆学生和本地学生都是一视同仁的，关于民族团结的政策，我一定要执行到位。"蒋大鹏笑着说。听了这句话，哈依沙尔江和阿布都拉都羞愧地低下了头。

"谢谢蒋老师，您就看我们接下来的表现吧！"哈依沙尔江激动地说。他没有想到，蒋老师不仅"既往不咎"，更是连他的错误提都没提。这让他惭愧得只想找个地缝儿钻进去。

长兴职教中心阳光体育展示活动那天，风和日丽，是个好日子。新疆中职班的学生先是为全体师生和嘉宾献上了独具民族特色的舞蹈《中华民族手拉手》，赢得了全场雷鸣般的掌声。当百叶龙舞蹈队出场时，全体观众的掌声经久不息，整个活动也达到了高潮。

开始时，演员们手持荷花、荷叶形的道具分站两边，随着悠扬的音乐声起，12名女演员手擎荷叶入场翩翩起舞。紧接着，以哈依沙尔江为首的十名男演员手持荷花从两边快步入场配合着女演员们飘然而舞。此时，马斌也舞着蝴蝶出场,蝴蝶轻快地飞舞于荷叶、荷花丛之间。片刻后,哈依沙尔江将特制的道具翻转成了龙头,其他男演员也把荷花翻转成龙身,并在荷叶的掩映下快速地组合完毕。随即一条气势磅礴的百叶龙就腾空而起。百叶龙在青翠滴绿的荷叶组成的墨绿云彩的簇拥下,俯仰翻滚,时而奋勇冲霄,体现着勇敢无畏的力量;时而婀娜缠绵,展示着情意绵绵的襟怀。百叶龙舞所演绎的翻滚腾挪之气势、静如止水之柔情,给人以美不胜收的艺术享受……此刻,看台上 3000 多名师生都站立起来,雷鸣般的掌声此起彼伏。

姚新明校长对身边的县教育局领导说:"这支百叶龙舞蹈队的演员中有汉族、回族、维吾尔族、哈萨克族的学生……这条百叶龙本身就具有民族团结的象征意义,合是一条腾飞的中国龙,散是朵朵盛开的民族花!"

那天,当哈依沙尔江领着全体百叶龙舞蹈演员谢幕时,他们还临时加了一个环节,高举着百叶龙,跑到司令台下大声地喊着:"我们都是龙的传人!"

这声呐喊,足以证明民族情感的认同已经深入这些新疆学生的心中。

第四章

返疆成材，彰显家国情怀

*   *   *

都说"幸福是奋斗出来的"，阿卜杜热西提用青春热血诠释了"不经一番寒彻骨，怎得梅花扑鼻香"的朴素真理。机遇总是青睐有准备的人，图尔荪学一行，爱一行，干一行，精一行，深耕细作换来教师梦圆。富裕村民，振兴家乡，哈依沙尔江学成返乡，前行蓄力，厚积薄发，想做一番不朽的事业。这些年，"浙江爸爸"顾海林一直默默地、无怨无悔地为他的新疆学生们付出着：他们读书的时候，他悉心教育；他们工作，他时刻关注；他们创业，他出谋划策……跨越5000公里的爱，在塞外大漠和烟雨江南之间绵绵不绝……

努力的打工人

"有志者事竟成。"阿卜杜热西提就是这样的一位有志青年。

2014 年 7 月初，阿卜杜热西提从长兴职教中心毕业了，他没有选择考大学，而是背起行囊回到新疆泽普县大尔格其园艺村——那个生他养他的地方。当他做出这个选择时，同学们都有些诧异，认为凭他的学习情况，完全可以上大学。

曾经的放羊倌学成回乡后还会去放羊吗？当然不会。因为人一旦出去开了眼界，格局就不一样了。"一定要用所学的技术改变我和家人的命运。"这是阿卜杜热西提刚到家那一阵子反复提醒自己的话。他当时的想法是不远走，就去县城找一家电子厂上班，这样既有稳定的工作，还能在农忙时顾得上家里的活。这看上去是个不错的打算，可当时泽普县城只有一家电子厂，阿卜杜热西提也去问过两次，保安都以"不缺人"为由把他拦在了门外。就这样，阿卜杜热西提在回到家的两个月里一直都没能找到令自己满意的工作。

"你这技术难道白学了？"那段时间，每当阿卜杜热西提在村里碰见熟人，都会有人这样问。

"不会的，我一定能找到适合自己的工作。"阿卜杜热西提每次都自信地回答。当然，自信是需要实力的。

9月初，村书记托合提通过熟人，帮阿卜杜热西提应聘到县城的一家LED照明灯具厂做了流水线工人。

起先阿卜杜热西提对这份工作并不满意，但当他实地考察了这家灯具厂后觉得还能接受，就留了下来。这家灯具厂从事户外照明行业十余年，专业生产和销售各种型号的LED光源电器产品，在当地企业中还是有一定的实力。其实，最终打动阿卜杜热西提的倒是老板的一句话："我这里绝不会埋没有技术的人。"进厂后，阿卜杜热西提先是被分配在一条组装白炽灯底座的流水线上工作，他把自己爱动脑子的特长发挥得淋漓尽致。上岗后第二个月，他就针对产品的生产流程提出了合理性建议，减去了流水线上的一道工序，为厂里节省了成本。这让老板大喜过望，马上聘请他做厂里的技术员。阿卜杜热西提没有推辞，信心满满地接下了聘任书。

肯努力的人，总会有不期而遇的好事。12月底，阿卜杜热西提又被老板提拔为销售业务经理。阿卜杜热西提自己都没想到"官运"会如此亨通，事实上，幸运并不会平白无故而来。阿卜杜热西提当"官"这件事儿，还真值得给大家讲讲。

泽普县位于新疆西南部，地处昆仑山北麓、喀喇昆仑山东侧，毗邻塔克拉玛干沙漠的西缘，属暖温带大陆性干旱气候。所以泽普县的冬天比较寒冷。12月27日那天，早上气温低至零下14摄氏度。阿卜杜热西提在厂门口的餐馆吃完拌面，把身上藏蓝色的工作服用力地裹紧后就匆忙地走出了店门。

"小兄弟，等一等！"有人追出来喊他。阿卜杜热西提回头一看，一个穿着香槟色中款羽绒服、背着双肩包的中年男人正向他走来。看他那气派模样，应该是一个小老板。

"你穿得这么少，多冷啊！来，试试这件羽绒服。"男人说完就从背包里取出一件与他身上同款的羽绒服来。这可把阿卜杜热西提吓了一跳，但他很快就镇定下来，并猜想眼前这人肯定是服装厂的推销员，于是他连忙摆手谢绝了男人的好意。也许是他看出了男人的尴尬，或者说他被男人刚才的好意温暖了，他竟主动和男人攀谈起来。

交谈中阿卜杜热西提得知，这个男人叫李军，家住阿勒泰市萨尔胡松乡，他之前一直在内蒙古一家羽绒服厂打工。11月辞职后，李军就想出来闯一闯，于是就带上几件原来厂里的新款羽绒服来南疆考察市场，看看是否有销路。

"你的推销方式太直接了些，一般人接受不了。"阿卜杜热西提笑着说。

"没经验啊，一切还在学习中，哈哈……"李军也笑了。

李军曾去过浙江，他说那儿太富有、太美了。这句话一下子就拉近了他与阿卜杜热西提之间的距离。阿卜杜热西提说自己肯定是没钱买羽绒服了，但可以把李军带进灯具厂去喝茶，顺便帮问问同事们是否有需要。善良的阿卜杜热西提总是愿意为他人着想。

进入车间后，阿卜杜热西提先是带着李军参观各条流水线。他的专业讲解和种类繁多的LED灯具很快就吸引了李军，甚至忘记了推销羽绒服。阿卜杜热西提趁机向李军推销起LED灯具来，他建议李军回阿勒泰去开一家灯具店，货源由自己的厂里提供，价格确保优惠。

"李老板，开灯具店投入少，见效快，肯定比你现在毫无目的地推销羽绒服要强啊！"阿卜杜热西提帮李军分析着。

"行，我试试看。"李军也是个爽快人。

李军回去后不久就给阿卜杜热西提打来了电话，并预定了价值8000元的各种灯具。他说自己不想四处奔波了，决定在阿勒泰开一家灯具店，这样就有了一个安稳的事业。李军的这单生意虽然数额不大，却让老板再次认可了阿卜杜热西提。阿卜杜热西提也因这单生意的助推，顺利当上了销售业务经理。如今，李军的灯具店生意很不错，他和阿卜杜热西提也早已成为好朋友。

虽然这些成果都是阿卜杜热西提凭借自己的努力获取的，但他内心还是非常感激新疆中职班老师们的教导。因此他格外珍惜在长兴职教中心获得的"宝贝"——职高毕业证书、维修电工中级证书和二级乙等的普通话证书。他把这些宝贝都珍藏进了家里的"保险柜"——那个上了锁的铁皮匣子。

阿卜杜热西提当上了销售业务经理后，他每个月的工资比以前多了500元。这些钱他都拿来补贴家用了，自己只留下一点儿生活费。当了经理的阿卜杜热西提比以前更忙了，他不仅要出去跑业务销售灯具，还要定期催收货款。随着厂里销售范围的扩大，他有时一出门就是十天半月，出差路上的舟车劳顿是可想而知的。由于厂里缺乏技术人员，他有时刚回到厂里就得上流水线去修理发生故障的机器，甚至忙得连饭都顾不上吃。

在外打工，吃苦受累是难免的，即便拥有技术亦是如此。工作半年来，阿卜杜热西提吃了很多苦，受了不少累，整个人变得又黑又瘦。每次回到家，妈妈看着他都心疼得眼泪直打转转，问他累不累，阿卜杜热西提都会笑着说自己已经很满足了。"只要全家人的生活过得更好，再苦再累我都不怕。"这是他那段时间每天睁开眼的第一个想法。

就这样，阿卜杜热西提在打工的路上奔跑着，不计苦与累。然古语云：苦心人，天不负。阿卜杜热西提后来的成功就很好地证明了这一点。

生活中必有彩虹

2021 年 3 月初,我和阿卜杜热西提通电话时,请他说说读书、打工和创业时的一些故事。他马上很感慨地说:"孟老师啊,讲读书时候的事情,感恩的话说不完;讲打工时候的感受,我受的那些罪说不完;讲创业时候的经历,我吃的那些苦也说不完。"

我忍不住笑了,说:"你现在普通话讲得很流利啊,文采也不错。"阿卜杜热西提也朗声笑道:"不然怎么对得住老师当年的谆谆教诲啊。"

话说得漂亮就相当于给语言披上了华丽的外衣,但有时中听未必中用,因为现实生活中人们更需要的是强大的行动力。阿卜杜热西提绝对是行动上的巨人,他从打工到创业做出的那些成绩就是最好的证明。他的班主任顾海林曾这样评价他:"现在的阿卜杜热西提在各个方面都取得了很大的成功,特别是在创业致富的道路上,他带领着村民们越走越快,越走越好,就像高尔基笔下的丹柯带领族人走出困境一样,一心要直达光芒万丈的地方。"顾海林的这些话说得也很漂亮,它吸引着我去深入地了解阿卜杜热西提。

我相信,阿卜杜热西提从打工者到创业者的转变过程中的某些经历必定是非常经典的回忆。

2015年1月26日一大早，阿卜杜热西提就向堂哥阿卜杜克热木·阿不来提借来了电瓶车。他要到离家15公里远的阿克塔木乡马富强家的超市去送货。送完货之后，他还得直接赶回厂里去做本季度的销售计划，然后下午再出去跑销售或者送货。如此陀螺般地工作和生活，就是阿卜杜热西提每天的常态。

去的路上就不顺利，由于路滑，车子发生了漂移，阿卜杜热西提拼命地用右腿支撑着不让电瓶车侧翻，终于保住了一大木箱灯具的安全，但他的整条右腿却被折磨得又痛又麻。在回来的路上，他先是因为腿痛不敢快骑，等到腿不痛了，电瓶车又骑不快了，电力不足了。这真是祸不单行，倒霉的事儿"成双成对"地来临。离泽普县城还有几公里的路程，他只得一路推着回去了。那天气温是零下15摄氏度，在冷风中瑟瑟发抖的他一边艰难地推车前行，一边想着这半年来的酸甜苦辣，不禁潸然泪下，心态几近崩溃。一阵冷风吹来，阿卜杜热西提鼻子发酸，那吸进去的冷空气在他胸中打着转。

午饭时间已过，阿卜杜热西提才回到厂里。这时，厂里正有一个急活等着他呢。二车间的灯罩生产流水线上有设备发生了故障，年轻的技术员马城弄了两个多小时都没找到原因，老板都快急哭了。阿卜杜热西提回来了，这等于救星到了。

可能是心情不好的原因，阿卜杜热西提在维修的过程中精神不够集中，出现了失误，两次导致二车间的电源总闸跳闸，其他的流水线也停转了。这让老板非常生气，用很重的语气批评了他。即使阿卜杜热西提后来把故障排除了，老板也没给他好脸色看。要知道，这个现象在之前从未有过。

阿卜杜热西提当天坐在办公室里一个下午都没和任何人说话。挨到下班后，他给顾海林打去了电话。

"顾老师，我……我……想辞职……"电话接通后，阿卜杜热西提就带着哭腔说。

听明白阿卜杜热西提哭诉的缘由后，顾海林开始安慰和鼓励他，还给他讲起了打工皇帝唐骏的故事。顾海林把唐骏打工时候受委屈的事儿讲得绘声绘色，阿卜杜热西提在电话那头也听得入迷了，就如当年听顾老师的政治课那样认真。

阿卜杜热西提听完后若有所思地问："顾老师，您不同意我辞职？"

"工作中，不能因为吃苦受累就甩手不干了，更不能因为被领导批评就撂挑子。这样任性的话，就什么事情都做不好了。"

"顾老师，道理是这个道理，但我很郁闷啊，从没出现这种情况。"

"工作中碰到困难在所难免，关键要振作精神面对，并想办法解决难题，啃掉这块硬骨头！"顾海林鼓励道。

"顾老师，那……我就放弃辞职的打算。"

"这个决定权在你自己的手中。但我希望你能弄清楚这样几件事后再做决定：辞职后你要做什么？如果你想换个行业继续打工，那你有没有这方面工作的专业技术？假如你想自己创业，那你现有的能力和资源能不能支撑要做的事业？"

顾海林的一连串问话，听得阿卜杜热西提一头雾水：顾老师到底赞同还是不赞同自己辞职呢？

"阿卜杜热西提，今天你为别人打工所付出的努力，都是为了日后你自己创业做的铺垫。男子汉大丈夫，没有过不去的坎！加油吧！"顾海林的这句话，阿卜杜热西提绝对听明白了：顾老师认为自己现在辞职还不是时候，需要等待时机。

顾海林当初对阿卜杜热西提说的这些话，阿卜杜热西提后来能一字不差地背给我听。

在顾海林的鼓励下，阿卜杜热西提重新振作了起来，继续风雨兼程、栉

193

风沐雨。此时,将来要自己创业的想法已经在阿卜杜热西提的心底萌发了,但他知道时机还远远未到。他现在需要做的是努力提升技能,苦学营销理念,广积客户资源,在商海中历练自己,强大自己。

光想不干,事事落空;敢想敢干,马到成功。在接下来的工作中,阿卜杜热西提更加踏实肯干,任劳任怨,技术水平不断提高,业务能力也逐渐增强。2016年3月初,阿卜杜热西提拿下了一个令同事钦羡的大订单——克孜勒苏柯尔克孜自治州阿图什市轻工业园区的照明亮化工程,工程总价为54万元。阿卜杜热西提的这一大单更让老板对他刮目相看了。

生活之水,波澜不兴,阿卜杜热西提就这样勤勤恳恳地做着销售业务经理。时间来到了2016年12月初,老板打算进一步重用他。

一天下午,在厂门口,老板与阿卜杜热西提相遇了。

"兄弟啊,你是个当副总的料啊!"老板笑着对阿卜杜热西提说。老板已经好久不叫他"经理"而是喊他"兄弟"了。老板能这样称呼员工,要么是发自内心地认可他,要么是想进一步笼络他的心。

阿卜杜热西提"哦"了一声后,愣了半天才说:"老板,厂里真要选拔一个副总的话,我推荐李世平,他综合能力比我强。"

"兄弟,我没明白你的意思。"老板的态度变得严肃起来。

阿卜杜热西提没回答,借口要去联系客户,转身离开了。

是阿卜杜热西提不懂礼貌和人情世故吗?是阿卜杜热西提不思进取和不知好歹吗?都不是。因为他已经萌生了自己开办灯具厂的想法。用他自己的话说:"这几年干下来,我眼界开阔了,整个人的思想也活络了。从2016年8月开始,单干创业的想法每天都在我的脑子里钻来钻去。"

阿卜杜热西提是一个话不多但行动力很强的人,他认准的事情就一定要做,并且会马上去做。两年的销售经验让他懂得了办厂这样的事情不能蛮干,也不能自己一个人干。他已经在心里找好了一个合作伙伴,就是堂哥阿卜杜克热木,这是一个思想开明、积极进取的农村青年。

当阿卜杜热西提把想法和堂哥说明白之后,阿卜杜克热木非常高兴,他举双手赞成。那个时候,阿卜杜克热木正在琢磨要在家后面的园子里建一个鸡舍搞养殖业。听了阿卜杜热西提的想法,他立马表态:"阿卜杜热西提,如果你有信心办好这个灯具厂,那我就跟着你干到底了!"

成功的路上需要有人同行,同行者的鼓励与帮助往往可以加快奔向成功的速度。阿卜杜克热木的表态让阿卜杜热西提的干劲更足了。他决定要和堂哥一起闯出一片天地来。

柳暗花明又一村

逐梦的路上注定有许多坎坷,但也会有很多意外收获。有时候,意外收获也许正是实现梦想的引擎,带人奔向成功的彼岸。阿卜杜热西提去东莞考察灯具生产情况,却获得办胶带厂的启发,正是这样一个意外的收获。

2016年12月24日,阿卜杜热西提辞去了灯具厂销售业务经理的职务。第二天,他就只身登上了飞往广州的航班,迈开了创业的第一步。那是他第一次坐飞机,他用一个"爽"字来形容当时的心情。通过飞机的舷窗,他看到了天空的深邃无际,俯瞰了大地的辽阔无边。这让他想起了雨果的名言:"世界上最宽阔的是海洋,比海洋更宽阔的是天空,比天空更宽阔的是人的胸怀。"出来走一走,精神更抖擞。此刻,阿卜杜热西提心潮澎湃。

阿卜杜热西提事先就制订好了行程计划。他要先到广州,在那里逛一逛,住一晚,好好地感受一下这个繁华大都市的商业气息。这和华为总裁任正非在创业初期一定要去香港待几天是不是有点儿像?我认为阿卜杜热西提不是在模仿谁,而是他明白创业需要一种人生态度。阿卜杜热西提此行的目的地是中山市古镇镇,他打算在那里住上几天,一定要考察出个结果来。对一个涉世未深且学历不高的穷小子而言，他的这种"不达目的不罢休"的精神是多么地值得敬佩啊！

古镇镇是闻名国内外的"中国灯饰之都"。全镇有工业制造企业9000多家，其中灯饰及其配件制造企业近3000家。2013年10月，第12届中国·中山古镇国际灯饰博览会暨LED应用展就是在古镇灯都会议展览中心举行的。所以，阿卜杜热西提这次出来考察必然要选择这里。

12月27日下午，阿卜杜热西提到达了古镇镇。由于人生地不熟，并且他事先也没约到考察的厂家，所以他一连两天只是在街上的灯具店转来转去，找机会和店老板讨教一些开办灯具厂的经验，无奈的是很多店老板都没办过厂。倒是有一个曾经办过灯具厂的王老板和他聊了很多，但讲的大多都是自己如何破产倒闭的事儿，不过阿卜杜热西提仍旧认真地拿笔记下来，这毕竟也是收获。有的时候，路过灯具厂门口，他凑上前去递上香烟和门口保安搭讪几句，也能了解到一些有价值的信息。

白天到处跑打听消息，晚上空下来，阿卜杜热西提就总结这些天来的所见所闻，他发现：如果要办一个有点儿规模的小厂，需要采购一定数量的固晶机、切割机、焊线机、点胶机、手动围坝机、LED烤箱及LED测试等设备，光这些花费就远远超过了他的投资预算；如果再加上操作工人、销售人员、技术研发人员的工资，初期投入就需要将近40万元，他和堂哥是无法拿出这么多钱的。这些实际困难让他陷入了迷惘，致使他的创业热情受到了不小的打击，他甚至决定先回家再做其他的打算。

然而，人生路上，"行到水穷处"往往就是"坐看云起时"。上苍不会辜负努力奔跑且又勤于思考的人。

12月29日中午，阿卜杜热西提正在一家兰州拉面馆吃面时，两个中年男人走了进来，他们要了两碗拌面和一份椒麻鸡。等餐的时候，其中小个子男人从背包里拿出了两个馕，这引起了阿卜杜热西提的注意。他们的馕饼散发出来的香味,让阿卜杜热西提对他们产生了亲切感。他本想上前打招呼,但理智又告诉他,出门在外,不要太鲁莽,毕竟是陌生人。

"二哥,咱们明天就可以回乌鲁木齐了吧?"小个子男人问。

"不行,明天再待一天,咱们开车来一次广东不容易,得给大姐带回一些胶带去。"另一个男人说道。

他们的对话,坐在邻桌的阿卜杜热西提听得一清二楚。

"二哥,那下午咱们就去街上买吧,也不耽误明天回家。"小个子男人又说道。

"不行,咱们得去东莞市下面那个常平镇买胶带。那是中国塑料新材料之都,整个镇子上都是生产胶带的企业。那里的胶带质量好,价格还便宜,咱们明天去那儿买!"

"大姐让咱们买多少啊?"

"大卷的,要两万多卷吧!"

"啥? 要这么多?"

"不算多! 这些也就够大姐在大巴扎用半年的。现在光淘宝网上咱们新疆的干果每年要卖出去多少啊,那量大得惊人,每一单生意能少得了包装? 每一个包装能少得了胶带?"

"两万多卷胶带才够半年用啊! 二哥,我看啊,还不如让姐夫去乡下自己开个胶带厂呢! 省得来这么远买了。"

"办厂哪有那么容易? 那要花费多大的力气才行啊? 别乱想了。"

……

说者无心,听者有意。晚上阿卜杜热西提躺在宾馆的床上想,吃苦花费力气我可不怕。乌鲁木齐的大巴扎每年干果的销售量固然大,但喀什作为瓜果之乡,每年干果的销售量也不小啊,可没听过喀什哪里有胶带厂啊? 这个事情值得琢磨!

那一夜，阿卜杜热西提躺在床上辗转反侧，无法入睡，脑子里一直有个问题在嗡嗡作响：没听过喀什哪里有胶带厂啊。他打开手机上网查了几遍，都没找到喀什有胶带厂的词条，这让他的内心起了波澜。

有些人梦里走了许多路，醒来还是在床上；而有些人梦里走了许多路，醒来就踏上了逐梦的大道；阿卜杜热西提就是这样的一个逐梦人。他决定第二天就去常平镇看看，希望能有新的发现。

12 月 30 日早上，阿卜杜热西提就坐上客车去了常平镇。经过一个半小时的颠簸，他来到了常平镇。他打车绕着整个镇子转了一圈，发现这里的胶带厂果然很多，但厂子的规模都不大。他心里一动，厂子规模小，那投资的金额会不会也不大呢？轻资本运营可一直都是他心中最理想的追求。

经过一天的努力，阿卜杜热西提终于敲开了一家小胶带厂的大门。这个胶带厂小到什么程度？门口就立着一个简易的木牌子，歪歪扭扭地写着几个字：悦达胶带厂。阿卜杜热西提进去一看，才明白这其实就是一个由自住房改建的小作坊。然而，就是这个小作坊的李老板却非常热情地接待了阿卜杜热西提，也回答了他提出的所有问题。

"如果自家有厂房，那么你投资十万元完全可以运营。胶带这玩意儿，利润绝对可以。"这几句话是令阿卜杜热西提最心动的。

"我这里教不了你技术。如果你真的要学，我可以把你推荐到我表哥的公司。在那儿，你既可以学技术，又可以买到全套的设备。"这几句话是阿卜杜热西提最想听也最提劲的。

"行，我回去先考察市场，如果觉得可行，我就去找你的表哥。把你表哥的电话给我吧！"阿卜杜热西提在笔记本上写电话号码时，激动得手指抖个不停。

这个本不在计划内的考察，却给阿卜杜热西提带来了意想不到的收获；古人云"有心栽花花不开，无心插柳柳成行"，说的也许就是这种情况吧。

返程的火车上阿卜杜热西提心想，总算没白出来一趟，此行圆满。

列车飞驰，窗外的风景一闪而过。但阿卜杜热西提发现，窗外风景越来越不同，逐渐由江南的青山绿水过渡到北国的黄土高原，再就是冰天雪地。这长长的风景线犹如那长长的胶带，连接着梦想与现实，让阿卜杜热西提心潮澎湃。

创业路上的如歌行板

阿卜杜热西提从广东回来后的第二天,就去了喀什。

喀什全称"喀什噶尔",这是一个具有 2000 多年历史的古老城市。喀什三面环山,一面敞开,与周边几国接壤或毗邻。喀什作为古丝绸之路的交通要冲,是中外客商云集的国际商埠,还是新疆唯一的国家历史文化名城,集中体现了维吾尔族民俗风情、文化艺术特色、建筑风格以及传统经济的特征与精华。

喀什古城是南疆最著名的景点之一,每天来此体验南疆深厚的文化底蕴和浓烈的民族风情的游客如潮。游客们来自五湖四海,阿卜杜热西提决定看看这里高峰时期的人流量有多少。游客多,购物需求就大,那货物打包就得需要胶带吧。不得不说,阿卜杜热西提的心思还挺细腻的。古城人流量最多的时候当然要数每天的开城仪式了。

那天上午 10 点整,喀什噶尔古城正在举行开城仪式,迎接来自远方的客人。随着一阵激昂的鼓乐声起,两队身着盔甲的古城守卫从城内涌出,迅速有序地分列两边,武威神勇的扮相一下子就把游客震撼了。但不用紧张,紧接着一群盛装美艳、婀娜多姿的维吾尔族少女舞者翩然而至,曼妙的舞姿瞬间就让游客陶醉在了这充满仪式感的美妙气氛中。随后,在开城司仪的带领下,由工作人员扮演的汉代班超、王昭君和清代香妃等人鱼贯出场欢迎来自祖国四面八方的朋友,他们的出场把迎客仪式带入了高潮。接着演员纷纷下场邀请游客一起尽情欢舞,游客跟随着演员开心地在场地上舞得欢快、尽兴。

喀什,是一个能让你感受到独特南疆风情的城市,同时也是一个能让你乐在其中、忘记万千烦恼的地方。但阿卜杜热西提此刻稍有烦恼,因为观看开城仪式的人太多了,哪里数得过来。不过,他发现很多人待开城仪式结束后就相约着去了大巴扎。这就使得阿卜杜热西提又信心满怀地去大巴扎找一些商店做市场调研了。

巴扎是维吾尔语,意为集市,是新疆一种特有的传统贸易形式。喀什有很多巴扎,分布在城乡街道各处,但是最有名气的要数喀什市的东门大巴扎。因为在喀什所有巴扎中,东门巴扎规模最大,商品最丰富,价格最实惠,顾客最多,气氛最浓。这个占地 250 多亩的大巴扎设有 5000 多个摊位,有近万种商品,每天都挤满了来自国内各个省市的商贩。自从红其拉甫口岸和吐尔尕特口岸相继开放后,国际商品的通道打开了,大批外国游客和商贾、商团也络绎不绝地来到了喀什大巴扎,带来了大量异国商品参加贸易,也从大巴扎采购回许多中国商品。据说这里每天的人流量达十余万,可以说喀什的大巴扎已经成了一个举世瞩目的贸易市场。市场大、客商多的地方,就蕴藏着巨大的商机,这一点,阿卜杜热西提是很清楚的。

这每天要出多少货啊! 要用多少个包装盒啊! 那得需要多少胶带来打包这些包装盒啊! 阿卜杜热西提在大巴扎的人群中挤着,同时思考着,内心一阵阵的激动,他甚至在想把自己的胶带门店开在哪个位置的问题了。

"老板,您的核桃是薄皮的吗?"阿卜杜热西提路过一家名为"买买提新疆特产店"的门口时，探头和老板搭讪着。

"这可是正宗的新疆纸皮核桃。"一个戴着阿图什帽的中年男人从店里走了出来。阿图什帽是当地做生意的男人在冬天最喜欢戴的帽子，这款帽子的帽檐是开缝的，因为做生意时把钱塞进帽檐里既方便又安全。

"那包装如果打得不好，肯定会把核桃皮儿摔开的吧？"

"谁说的？我打的包装结实着呢，你看！"中年男人说完，就用手指着门口一箱箱叠放在一起的纸箱。同时为了证明自己打包的技术好，他还随手在货架上拿起一卷透明宽胶带去给一个放在地上的纸箱打包。那"哗哗"响的声音此时如动听的音乐钻进了阿卜杜热西提的耳里，让他觉得享受。

"老板，你这胶带不错。卖我两卷吧！"

"那可不行！我这是从广东厂家进的货，质量好得很，时常断货。这样，你要是诚心买核桃，我便宜点儿卖给你。买胶带，对不起了。"

阿卜杜热西提听完赶紧赔着笑脸走开了。

在下一家特产店，阿卜杜热西提直接问老板是否需要大号透明胶带，那老板两眼冒光地表示自己可以买光他手上全部的货。这把阿卜杜热西提吓得不轻，他又试探着问老板：

"你们这儿对胶带的需求量真这么大？"

"小伙子，紧缺得很，你能搞来货，我肯定要啊。"

"老板，能留个联系方式吗？方便以后有货了跟你联系。"

"没问题。"老板随手在牛皮纸箱上撕下一块儿纸片，给阿卜杜热西提写了一个号码。后来，这老板成了阿卜杜热西提胶带厂的一个长期合作客户。

这次喀什之行，让阿卜杜热西提初步判定胶带在喀什肯定有市场，最起码在大巴扎是有需求的。

之后，阿卜杜热西提又去了阿克苏与和田等地做了大量的调研。他得出的结论是：在南疆，胶带的需求量是很大的，在自家建一个胶带厂完全可行。

当阿卜杜热西提把要创办胶带厂的事情和亲戚朋友们分享时,还是被泼了冷水。

"儿子,这要是赔了,咱们咋办?"妈妈米力克问。

"算了吧,办厂哪有那么简单!"姑姑阿依古丽说。

"你还是老老实实地打工吧,这肯定不行的。"身边的几个朋友也都这样说。

大多时候,众口一词皆可混淆是非。不赞成的人多了,弄得阿卜杜热西提也没了底气,虽然堂哥阿卜杜克热木还是一如既往地支持他。

最后爸爸阿不力米提的一句话给阿卜杜热西提的创业热情以"致命"的一击:"我绝对不会同意你办什么胶带厂。你最好现在就回灯具厂打工去,那样最安稳。"

从2017年1月下旬一直到3月底,备受打击的阿卜杜热西提整天待在家里,郁闷得连门都不想出。多少个夜晚,他都做着同样的梦:他在戈壁滩上骑马狂奔,不知不觉间来到天山脚下,去路被阻挡了;当他马鞭向空中一挥,天山就裂开一条缝隙,当他正要策马前行时,那条裂缝又合拢了……

我们大多数人从小都被这样教育:有困难,找警察。而阿卜杜热西提却不然,他一遇到困难马上就会想到找昔日的班主任顾海林。

2017年4月1日,天空蔚蓝,风和日丽,注定是个好日子。阿卜杜热西提简单地吃几口早饭,就出去到小溪边散步了,这地方安静,适合他打电话。

"顾老师,没打扰到您吧?"阿卜杜热西提小心翼翼地问道。

"哦!阿卜杜热西提,我刚刚还想到你呢,有事吗?"

"有件事想请您帮我斟酌斟酌,看怎么办。"

"那你说说看。"

"我想在家里创办一个小型胶带厂,可很多人都不看好。我也不知道怎么做了。"

"你事先做过市场调研吗？"

"做过，我把南疆的主要地区都考察过了，胶带在南疆的需求量很大。"

"如果你的考察结果可信的话，那应该没问题。"

"可是……"

"阿卜杜热西提，是不是在资金上遇到了困难？我可以适当帮你。"

"资金够着呢！我只是怕！"

"不要怕，你要勇敢地迈出这一步！哲人说过，世上无难事，只要肯登攀嘛。"

……

创业的路上，没有人能随随便便成功，只有大胆地向前走去，才会知道那满路的荆棘是否能扎得你遍体鳞伤。咬紧牙关忍住疼痛，一定能迎来胜利的曙光。

有了顾海林的支持，阿卜杜热西提又重新树立起办厂的信心。当阿不力米提得知儿子的想法得到了顾海林的认可和支持后也就不再反对这件事儿了，因为他和顾海林打过交道，他非常信任这个浙江男人。

后来，阿卜杜热西提和阿卜杜克热木兄弟两个商定，共同出资十万元来创办胶带厂。阿卜杜热西提负责去东莞学习技术和购买设备，阿卜杜克热木负责在家建造厂房。

一个用半年时间学技术，一个用半年时间建厂房。一切安排，合理有序。

2017 年 4 月 12 日，对阿卜杜热西提来说，又是值得铭记的一天。那天一大早，阿卜杜克热木就骑着电瓶车把他送到了镇上，阿卜杜热西提要出发去东莞了。一路上，他都紧紧地抱着皮箱，就像抱着一个传世宝贝一样，那里面装着 150 个大大的馕，这可是他三个月的早餐。他创业初期的艰难，由此可见一斑。

东莞有着"世界工厂"的美誉，果然名副其实。阿卜杜热西提从太安路的两旁随便走进去，就可以发现大大小小的无数工厂。他一边走一边查看门牌号，最终在东莞市精业精机有限责任公司的门口停住脚步。一番电话沟通后，一个矮胖胖的中年男人出来问他："你就是常平镇李老板介绍的那个人吧？"得到肯定答复后，男人把阿卜杜热西提带进了门。

这个男人就是公司的老总刘学，湖南人，他后来成了阿卜杜热西提的好朋友。

阿卜杜热西提在刘总的安排下，跟着一个姓高的老师傅开始学习生产胶带的技术。生活中我们用起胶带来觉得方便，但要掌握这门生产技术可没那么简单。第一天学习的时候，阿卜杜热西提就险些被设备刀片切掉右手的食指。

"老师，以前总听人说十指连心，那可是真的啊！手指肚被完全切下了，那个疼啊，绝对就是心在疼。"后来阿卜杜热西提如此和我描述那次受伤的事儿。看着他的表情，我的心也隐隐作痛起来。他还告诉我，由于在南方水土和饮食都不习惯，他一个星期就瘦了六斤。

厂房内机器轰鸣，工人穿梭，胶味浓烈，但这些并不能影响阿卜杜热西提潜心学技术的诚心。"男儿立志出乡关，学不成名誓不还"，这就是他当时的内心写照。

阿卜杜热西提做事认真，学起技术来也比较快。没过两个月，他就能很精准地放料，正确地调模具和调气压，丝毫不差地穿纸管……他的每一步操作都规范到位，操作流程和注意事项他也都牢牢地记在心中。

高师傅说照阿卜杜热西提这个劲头学四个月就可以出徒了，但阿卜杜热西提不肯，非要学足六个月。可见，阿卜杜热西提这次学习是带着"精益求精"的态度而来。

态度决定一切。阿卜杜热西提果然没有辜负自己和大家的期望。2017年10月15日,这一天让阿卜杜热西提终生难忘。他以令厂里所有师傅都十分满意的成绩出徒了,他把手里的技术合格证书高高举起,那一刻,他激动不已。这对他而言不亚于拿到了一张大学毕业证书。

戈壁滩上的一抹青绿

踌躇满志的阿卜杜热西提从广东回到家的当天晚上就执意住进了新建在家后院的厂房内。

新厂房是正面朝南的三间砖平房,占地面积有 600 多平方米。阿卜杜克热木非常了解阿卜杜热西提的性格,知道他工作起来就不顾家了,虽然家就在前院,于是在厂房内给他特意辟出一块地方建了办公室,并在办公室内放置了一张单人床。

阿卜杜热西提回家后顾不上休息,第二天就请村书记吐尔逊古丽和他去泽普县工商局。这几年,阿卜杜热西提走南闯北,也算见多识广,但一想到要和政府部门打交道,他又胆怯起来,这回一定要拉着村书记和他一起跑营业执照的事儿。

在泽普县工商局的办公业务大厅里,一位姓李的科长热情接待了他们。

"你是新疆中职班毕业的?现在要在家里办厂?"当李科长知道他们的来意后,边问边吃惊地打量着阿卜杜热西提。

"嗯,今天来问问营业执照咋办?"

"在咱们县，我听说新疆中职班毕业回来的学生，有的做了公务员，有的做了教师，有的做了"村官"，就是没听过有人要办工厂。"李科长越说越起劲，之后就邀请他们到自己的办公室去详谈。

那天李科长明确地表示，一定会大力支持阿卜杜热西提，办理营业执照的事情没问题。这倒是非常出乎阿卜杜热西提预料，他原本认为办理营业执照肯定会大费一番周折。

厂房建起来了，营业执照的事情也打听明白了，那接下来就要大张旗鼓地做事了。于是，购买设备的事儿就提上了日程。上天真是不负苦心人啊！阿卜杜热西提的追梦过程犹如一个人顶着星光赶夜路，但黎明已悄然而来，旭日东升可待。

阿卜杜热西提购买办厂所需设备的经过也让他永远铭记于心。

阿卜杜热西提和表哥阿卜杜克热木仔细分析后，决定先开一条胶带生产线，等业务量上来后再扩大规模。阿卜杜热西提反复统计着，如果开一条线，他们需要购买印刷机、包装机、BOPP分条机、全自动PVC切台、穿纸管机、切纸管机、大复卷机、小复卷机、空压机等各一台。经过讨价还价，东莞市精业精机有限责任公司的老板刘学给了他最优惠的价格，但设备总价还是要68000元，运费要4200元。

当时，阿卜杜热西提身上的现金只有47000多元。还有两万多的缺额，这让他犯难了。表哥阿卜杜克热木得知情况后忍痛把自己新入手的摩托车卖掉了，也只凑出了一万元。那剩下的钱哪里来呢？

阿卜杜热西提在厂房里踱着步，思考再三，最后还是拿起手机给顾海林老师打去了电话。

"顾老师，我办厂的启动资金不够了，能否帮帮我！"

"可以！差多少？"

"得需要……要一万五。"

"好,我借给你。"

"顾老师,您放心,等资金周转开了,我第一个还您。"

"没事。其实,你要办厂的事情,我和姚校长也汇报过。他说必要的时候,学校也可以支持你,但你这次缺额不多,我个人就能帮得上你。"

"顾老师,太感谢您了。您能现在就给我打钱吗?"

"嗯,可以!"

阿卜杜热西提心里知道顾海林会借给他钱的,但没想到这钱能到位这么快。一个毕业的学生能想到找老师去借钱,而老师也肯把钱借给一个已经毕业的学生,这说明他们之间的感情绝对经得起考验。顾海林曾说过:"我愿意永远做一道光,照亮新疆孩子们前进的路。"他说到也做到了。

奥地利著名作家茨威格说:"一个人的力量是很难应付生活中无边的苦难的。所以,自己需要别人帮助,自己也要帮助别人。"对于一个老师而言,能帮助到自己的学生也将获得无比的快乐。

2017年10月29日,云淡风轻,注定是一个美好的日子。12点整,一阵鞭炮声响过,众人欢呼如雷鸣。泽普县新欧丽胶带厂正式成立了!一个占地600平方米,只有一条生产线的胶带厂就这样在波斯喀木乡大尔格其园艺村成立了,法人代表是阿卜杜热西提。

胶带厂开业那天来贺喜的人有100多,人们都给阿卜杜热西提送上了真诚的祝福。虽然没有花篮,没有红毯,没有舞台,没有主持人,但这个简单的开业仪式还是给只有900多人口的大尔格其园艺村带来了前所未有的轰动。人们对此事议论纷纷,关于阿卜杜热西提的一些话题也被谈论了好几天才消停。

"这个巴郎子不错,出息了。"

"在咱们村里建起了厂子,新鲜啊!阿卜杜热西提真有本事。"

但也偶尔有两句消极的声音。

"这么简陋，能生产胶带吗？"

"就怕坚持不了几年啊。"

走好自己的路，让别人拭目以待！阿卜杜热西提就是这样想的。此刻他内心很平静，不骄傲也不气馁，一切努力向前。胶带厂成立的当天，他就招聘到了两名新员工。其实，应该说是他特意去请来了这两个小伙子——麦麦提江·阿力木和艾合买提江·艾海提。阿卜杜热西提先聘请这两个一直在家待业的年轻人是有原因的，一是这两家的经济状况确实不太好，二是这两个人的父母都曾经帮助过阿卜杜热西提的家人。

俗话说：赠人玫瑰，手留遗香；滴水之恩，当涌泉相报。

"自己要致富了，那就先带上那些曾经有恩于我的人。"阿卜杜热西提也曾这样对我说过。当然，后来他的厂子雇用的也全都是本村困难家庭的剩余劳动力。截至当前，他一共解决了 22 个村民的就业问题。他给工人的月工资达到了 3800 元，还给工人缴纳了各类保险，让他们生活和工作都有保障。

每年的古尔邦节、春节假期期间，阿卜杜热西提和阿卜杜克热木都会去慰问乡里的贫困户，为他们送去礼品和慰问金；他们还去慰问基层派出所和警务室的工作人员，给他们带去矿泉水、瓜果、防刺服和鞋子等礼物。每年的暑假，胶带厂都要招聘十名大学生来做暑假工。

为了回馈社会，阿卜杜热西提在 2018 年 9 月庄重地立下承诺：厂里每销售一卷胶带，就为当地教育捐赠 0.03 元。2018 年 11 月，他又给泽普县"阳光助学金"捐赠了两万元。他希望每个孩子都不要因为贫困而失学，他希望看到每个孩子都能坐在窗明几净的教室里大声读书。阿卜杜热西提的善举得到了乡亲们的赞誉，得到了当地相关部门的肯定。

"阿卜杜热西提真正地实现了从受助到自助再到助人的华丽转变。"这是顾海林对阿卜杜热西提的由衷评价。

2022 年初,我在电话里问阿卜杜热西提:"你这么愿意帮助别人,那你自己的胶带厂就没有困难吗?"

阿卜杜热西提笑笑说:"老师,成立之初的困难可多了。资金周转有困难,员工管理有困难,货物运输有困难,催收货款有困难……"

"胶带厂这几年的发展情况如何?"我又问。

阿卜杜热西提告诉我说,现在公司拥有九条胶带生产线,五条胶带印刷生产线,一天的销售额最高达到了八万多元。这个数字已经惊讶到我了,没想到他接下来说的话更让我吃惊。"胶带厂在 2018 年时销售额达到了 500 万元,2019 年的销售额突破了 800 万元,2020 年和 2021 年的销售额已经超过了 1000 万元。"阿卜杜热西提喜悦地诉说着,就像一位稻农正在分享属于他的丰年。我马上又由吃惊变成了惊喜,真的,我为他高兴,为他感到骄傲。

"孟老师,我深知质量是企业生存的关键,所以我对产品的质量把关非常严格。我的胶带厂在 2019 年 4 月加入了中国胶粘行业协会,这说明我们生产的胶带质量得到了行业的认可。我的努力没白费,我的辛苦付出也是值得的。"他说这些话时,我能明显感觉到他很兴奋。他还告诉我,他打算在喀什设立办事处和仓库,那样发货就比以前方便了,也会大大地减少运输成本。利润提高了,员工的工资待遇也就上来了。善良的阿卜杜热西提,总是在想方设法提高员工的收入。

谁能想到,阿卜杜热西提还通过在喀什市举办的"喀什国际交易展会"把胶带销售到了中亚、南亚国家。

越努力就会越强大,越强大就会跑得越快。2021 年 6 月 26 日,泽普县新欧丽胶带厂成功升级成了新疆笑苹果胶带有限责任公司,开始步入了发展的快车道。

听着阿卜杜热西提将他这几年的成功娓娓道来,我心里都跟着激动不已。

"阿卜杜热西提,记得你以前说过自己总会做一个相似的梦,就是自己每次骑马走到天山脚下,想跑出去又出不去!现在你还做这个梦吗?"我不由自主地问了他这个题外话。

阿卜杜热西提先是一愣,说:"好久都没做过这个梦了。我觉得,以前是因为自己一直没有找到人生前进的方向,才会做那样的梦,在梦里是那么的孤独,那么的无助。现在不同了,我和我的家人、我的村民、我的员工一起在为美好的未来奋斗着。我,不再孤独了。相信如果再做这个梦,我们会一起走出天山。撸起袖子加油干,我相信一定会有美好的明天。"

阿卜杜热西提和他的公司成为了无边戈壁滩上的一抹青绿,那本就是他青春该有的颜色。

好技术 VS 好未来

2016 年 8 月 16 日傍晚，图尔荪从佳木镇的邮政局走了出来，骑上摩托车迎着余晖向家的方向驶去。

道路、村庄、庄稼、河谷、牛羊在万丈霞光照射下，犹如涂抹了一层艳丽的脂粉；远处的托木尔峰顶也泛着柔和的光芒，牧羊人悠闲地骑在马背上忘情地歌唱。展现在图尔荪眼前的真是好一幅黄昏落日图。

图尔荪在路过自家果园的时候停了下来，但他没有走进园子里，因为现在这个果园已经承包给别人。园里的果树长得很茂盛，硕果累累。色泽各异的葡萄令人垂涎欲滴，黄澄澄的无花果像即将出阁的姑娘，饱满娇羞。果农正在园里忙碌，有的用剪刀在剪，有的拿新月刀在割……这场景令图尔荪触景生情，他想起了已故的爸爸，心里又一阵隐隐作痛。和爸爸曾经的对话突然又萦绕在耳畔：

"儿子，喜欢吃我做的烤包子吗？"

"当然喜欢啊！等我长大了，也给您做烤包子吃。"

"好啊，你心灵手巧，做的烤包子肯定最好吃！"

这儿时的画面又浮现在图尔苏的脑海里。他从背包里拿出了那张刚刚从邮政局取回来的大学录取通知书，把它贴在心口默念：爸，我现在已经能做出最好吃的烤包子了，以后我还能烘焙出最好吃的面包。图尔苏昂头向天长叹一声，热泪止不住地洒在胸前。

说来也巧，图尔苏还未从思念爸爸的情绪中走出，顾海林就打来了电话。自从高一那年顾海林在学校的田径场上发自内心地安慰过图尔苏之后，图尔苏在心里就认了顾海林为自己的"爸爸"——"浙江爸爸"。当然，阿卜杜热西提在心里也认这个"浙江爸爸"，不过由于他性格过于腼腆，他就那次在毕业离别的时候抱着顾海林喊了"顾爸爸"，之后他再和顾海林见面或者通电话时还是称"顾老师"。图尔苏则不同，他要率性得多，"顾爸爸"这个称呼他是要喊出来的。从高中毕业到现在，他每次都会这样亲切地称呼顾海林。

"顾爸爸，您也知道我考上大学了？"

"我比你要早知道几天呢。"

……

在电话里，顾海林嘱咐了图尔苏很多。告诉他要用功读书，要好好学技术，要勤回家看望妈妈，要帮助家里干好农活……图尔苏都一一答应着。

图尔苏刚一进院子，妈妈和哥哥就迎了出来。

"儿子，考到哪个学校了？"图尔罕急切地问。

"妈，我被新疆职业大学录取了。"图尔苏刚一说完，图尔罕的脸上就露出了微笑。图尔苏停顿了一下又说："是烘焙食品加工技术专业。"等图尔苏说完，图尔罕脸上的笑容就僵住了。

"弟弟，难道你没报汽车维修技术专业吗？"阿不来提不解地问。

图尔苏回答："报了，没——没考上。"

"不管录取的是啥专业，你都得去读！"图尔罕无奈地看着图尔苏说，然后就转身进了厨房。

"没事儿,弟弟,做不成老师,那就做个面包师吧。"阿不来提说完,拍了拍图尔苏的肩膀。

显然,妈妈和哥哥对图尔苏的录取结果并不是很满意,但图尔苏确实已经尽力了。

要知道,当初图尔苏之所以选择读新疆中职班的汽修专业就是想将来能考上新疆的大学继续学习这个专业,等大学毕业后能应聘到一所职业学校去做汽修教师。一开始这只是他一个人的梦想,后来又成了全家人的梦想和希望。所以图尔苏在高三时学习非常刻苦,就是为了将来能成为一名职业学校的教师。

这世间,并不是所有的愿望都会变成现实,也并不是所有的希望都会顺心顺意。坎坷是难免的,但坎坷也并非都是坏事,就看你怎么去看待它。此刻在图尔苏的妈妈和哥哥看来,图尔苏的教师梦已经彻底破灭了,他们无论如何也不相信会有学校去请一个面包师到学校当老师。其实,就连图尔苏自己在拿到录取通知书的那一刻也是如此认为的。要说失望给人带来的痛苦有多残酷,图尔苏比妈妈和哥哥更有切身之痛和发言权。

图尔苏的哥哥曾一度怀疑弟弟是不是在填报志愿时没有填报汽车维修专业,他为此还给王征亚老师打电话求证过。其实,当初选择志愿时,图尔苏填报的第一志愿就是新疆职业大学,他把汽车运用与维修技术专业放在了第一位,烘焙食品加工技术专业放在了第二位。

那图尔苏为什么会考虑填报烘焙食品加工技术专业呢?这肯定和他之前跟着亚生师傅在民族餐厅学习过面点技术也有关。对于他来讲,汽修专业是他的最爱,其次呢?他想来想去也就是烘焙食品加工技术这个专业了,毕竟自己对这门技术算是有一定的了解。有时候,了解也许就成了一种缘分。

现在自己考上了烘焙食品加工专业,那就一定要学出个满意的成绩来。

"有些事情,一旦既成事实就很难再改变,我们能做的,就是把它做好。"这句话是当年顾海林在一次新疆中职班的晨会上讲的话,他是在告诉学生们不要太在意过去的失败,要把握好未来。图尔苏深深地记住了这句话,当时他听了并没有太大的感悟,没想到,今天再用心琢磨这句话的意义,果然受用。

"谢谢您,顾爸爸。"图尔苏在心里默念着。

经历过风雨的人生也许更加绚丽多彩,遭遇过坎坷的人生也许有更多的风景。图尔苏的人生也许就是这样,在风雨后见彩虹,在坎坷中经历成长。

烘焙行业里升起了一颗新星

图尔苏刚迈进大学校门的头一个月里,心情非常复杂。因为他职高学的是汽修专业,而大学里要学的是烘焙食品加工技术,这让他多少有些担心自己到底能不能学好这个专业。

笨鸟先飞,勤能补拙。图尔苏坚信这个道理,所以在军训期间,无论白天的训练有多苦多累,晚上图尔苏都会跑到烹饪操作间里去偷学。所谓的偷学,就是他站在操作间的窗口远远地看着学长们操作而已,收获并不大,但这样却安慰了他那颗急躁的心。

"专业兴趣是可以培养的,我一定行!"这句话,图尔苏每天晚上睡前都会在心里默念十遍。世上从来就没有救世主,自己才能拯救自己。

等正式进入课堂后,图尔苏很快就被烘焙这门技术的魅力吸引了。这门技术注重实践的同时对理论知识的要求也非常高,要学习食品微生物、食品原料学、食品保健学、西点制作、面包制作、裱花强化、中点制作、产品开发与创新、烘焙设备与使用等多门课程。学习这些,图尔苏都很感兴趣,他也就渐渐地喜爱上了这个专业,它并非外行所说的就是做做面包、蛋糕那么简单的事儿。

人一旦对某种技能产生了浓厚的兴趣,那学起来就会容易,也更加容易取得成绩。图尔苏的同学马红梅评价说:"图尔苏做出来的艺术面包简直就是一件值得珍藏的艺术品。"

从大一下学期起,图尔苏在指导教师冯云龙的带领下参加了各级各类的烘焙专业比赛并取得不错的成绩。2017年5月,图尔苏在新疆维吾尔自治区西点烘焙技能大赛上获得了焙烤项目的银奖。

这个银奖带给了图尔苏更大的专业自信,他也因此被冯云龙老师推上了更大的舞台——参加2018年新疆技能大赛暨第45届世界技能大赛新疆选拔赛。这是一项高规格的赛事,可不是谁随随便便就能参加的。

一天下午,在学校的操作间里。

"图尔苏,你有胆量挑战世界级的比赛吗?"冯云龙正色地问。

"冯老师,我期待这天已经很久了。放心,我一定可以。"图尔苏霸气地回答。

2018年4月21日至22日,2018年新疆技能大赛暨第45届世界技能大赛新疆选拔赛在乌鲁木齐开赛。大赛的规格确实够高,由新疆维吾尔自治区竞赛委员会主办,新疆维吾尔自治区人力资源和社会保障厅会同教育厅承办,为自治区级一类竞赛。大赛为期两天,由新疆各地州市和各职业院校经过初赛和推荐选拔出的310名优秀选手参加烘焙等11个赛项的比拼。大赛选拔出的优秀选手将送往国家集训基地进行集训,参加6月份举办的第45届世界技能大赛全国选拔赛,胜出者将会参加2019年在俄罗斯喀山举办的第45届世界技能大赛。这样的比赛,听起来都让人感到激动!图尔苏当时也是憋足了劲,"舍我其谁"的豪气直冲云天。

比赛那天,图尔苏穿上了洁白的短袖厨师服。这套崭新的厨师服是同班同学梁大鹏送的,寓意明确:希望图尔苏刷新新疆职业大学在烘焙赛项上的世界级比赛纪录。平日训练不怕千辛万苦,比赛场上才能驾轻就熟。

赛后图尔荪对梁大鹏说:"我在两个小时内做完了六个三股辫,八个丹麦牛角面包,个个好味道,个个是精品。做这些本来就是我的拿手好戏,所以这场比赛第一名肯定非我莫属!"

"嗯,就凭你的实力,肯定能行。"梁大鹏不是在恭维图尔茨,他内心确实也是这样认为。

赛后的第二天成绩揭晓,图尔荪在选拔赛的烘焙项目比赛中夺得了第一名。这对图尔荪而言,其重大意义不言而喻。

当图尔荪把这个奖杯放在了寝室的床头之后,同学们再叫他时就用"烘焙大师""面包大师"来代替"图尔荪"三个字了。图尔荪一开始听着这些称呼还有些难为情,有些别扭,再后来,干脆把这个称呼当成了一种享受和鞭策。

2018 年 6 月 12 日,中国技能大赛暨 45 届世界技能大赛全国选拔赛在上海市国家会展中心虹馆举行,大赛为期三天。那一次,面对几十个来自全国各省市的绝顶高手,图尔荪心里倒是有些紧张了。

按照比赛要求,图尔荪要在两个小时内做若干个法棍、丹麦可颂、四股辫等。对他而言,做此类面包没有任何难度,有难度的要数艺术面包的制作。艺术面包就是指造型面包,通俗地说,就是造型有创意且好看的面包。图尔荪就是在无盐无油造型面包制作的比赛过程中出现了一个小小失误,因此没能取得名次,最终无缘那次国际大赛的决赛。

也许别人在这样的机遇面前失败受挫后会愁眉不展、萎靡不振,但图尔荪没有,他依然乐观向上,对自己未来的专业道路充满信心。

大三的时候,图尔荪应聘到新疆乌鲁木齐热点食品有限责任公司布朗先生烘焙坊去实习,成了一名真正的面包师。公司总经理姓戚,他一开始对图尔荪的烘焙技术还有些担心,但当他看到售后服务部门整理的 200 多位客户的反馈意见时,他非常震惊:图尔苏做的面包竟然能获得如此多的好评。于是戚经理决定把整个烘焙坊的食品研发工作都交给图尔苏,还聘请图尔苏担任公司的一级面包师。要是别人,可能会认为这样的待遇已经很不错了,但在图尔苏看来,这还不是他梦想的最终归宿。

真正有梦想的人不会满足于眼前那点儿已获得的成绩,而是着眼于更远的未来,有一种永无止境的追求欲望和敢于向更高目标奋进的行动。

2019 年 4 月 26 日,布朗先生烘焙坊来了一位特殊的客人。客人进来不购物,却和服务员说:"帅哥,我想见一下你们店里最牛的面包师傅,谢谢。"

图尔苏出来一看,来人叫黄佳慧,是他上届的师兄。

"师兄,找我有事?"图尔苏问。

黄佳慧把他拉出店外,直言快语地说:"图尔苏,你在这实习,屈才了。出来和我一起干吧!我在新疆财经大学、新疆职业大学和新疆农业大学每个学校的附近都开了一家蛋糕店,那才是你的用武之地!"

几经思考后,图尔苏带领着梁大鹏在 2019 年 5 月 6 日的中午一起走进了黄佳慧的蛋糕店总店。这家蛋糕店位于新疆财经大学附近,店面虽不大,但装修还挺讲究,富有格调。

此后,图尔苏、黄佳慧和梁大鹏每人负责管理一家店。自从有两位师弟的加入,三家蛋糕店的生意渐渐火爆起来。从 5 月下旬开始,三家店每天的营业额加起来都在 5000 元以上。

"你家的丹麦可颂最好吃了!"

"你家的艺术面包不仅造型独特,而且味道酥软爽口,牛啊!"

"你家的法棍和丹麦牛角面包的口感绝对全市一流!"

听着客户们的评价,三兄弟乐得嘴都合不拢。三家店里几乎每天顾客都络绎不绝,一旦有新款出品,很快就销售一空。

时光飞逝,梦想翱翔。很多时候骤然的相聚,其实也是来之不易。

2019年7月6日早上,黄佳慧和图尔荪、梁大鹏说:"兄弟们,今天是个特殊的日子,晚上咱们小聚一下。"

"特殊日子,你过生日?"梁大鹏问。

黄佳慧笑着摆摆手。这时图尔荪笑道:"是你蛋糕店成立一周年的日子吧?"

黄佳慧哈哈笑着说:"图尔荪,你真聪明啊。晚上,我还要给大家送上一个特别的礼物!"

图尔荪却没能拿到这个特别的礼物,因为当天中午,妈妈图尔罕打来电话说家中有重要事情,让图尔荪马上赶回去。图尔荪听完后没敢细问也没有多想,马上跟黄佳慧请了假就往火车站赶了。

做适合自己的选择

火车飞驰在铁轨上，不断的"咣当"声似乎加重了图尔荪的忧思。他目不转睛地盯着窗外，倒不是因为窗外的景色多么优美，一路上所见也多是沙丘、戈壁而已。

图尔荪一直在想家里会有什么重大事情呢，他几次想给妈妈打电话问清楚，但想想还是算了。他太了解妈妈了，爸爸去世的事情她都能隐瞒自己半年，这回她肯定也不会说。看来，一切等到家后才能知晓。

图尔荪的爸爸是图尔荪还在长兴职教中心读书期间因病离世的，因为回家路途实在遥远，加上妈妈不想因此影响图尔荪在外求学的心情，于是忍痛没有把坏消息告诉图尔荪。图尔荪虽然对此感到很遗憾，但他知道，现在唯有用行动和成就才能弥补这个遗憾，才能不负爸爸的期望，爸爸的在天之灵才会安息。

一路舟车劳顿，图尔荪终于在 7 月 7 日 12 点前赶到了家。听到院门的响声，妈妈和哥哥就笑着迎了出来，他们身后还跟着一个二十八九岁的年轻人——喀什艾日克村的党支部书记杨伟东。

　　一见到杨书记,图尔荪心里的惊慌就消失了大半。有杨书记在,家里的困难总会得到很好的解决。别看杨书记年纪轻,但由于他上任后为村里办了很多实事,带着村民把日子过得越来越红火,所以大家都非常尊敬他。

　　这几年,图尔荪在读大学,阿不来提在城里打工,妈妈在家务农,所以家里的经济状况并不好,这引起了杨书记的关注,他对这一家人格外照顾。去年,就是在杨书记的支持和帮助下,阿不来提回村承包了村里最大的果园。

　　大家坐下后,经过细聊,图尔荪才知道妈妈为什么这样急着让他赶回来了。

　　原来,村委会需要引进有技术、有能力的年轻大学生。杨书记心中的最佳人选就是图尔荪,他想向镇里推荐图尔荪。当他把这个想法告诉图尔罕时,图尔罕就特别上心思。她觉得这是一个不错的机会,毕竟儿子可以在自己身边工作了,于是他就给图尔荪打去了电话。她怕图尔荪不愿意回来,所以就说家里有重要事情。

　　"图尔荪,如果你同意的话,可以试试。"杨书记用期待的眼神看着图尔荪说。

　　"弟弟,你就同意吧,杨书记说像你这样的人才以后肯定能当上咱们村的书记呢。"阿不来提兴奋地说。

　　"杨书记,您这样信任我,看好我,我非常感谢您!其实,能为建设家乡尽一份力,也是我十分愿意做的事情。如果让我修车和做面包,我肯定能干好,但让我做村干部,我怕自己一时适应不了。所以,您得给我几天时间来考虑这件事。"图尔荪说得在情在理。

　　"反正你不同意,也不能回乌鲁木齐了。"图尔罕假装生气地说。

　　图尔荪听后,双手一摊,做了一个无奈的表情,把大家都逗笑了……

　　对于这件事,图尔荪仅仅用了一个晚上就在心里做出了选择,他还是决定回到乌鲁木齐去。毕竟自己在大学里学了三年烘焙食品加工技术,而且还在专业道路上取得了一定的成绩。如果此时回到村里工作,手中的这门技术就有可能彻底荒废掉了。他打算再回到黄佳慧的蛋糕店工作两三年,积攒够一定的本钱,然后自己也开一家面包店。至于将来把面包店开在乌鲁木齐还是阿克苏,这需要边干边看,以后再说。

当然,图尔荪肯定也会向"顾爸爸"征求意见的,这可是关系自己一生的选择,他很想听听"顾爸爸"的看法。

"图尔荪,做村干部,为老百姓服务。这是好事儿,你肯定也能干好。如果坚持走专业技术道路,以你现在的水平,你绝对能成为一个优秀的面包师。关键是你心里最喜欢做哪个?只有喜欢,才能做出成绩。"顾海林的话无疑让图尔荪坚定了自己的想法。

第二天,当图尔荪找到杨伟东书记说明自己内心的真实想法后,杨书记先是很惊讶,但也表示支持他。图尔荪心里知道,妈妈这一关肯定难过,但他也想到了对策。他想先在家里待上一段时间,帮家里把秋收的农活干完,一边好好地陪伴妈妈,顺便慢慢地和妈妈沟通,妈妈最后肯定也会理解和支持自己。

图尔荪现在的梦想是做一名优秀的面包师。

圆梦三尺讲台

2019 年 10 月 9 日,正在家里干杂活的图尔荪接到了梁大鹏的电话,这个电话改变了图尔荪预定的人生轨迹。

人生之路犹如一架天梯,只有基点,而没有终点。这个基点就是每个人当前的境况,而终点在永无止境的追求中。

梁大鹏开心地告诉图尔荪说自己现在当老师了。图尔荪听后一愣,不过他马上猜想梁大鹏应该是在某个面包店给学徒当老师。梁大鹏的家在甘肃省张掖市民乐县,他曾不止一次地对图尔荪说等自己有钱了就要回老家开一家像样的蛋糕店,假如这个梦想最后不能实现的话,那也要回老家找一家像样的蛋糕店当师傅。

"回老家发展也好,但一定要把徒弟教好,尽快闯出名气才行。"图尔荪嘱咐着。

"图尔荪呀,我是在喀什技师学院的烹饪工艺系当老师了,这是公办学校。你离开乌鲁木齐后,我也不在师兄那里做了。"梁大鹏尽量把事情说得清楚些,但语气里透露出一丝骄傲和满足。

这回，图尔苏听明白了，他打内心里替梁大鹏高兴起来，真没想到，面包师也能到学校当老师啊！替别人高兴，那高兴终究是别人的。不过，聪明的图尔苏马上就有了让自己也高兴的想法。他心里明白，从技术水平上讲，梁大鹏是无法和自己比的。就拿做面包来说吧，自己做出来的丹麦牛角面包就不是梁大鹏能比得上的。再说了，自己曾在新疆维吾尔自治区西点烘焙技能大赛上获得了焙烤项目的银奖，还参加过第45届世界技能大赛新疆选拔赛。这些可圈可点的荣誉梁大鹏可一项都没有啊。那就是说，自己比他更有资格去喀什技师学院做烹饪老师了。

"大鹏，你把我也向领导推荐一下吧！"

"我试试。本来就一个名额，给我了。你等我消息，很快的。"

梁大鹏的这句"很快的"，着实让图尔苏兴奋得不得了。希望就在前方，梦想可能马上就要实现，他哪里还能心平气和地"看庭前花开花落""望天上云卷云舒"。

"老师，在等待的那几天里我干活特别有劲！"图尔苏如此给我表述他那时的喜悦状态。

可一直等到了第五天，图尔苏也没接到梁大鹏的电话。梁大鹏的电话又打不通，微信也不回，图尔苏的心开始不安起来，他一面为梁大鹏的安危担忧，一面觉得当老师的事儿可能没戏了。

那天在农田里捡棉花的时候，一个坏想法不断地往图尔苏的大脑里钻：会不会是梁大鹏压根就没有向学校领导推荐我啊？他怕我入职后，会把他比下去。

每次当这个坏想法攻击图尔苏大脑的时候，他就用食指使劲地弹自己的额头一下，他告诉自己不可以这样猜想自己的兄弟。所以，那天心神不宁的图尔苏干活时很不利索，有时一棵树上的棉花还没捡干净他就又去捡下一棵树了。妈妈发现后，并没生气，只是提醒了他。可过了一会儿，妈妈就指着他让他停下手中的活,原来是图尔苏不知道何时把用线绳穿着挂在自己胸前的馕弄丢了,这使得一向节俭的妈妈真的生气了。

图尔苏只好回身走在这片洁白如云的棉花地里找自己丢失的那个馕。当他发现那个馕正要弯腰去捡的时候,他的手机响了。

图尔苏先是漫不经心地拿出手机,等他看了一下手机屏幕后,心情就激动起来,连馕也忘记去捡了。电话是梁大鹏打来的。

"大鹏,你这几天没出啥事儿吧?"图尔苏接听后,最关心的还是兄弟的安全问题。看来,图尔苏确实重情重义。

梁大鹏解释说他辅导的两个学生要参加自治区的技能大赛了,因为这几天给学生集训,所以手机没带在身上。听了这话,图尔苏长长地舒了一口气。

"图尔苏,我们教务处的领导听了我对你的介绍,他们觉得你是个难得的人才,决定给你一个机会,明天就视频面试。"梁大鹏说。

"啊!给我机会? 明天就面试?"图尔苏问,犹如在梦中。

"你就说行不行?"梁大鹏继续问。

"当然行啊! 怎么不行啊?"图尔苏开心极了。

有句话说得好:如果你真的有实力,幸运终会来敲门。

这对图尔苏来说,是个天大的好消息。他决定在事情没有结果之前,先不告诉妈妈和哥哥。等到该说的时候,这一定要是个惊喜。

2019 年 10 月 15 日,喀什技师学院教务处的主任吕萌月、副主任王泽和烹饪工艺系的主任努尔艾力·热西提三个人通过微信视频给图尔苏进行了一场面试。面试后的第三天,图尔苏接到了吕萌月主任的电话,通知他尽快入职。

接到入职电话后,图尔苏觉得真是喜从天降。他搓着双手,不禁抿着嘴笑,频频微微地点头,然后昂首向天,只见一片阳光从屋背上射过来,落在院子的墙上，格外明亮。此刻，他真想对天大喊，告知爸爸的在天之灵：我圆了教师梦！

当图尔苏把这个结果告诉妈妈和哥哥时，一家人都激动得直落泪。妈妈说："恭喜你，儿子！如果爸爸还在，他也会为你高兴。"哥哥狠狠地拍了拍图尔苏的肩膀，说："好样的！"妈妈和哥哥一再嘱咐他，当老师后，一定要好好工作，要对得起领导的信任，对得起国家的培养。当图尔苏把这个好消息告诉顾海林时，顾海林说了和当年在田径场上安慰图尔苏时同样的话："你的努力，爸爸在天堂看得见。"

"嗯，我要谢谢顾爸爸。"图尔苏说这话时，眼泪正流过脸颊。

2019年10月21日，晴空万里，阳光明媚。图尔苏于这天下午踏上了开往喀什的火车，他终于圆了教师梦。在这条追梦的路上，他的梦一直在不停地"变形"：本想做汽修教师，却偏偏被烘焙食品加工技术专业录取；本想冲击世界技能大赛决赛，却因小小失误而折戟；正想专注做面包师，却又被喊回家准备做村的后备干部；最后圆梦喀什技师学院烹饪工艺系。从面包师到烹饪教师，这条理想之路如此坎坷，又如此幸运。这让我不禁想起了李白的一句诗"长风破浪会有时，直挂云帆济沧海"。

图尔苏在火车上给黄佳慧打去了电话，告知黄佳慧自己被喀什技师学院录用的情况，并对不能回到他店里继续做面包师表示抱歉。黄佳慧表达完祝福后问他："图尔苏，你知道上次我想送给你们什么礼物吗？"

"真的不知道啊！"图尔苏说。

"我要把蛋糕店的股份分给你和梁大鹏。"黄佳慧说。

"谢谢师兄！虽然我选择了去做一名职校教师，但师兄的这份心意我会永远记在心中。"图尔苏说。

"师弟，欢迎以后常来店里指导。"黄佳慧说。

图尔苏入职喀什技师学院后，主要负责指导烹饪工艺系学生参加各级各类的烘焙专业竞赛,同时他还担任班主任。他在工作岗位上任劳任怨,教学效果突出。无论是他指导的学生参赛还是他个人参赛,都取得了非常理想的成绩。

志在顶峰的人,不会贪恋半山腰的风景。所以图尔苏非常珍惜自己的教师工作,时刻努力着。2020年6月,图尔苏获得了学院"优秀教师"的称号。奋斗的方向有了,那就得跑得再快些。2020年10月,他参加了中华人民共和国第一届职业技能大赛新疆区选拔赛并荣获了"优秀奖"。颁奖会上,主持人这样评价他:"忠诚于党的教育事业,最美的技术工匠。"2020年12月,他获得了喀什技师学院疫情防控"先进个人"的称号。半年里,连获三项殊荣,这是属于奋斗者的骄傲!

在一次电话采访中,图尔苏和我说:"老师,我没有给长兴职教中心丢脸!由于我工作努力,表现突出,同时我也通过了教师资格证的考试,现在我符合了学校的进编条件。学校让我写了进编申请书,我已经于2022年6月正式入了事业编。"

"图尔苏,你很优秀,我们都为你骄傲!工作之外,你接下来有哪些打算呢?"我问。

"老师,我早就想好了。我要利用业余时间,把我的修车技术和烘焙技术都送到喀什地区的乡下去,让老百姓们也能尽快地利用技术致富。"

春风得意马蹄疾。优秀的图尔苏通过自己的努力成了我们的同行。作为他曾经的老师,我们祝福他:一定会成为一名非常出色的职业学校教师!

美好的梦想,有时好像是远在天边;然而,有时它却近在咫尺;只要你认真播种过,努力奋斗过,踏实追求过,那么梦想成真可能就像苹果在牛顿那里砸出万有引力定律一样,是必然的。

小乡村里的"大工匠"

这天一大早，木垒县的天空刚刚放白，哈依沙尔江就给远在浙江的何信海老师打去了电话。何信海原本想抓住国庆假期的尾巴好好地睡个懒觉，结果还是被手机铃声给吵醒了。

"何老师，这么早打扰您，对不起啊，但我有事情要向您请教。我邻居家的洗衣机不能工作了，我昨天检查了所有的电路和主要元器件，没发现任何故障，但洗衣机就是无法启动，这个问题搅得我整晚都没睡好觉。我实在查不出毛病来，想请您帮忙指点一下。"哈依沙尔江在电话里客气地说，但略显焦急。

"你换一个新的启动电容试试！"何信海思考了一会儿对哈依沙尔江说。

哈依沙尔江挂掉电话后，立刻拿起工具。更换了新的启动电容后，他摁下了启动键，洗衣机"哐"的一声转动起来了。

哈依沙尔江自言自语道："'纸上得来终觉浅，绝知此事要躬行'，这话真不假。我一定要利用这次开店的机会好好提升一下自己的实践能力。"

哈依沙尔江开店了？对，他在自己家里开了一个电器修理部。难道他不参加高考了？读大学可是他一直心心念念的梦想啊！

哈依沙尔江当然不会放弃升学深造，那张烫金字体、折叠开启式设计的大学录取通知书早就在一个月前就躺在他床前柜的抽屉里了。原来，哈依沙尔江在 2016 年 4 月时参加了浙江省中等职业学校职业能力大赛单片机控制装置安装与调试赛项的比赛，并获得了省第六名的好成绩，他也因此被保送到乌鲁木齐职业大学电气自动化技术专业继续学习。要知道，在长兴职教中心每年被保送上大学的人也就一两个，哈依沙尔江却是其中之一。十年来，获此资格的新疆学生也就他一个。据哈依沙尔江的爸爸塔依尔说，拿到录取通知书那天下午，哈依沙尔江就骑上了邻居叶克盆·艾得尔拜家的那匹高头大马在戈壁滩上狂奔了一个多小时，以此方式吐露心中的快意。想想看，哈依沙尔江面带喜色地纵马扬鞭，是不是大有"春风得意马蹄疾"的气势？

由于获取保送资格时哈依沙尔江正在读高二，所以高三时哈依沙尔江就不用参加高考了，他可以利用高三一整年的时间去企业实习。他本来可以在长兴选择一家大型企业，但他心里挂念着家乡和父母亲人，最终还是决定回到家乡新疆昌吉州木垒县去实习。

刚回家的那两个多月，哈依沙尔江并没有在木垒县找到令自己满意的企业，但他并不着急，因为他始终相信凭着自己的实力肯定能找到一家足够优秀的企业，木垒县不行，就去昌吉州，昌吉州不行，那就去乌鲁木齐市。热孜完古丽总是安慰儿子，让他不要着急，但塔依尔却急得坐不住了，四处托人帮忙给儿子介绍实习单位。

2016 年 8 月 30 日这天上午，正当哈依沙尔江和塔依尔带着工具准备去田里干活时，阿娜尔古丽走进他们家。阿娜尔古丽是哈依沙尔江的姑姑，也住同村。

阿娜尔古丽这次专程为哈依沙尔江实习的事情而来。她的一个高中同学在木垒县人社局工作，说可以帮哈依沙尔江推荐一家实习单位，但前提是他要先见见哈依沙尔江。今天，她的同学正好来雀仁乡办事，此刻人家正坐在乡政府的办公室里等着见哈依沙尔江呢。

塔依尔一听有喜事降临，赶紧把自己的电动三轮车推出来，拉着姑侄二人就直奔乡里。

三轮车疾驰在乡路上，秋风迎面，微尘飞扬，目光所及处，戈壁灰茫茫。一条条干沟毫无生气地横卧在戈壁滩上，麻黄、沙拐枣等植物零星地点缀其间，稍远处偶尔传来几声咩咩声，只有这些还显出一些生机。为了躲避刺眼的阳光，哈依沙尔江和姑姑都背过身坐着，看向渐渐远去的村庄；村庄里偶有若隐若现的几缕炊烟袅袅而上。

过了一会儿，三轮车的速度突然变慢，紧接着又停了下来，同时传来了说话声。哈依沙尔江转过身来看见同村的李正林大叔也驾驶着与自家同款的三轮车停在了路边。

从李正林大叔和爸爸的对话中哈依沙尔江得知，李正林刚刚到乡里的一个家电器维修部去修理家里的那台老式彩色电视机了，但维修人员说这款电视机太旧了，更换的零件都很难找到，基本没有维修的价值了，让他要么拿去县城里修，要么干脆扔掉买台新的。可李正林说电视机是他当年结婚时买的，年头多了，有感情，舍不得扔。再有，现在买一台新的电视机少说也要花几千块，他没有这钱。眼下，他只能把电视机搬回家当老古董了。

听到这儿，哈依沙尔江脑海里立马浮现出了两年前给马力强大叔修电瓶车充电器的情形来。他灵机一动，站起身说："李大叔，我肯定能帮您修好电视机。"

李正林这才发现哈依沙尔江也在车上，于是说："行啊，给你修，都是要扔的老古董了，修不好也没关系。"

塔依尔自豪地说："我儿子学的就是电子专业，说不定就给你修好了！"

"哈依沙尔江,如果你能把我这台电视机修好了,那你可就有得忙了。昌光家的洗衣机坏了,加尔恒家里的电冰箱也罢工了,还有尼加提的那台老款收音机也哑火了,都需修理呢……"李正林不停地说着,笑呵呵地看着哈依沙尔江。

李正林的话就像一股电流击中了哈依沙尔江。所以当那天哈依沙尔江到了乡政府和姑姑的同学交流时,他没有明确说出自己的要求。因为他心里已经不在乎能不能找到更好的实习单位了,虽然那位人社局的领导表示只要哈依沙尔江愿意,他就能帮忙联系到好的实习单位。

回家的路上,塔依尔将车开得越来越快,秋风像美容刀一样割着脸皮。远处的戈壁和沙丘逐一退去,偶有几株沙拐枣的身影闪过,是另一番风景。哈依沙尔江微笑地看着远方,在心里说:今天的出行,让我找到了实习的方向。

后来,哈依沙尔江在邵水寿老师的远程帮助下,用了两天时间,仅花费了70元,就让李正林大叔的电视机重新开始了工作,电视机又继续做起了"活"古董。

李正林看着自己那台即将寿终正寝的电视机经哈依沙尔江抢救后又返老还童了,十分开心,笑哈哈地对哈依沙尔江说:"哈依沙尔江,你跑那么远读书还真没白学!人啊,还是要多走出去,多见识,多学习,才有真本事。"

哈依沙尔江也笑着说:"李大叔,当年我决定去浙江学技术,到底是选对了吧?"

"那是那是!人家发达地区就是先进,值得学习;你爸爸当年同意你去浙江读书,很有远见。"李正林一本正经地说。

一年前,哈依沙尔江家遭遇过火灾,房屋都烧毁了。前段时间在原地重建房屋时,塔依尔就坚持要把仓房建大一点儿,当时热孜完古丽并不同意,认为没必要,但塔依尔坚持造两大间仓房。现在看来,太有必要了,因为哈依沙尔江就看中了这两间仓房，想一间用作为工作间，一间作为存储间。就这样，在全家人的支持下，哈依沙尔江把自家的仓房改建成了电器修理部，还在家门口竖起了一块牌子：小哈家电维修店。

小哈家电维修店的特点是：简陋、热情、免费。

很快哈依沙尔江和小哈家电维修店的名声就响亮了起来，登门修家电的人络绎不绝。先是本村的人过来修，后来邻村的人过来修，再后来雀仁乡里的人也过来修。据哈依沙尔江后来粗略估算，从 2016 年 9 月中旬到 2017 年 8 月，经他手修理的各种大小家电起码有 1000 多件。

哈依沙尔江曾和我说："我开店的初衷就是想为家乡做点儿事，想为家乡的父老乡亲做点儿事。"

可以这样理解，小哈家电维修店其实就是埋在哈依沙尔江心中的一颗种子，这颗种子生根发芽后，萌生了他的乡村振兴梦。

是的，梦想要有，万一实现了呢！

好男儿,当自强

对哈依沙尔江而言,他不只是有梦想,而是梦想在一个一个地变成了现实。当然,梦想的实现靠的是实力,就如一则广告语所言"有实力,才有魅力"。实力,从来都不是凭空出现的,而要靠自身修炼所得;修炼实力的第一步当然就是学习、踏实地学习。

2017 年 9 月 1 日,哈依沙尔江背起行装,告别家人,只身去乌鲁木齐职业大学读书了。

好儿郎,赴学堂,学知识,建家乡。

"你就是那个从浙江保送来的哈依沙尔江?"在新生报到处,一个学长指着哈依沙尔江问。

"是啊,我就是!"哈依沙尔江中气十足地回答着。

这时,边上的一个学姐也搭腔了:"上学期末,我们就从辅导员那听说有个叫哈依沙尔江的学弟要来了,是个十足的牛人。今天见了,果然气度不凡啊!"

"没有,我还需要向学长们多多请教呢。"哈依沙尔江谦虚地说,有了在

家开店实习的经历，他现在变得成熟了许多。

还没入学，美名就已经传播开了。这对哈依沙尔江来说，是压力也是动力。

哈依沙尔江当然不愿做徒有虚名之人。在大学期间，哈依沙尔江学习成绩优秀，多次代表学校参加乌鲁木齐市的职业院校技能大赛并获奖。他还先后担任了校社联副主席、应用工程学院分团委学生会副主席，曾多次获得校三好学生、院优秀学生干部等荣誉称号。也许有人会说这些荣誉不足为奇，因为优秀的大学生本该如此。但是这两件事儿就不是一般的大学生能做到的了。2019 年 4 月，哈依沙尔江成了乌鲁木齐市"红山之声"宣讲团的骨干宣讲员。他多次走进学校、社区和机关单位宣讲党和国家的好政策及党的理论知识。他的宣讲视频还被推送至学习强国平台，引起了社会各界的广泛关注。不仅如此，哈依沙尔江还有更值得一提的地方。哈依沙尔江在大二的时候成立了"追梦电子工作室"。这和他在长兴职教中心读书时成立的"小哈 RC 工作室"、在家实习时创办的"小哈家电维修店"是一脉相承的关系,都是他追求专业技能提升的成果。

"追梦电子工作室"的业务主要以 3D 打印技术、航模、车模、无人机以及电子电气设备设计制作为主。据了解,从 2019 年 3 月到 2020 年 6 月,工作室承接校内外电子设计类项目共 60 余项。其中影响力最大的当属 2019 年 12 月承接乌鲁木齐达坂城区科技局的"风城一号可拆卸式太阳能卡丁车"项目。

太阳能卡丁车项目这件事儿,还真值得好好地讲一讲。

"追梦电子工作室"的具体位置在乌鲁木齐职业大学校本部四号楼的五层,面积有 80 平方米,这作为大学生创业基地已经不小了。工作室隔壁有家户外培训公司,老板叫王灿。因为在同一层楼办公,时间久了,哈依沙尔江和王灿的关系就处得非常不错。一次用餐闲聊中,王灿对哈依沙尔江说自己每年都会去达坂城区里做培训,所以和区科技局、区教育局的一些领导很熟。据他所知,区科技局去年有一个太阳能卡丁车项目,由于种种原因搁置了。现在该项目又要重新启动,正在寻找能继续完成项目的合作单位。

说者有心,听者也有意。

看出哈依沙尔江动心后,王灿问:"小哈,如果这个任务交给你,你能胜任吗?"

"这确实是个不错的项目,我和老师商量后再回复你。"哈依沙尔江认真地说。经过大学里两年的历练,他变得沉稳了许多。如果这事儿放在两年前,他保准马上一口应承。

"是要和你们学院带竞赛的王教授商量吗?"

"哦,不是,我说的这个老师并不懂这方面的知识,但他的建议对我来说至关重要。"

王灿听后心里疑惑重重,但又不好多问,就说等哈依沙尔江考虑好之后会帮他牵线。当然,要和一个不懂电子专业知识的老师来商量关于电子专业的项目，这让谁听起来都会觉得不合常理。但对哈依沙尔江来说，这十分必要。他口中的这个老师就是顾海林。

说来也巧，当哈依沙尔江给顾海林打电话时得知他刚到乌鲁木齐还不到一个小时。顾海林这次来乌鲁木齐是为了参加新疆教育厅组织的一个关于新疆中职班民族团结教育的座谈会，他原本也正想要联系哈依沙尔江。师生二人通电话时，都显得格外激动，马上约定晚上相见。哈依沙尔江把见面地点就定在了学校门口的"一哥水饺店"。

晚饭原本约到8点半，可8点钟还不到，哈依沙尔江就到了。他刚点好菜，顾海林就推门而进。看来对于这次见面，师生二人都有些迫不及待。饭桌上，二人谈着过去，也聊着未来，兴致都很高。哈依沙尔江说的很多事情，顾海林也都记忆犹新，但他还是认真地倾听着。看着自己的学生今日如此成熟，如此出息，顾海林自然是酒不醉人人自醉了。

当哈依沙尔江把他想要争取达坂城区科技局太阳能卡丁车的项目和顾海林说起时，顾海林先是很吃惊，他觉得哈依沙尔江能有这份挑战自我的勇气是难能可贵的。他认为，虽然哈依沙尔江的"追梦电子工作室"自成立以来也承接了一些校内外电子设计类项目，但毕竟都是和小企业之间的小打小闹。这回如果真能和政府部门合作，那绝对可以大大地提升哈依沙尔江本人和工作室的知名度，对哈依沙尔江来说是一次挑战，也是一次难得的历练。同时，顾海林也提出了三点建议。他觉得哈依沙尔江在争取这个项目之前，要先具体了解这个项目，去年为什么会半途搁置，今年为什么又要重启；再是要衡量自身的各方面实力，自己是否胜任这个任务；还有就是当了解一切后，要按照自己的想法先制定一套详细的实施方案，这样更容易在洽谈项目时得到对方的认可。

"小哈，如果在推进项目的过程中遇见了难题，记得找我们。长兴职教中心的电子组全体教师就是你坚实的后盾。"顾海林真诚地说。

"顾爸爸,我能考上新疆中职班,能遇见您,是我的幸运!"哈依沙尔江满怀深情地说。虽然哈依沙尔江从长兴职教中心毕业后,在电话里就开始喊顾海林为"顾爸爸",但这声"顾爸爸"在二人面对面时从哈依沙尔江嘴里喊出来,顾海林的那种荣誉感、自豪感就更强了。一声"顾爸爸",让顾海林湿润了眼眶。

那晚,他们聊到凌晨1点多。当然,顾海林早已偷偷地把饭钱结算了。这让哈依沙尔江既感动又难为情,顾海林那句"等你项目完成了再请我吃饭"驱走了哈依沙尔江的尴尬,快乐的笑容如花般地绽放在了哈依沙尔江的脸上。

第二天,哈依沙尔江找到王灿,详细地向他了解了太阳能卡丁车项目的来龙去脉。他经过深思熟虑后,相信工作室的成员可以胜任此项工作。之后,他用了三天时间根据自己的设想构思了一整套详细的方案。

当哈依沙尔江再次见到王灿时便说:"我可以承接这个项目。"语气非常坚定。

于是在王灿的安排下,哈依沙尔江与达坂城教育局该项目的负责人马春燕及达坂城科技局该项目的相关负责人一起见了面,并进行了科学的研究和论证。一切顺利,一周后达坂城科技局便与"追梦电子工作室"签订了项目合同书。

当然,结局的美好要靠实力来打造。因为好运气永远不可能持续一辈子,能持续帮助人一辈子的东西只有个人的实力。

2020年6月,"风城一号可拆卸式太阳能卡丁车"项目圆满完成。与此同时,哈依沙尔江还以个人名义申请了名为"卡丁车自适应供电装置"的国家实用新型专利。凭此,哈依沙尔江给自己的大学生涯画上了一个完美的句号。

一个敷衍的约定

时光匆匆过，却不耽误勤奋的人硕果累累。2020 年 7 月，哈依沙尔江大学毕业了，他毅然婉拒了乌鲁木齐市两家中型电子科技公司抛来的橄榄枝，选择回家创业。不过，他想创业的打算却一直没跟爸妈讲过。一是自己还没想好如何创业，二是爸妈一直以来都希望他能留在大城市工作，未必支持他的想法。

哈依沙尔江到家的第二天，就坐进了尘封已久的小哈家电维修店内。与以往不同的是，这回他修家电开始收费了，但费用远远低于乡里那两家电器维修部。冷清了三年的农家小院，如今又恢复了热闹；寂静了三年的小哈家电维修店，如今又变得门庭若市了。邻里乡亲有家电需要维修了，就会一大早纷纷给塔依尔来电询问哈依沙尔江是否在家或者小哈维修店何时开门。

哈依沙尔江刚回家的一个月里，塔依尔基本每隔几天就会乐呵呵地问："儿子，接下来准备找个啥样的企业？"哈依沙尔江每次都忙着手上的活，笑而不答。热孜完古丽看在眼里，急在心上，但还是会说："儿子，工作的事情，要慢慢来。"每每这时,大妹妹古丽吾孜或者小妹妹德丽吾孜就会在边上打趣道:"哥哥想啃老呢。"哈依沙尔江仍旧不搭话,只是笑。

塔依尔当然不相信哈依沙尔江会啃老,但看着儿子对找工作的事情始终不上心思,塔依尔心里还是没了底,逐渐担心起来。

转眼间,哈依沙尔江已经在家待业两个多月了。其实,他这待业可不清闲,因为他每天都在维修店里忙个不停。洗衣机、电视机、台式电脑或者笔记本电脑、电冰箱和电磁炉等放满了他的小维修店,甚至摆满了仓房。这一件件失灵的家用电器在哈依沙尔江的手里摆弄不到半天,保准会重新"开工",乡亲们的赞美声也不绝于耳:

"小哈技术就是好,一修就灵!"

"小哈收费这么低,是为大家着想呢。"

"小哈技术好,热心肠,在咱们这儿找不出第二个了!"

"小哈到外面学了先进技术,还回来工作,为家乡做贡献。"

……

看着满屋子堆着这些叮叮当当的"破玩意",塔依尔心里五味杂陈,难道儿子读大学回来就是为了修理这些玩意? 他到底想干啥呢?

哈依沙尔江的忙碌,塔依尔是看在眼里、琢磨在心里,他似乎明白了哈依沙尔江心里真正想做的工作就是要守着小哈家电维修店。当然,凭他对哈依沙尔江的了解,知道儿子即便把家电维修当成了毕生的事业,也会到昌吉去开店,到乌鲁木齐去开店。说实话,塔依尔内心里并不赞同儿子的想法,他总认为自己的儿子应该干点儿更大的事业。不过这一切还只是他的猜测,他太想知道准确的答案了。热孜完古丽又何尝不着急儿子工作的事情呢? 但她和塔依尔一样也不想催问哈依沙尔江。也许这就是天下的父母对子女的爱、包容和无奈吧!

看着日渐显瘦的爸妈,哈依沙尔江倒是沉不住气了。一次晚饭后,哈依沙尔江主动邀请爸爸和他到村外的小路上去散步。于是，父子之间展开了一场开诚布公的谈话。

"爸，我想留在家乡做点儿事，将来想开一家电子技术研发公司，现在就想把眼前的事情先做好。"

"眼前的事儿？你指的是一个大学生守着村里的家电维修店吗？"

"差不多吧，但我一定会做大、做强。"

"我倒是相信你能行，但我总觉得，你修一辈子家电，大材小用了，还是应该搞出点儿大名堂来，这才不枉你上一回大学啊。"

"爸，我将来的电子技术研发公司的业务包括研发、设计、制造和维修等。我这样和您说吧，家电维修只是众多业务中的一项。小哈家电维修店可以慢慢地做成品牌，我再把技术教给村里的年轻人，他们再去全国开连锁店，那就牛了。我们全村人甚至全乡人都可以靠这个发家致富。"

"你创业需要时间和金钱吧？时间你能等，但金钱我们哪里有呢？我建议你先出去找份工作，继续学习经验和积累创业资金。"

"爸，我其实也想先出去工作，再找机会回来创业。不过……唉，也许我的要求太高了……"

塔依尔听完不讲话了，他当然听人说过现在的大公司招聘都要求本科及以上学历了，他当然也知道哈依沙尔江是个心高气傲的人，工作绝不肯将就。这样的话，哈依沙尔江出去工作的机会就小得多了。

彼此沉默了一会儿，哈依沙尔江又说："爸，当初您同意我去浙江学技术，就是看好了技术人才的价值。我也不会让您失望的。这样，爸，我们之间定个约定吧。"

"什么约定？"塔依尔疑惑了，他可一辈子都没和任何人定过什么约定。

"半年之内，如果我能应聘到大公司，那我就先去工作。等我积累了足够的资金和经验，我再回家创业。如果半年内我找不到理想的工作，那我就一辈子在家守着维修店，做大做强，您可要一如既往地支持我。"哈依沙尔江严肃地说，语气中也略带恳求。

塔依尔没想到儿子会和他定这样的约定。他转念一想，答应也无妨啊，自己的儿子这么优秀，肯定有机会进大企业。

"好吧！一言为定。"

哈依沙尔江朝着爸爸诡秘一笑。塔依尔虽然捉摸不透哈依沙尔江的笑意，但他心里却明白，哈依沙尔江已经开始追逐自己的创业梦了。

这个约定，谁会赢呢？

请对我说"Yes"

自从哈依沙尔江和爸爸定了约之后，他就更专心于自己的家电维修事业了。

转眼时间进入10月份，村民们都忙于收玉米、打瓜，但这丝毫没有减轻小哈维修店的压力，需要维修的电器还是一如既往地多。现在，连县城里的人都慕名来找哈依沙尔江修家电了。虽说现在的电子产品价格都不贵，但是不能东西坏了就马上扔掉啊，对于还有维修价值的电器就得找人修一修。所以，哈依沙尔江是越来越忙了。

2020年10月9日下午5点多，塔依尔兴冲冲地跑进维修店，把手机递给正在修理电冰箱的儿子。看着爸爸满脸兴奋的样子，哈依沙尔江淡然一笑说："又是顾老师的电话吧，你俩就别演戏了。我啊，只遵守咱们的约定，不接受任何人的建议。"

原来，自从哈依沙尔江和爸爸之间有了约定之后，他偶尔会在网上有意无意地浏览全国各地知名企业的招聘信息，但却一直没有向任何一家公司投递过简历。这可急坏了塔依尔，塔依尔就向顾海林求助，希望他能帮忙劝说哈依沙尔江。顾海林也就常给哈依沙尔江打电话，劝他到乌鲁木齐或者去浙江找工作。哈依沙尔江也都明白，爸爸请顾老师出面是给自己施压的。事实上，塔依尔确实是希望顾海林能说服哈依沙尔江早日出去找工作，而且他自己也一直没放弃帮儿子查找大公司特别是上市公司的招聘信息。而顾海林的想法和塔依尔不谋而合，也认为哈依沙尔江应该先出去闯荡闯荡，找机会再回来创业。

当哈依沙尔江接过手机，看到手机屏幕时惊呆了。原来，网页上显示着一条关于新疆怡利科技发展有限责任公司招聘华为视讯工程师的消息。哈依沙尔江心里最想要的就是这样的公司和岗位。

果然，哈依沙尔江看后笑着说："爸，谢谢您！您真有心啊！为了我，您居然学会上网了！"他说这话时，脸上写满了惊讶与感激。是啊，一个种了一辈子田的男人为了儿子，学会了在网上查询企业的招聘信息，学会了在高德地图上查找企业的位置，学会了制作 word 表格。

哈依沙尔江看着爸爸那双因长满老茧而显得格外粗糙的双手，脑海里突然闪现了这样的一幕：爸爸那常年拿农具的手指在屏幕上慢慢地戳着，一个字一个字地输入，然后慢慢地查找企业的招聘信息……这让哈依沙尔江不禁热泪盈眶，心想，这就是父爱的无私与伟大吧！

哈依沙尔江感动之余站起来给爸爸一个拥抱，说："爸，这家公司的门槛很高的，最起码也得要本科生。"

"没关系，我早就把你的简历投递过去了，人家都回复了。"塔依尔激动地说，然后，马上把手机从儿子手中夺过来，手指轻轻一戳，点开了邮箱。他此时的表情像极了一个期末考试得了一百分的小学生。他居然还学会了在人才网上注册信息，学会了用手机收发邮件。

这回哈依沙尔江不是惊讶而是震惊了。再看手机屏幕，邮件上写着："哈依沙尔江，请您最近保持手机通信畅通，等候人事部的面试通知。"此时的他，内心里不知道该喜还是该忧，爸爸的用心和努力可能要终止他心中的创业计划了，因为按照约定，爸爸已经赢了一半了。为什么这么说呢？哈依沙尔江自认为，只要有公司肯给自己面试机会，以自己的实力通过面试的机会是非常大的。看着爸爸的样子，哈依沙尔江的眼泪竟夺眶而出——他也不知道为什么，此刻自己的眼泪竟如此不由自主。

哈依沙尔江沉默了一会儿，说："爸，这次我肯定会去面试的。有一点我要先说明，即便我去了这家公司上班，将来我还是一定要回到家乡做点儿事的。"

"嗯，儿子，你要成立电子技术研发公司的梦想肯定能实现。我说过，会一如既往地支持你。"塔依尔坚定地说。

哈依沙尔江再次给了爸爸一个结实的拥抱。

2020 年 10 月 23 日，哈依沙尔江收到了新疆怡利科技发展有限责任公司人事部的通知，让他两天后参加面试。这个消息，他也第一时间告诉了顾海林。

"小哈，相信你一定会应聘成功。记住，你即使去这家公司上班了，并不代表你放弃了在家乡创业的梦想。相反，在大公司里打拼、历练，能让你快速成长，更有利于你未来振兴家乡梦想的实现。"顾海林的一席话，给了哈依沙尔江无穷的力量。

10 月 26 日，乌鲁木齐的天气很冷，哈气成雾。当哈依沙尔江在公司的会议室里坐下后，他发现当天来应聘华为视讯工程师这个岗位的人有二十几个。人多还不算，关键是这些人都具有本科学历，有两个竟然是硕士研究生。这让他一时心里没了底气，不过，当他把自己厚厚的一摞奖状拿在手上时，他顿时觉得这个岗位自己势在必得了。

轮到哈依沙尔江面试时，人事部主管马传博说："不好意思，我们最低要求是本科学历。"此时，坐在马传博边上的年轻女孩说："马主任，可能是小陈在审核资料的时候没注意吧。"台上的几个面试官也开始窃窃私语。

尽管女孩说话的声音非常轻，但哈依沙尔江还是都听到了，他的脸色稍显尴尬，但很快就恢复如常，心想不论如何，既然来了，就得努力争取这次机会。

"各位领导，请看这个。"哈依沙尔江说完就递上了那一摞厚厚的荣誉证书和相关的证明材料。

"你觉得我们会录用你吗？"一个面试官在翻看了资料后问，从表情上看不出他的发问是否藏有动机。

哈依沙尔江听后，微微一笑，然后不卑不亢地回答："虽然我是个大专生，但是我读书时成绩优秀、专业技术水平高超，丝毫不比那些本科毕业生差，而且我不仅会读书，还会做项目。我做的项目并不是小打小闹，都是经过行业机构认可的，是和官方合作的。我觉得像贵公司这样实力超群的大企业，肯定更看重员工的综合素质。我不敢说我是今天所有应聘者中最棒的，但我敢说今后我一定不会辜负今天肯对我说'Yes'的公司……"

哈依沙尔江慷慨激昂地说完后，自信地看着对面的几个评委。此刻，评委们出奇地安静，仿佛他们还未从哈依沙尔江营造的强大气场中走出来。

那天，哈依沙尔江退场后，马传博和其他几位面试官又再次仔细地翻看完这些资料后，彼此点点头。几个评委又经过一番交流后认为哈依沙尔江是个难得的人才，值得留用和培养。于是，马传博最终对哈依沙尔江说了"Yes"，决定破格试用哈依沙尔江，为期三个月，但要求马上上岗。就这样，专科学历的哈依沙尔江成功地淘汰了二十几个高学历的求职者。这也进一步说明了，现在社会上很多大公司在招聘的时候是务实的，是独具慧眼的，没有完全以学历论人才。由此看，把一门技术学精、学扎实是多么的重要。

就这样，哈依沙尔江应聘的当天就留在了公司，下午他就被分去网络技术分公司。他在大学所学专业是电气自动化技术，偏向于硬件技术。但这次他应聘的岗位完全偏向于软件化，这对他来说是个相当大的挑战。他接受了这份工作就相当于要从零开始学起。但为了能在高平台上继续学习和锻炼自己，也为了积累未来创业的第一桶金，他还是决定克服万难，在华为视讯工程师这个岗位上努力绽放人生的精彩。

为了尽快适应新的工作岗位，哈依沙尔江牺牲了休息时间，搜集、整理大量的相关资料来学习。他饿了就吃点儿面包、干脆面，累了就靠在椅子上休息。

工作了几天后，哈依沙尔江就发现这份工作的压力确实不小。很多个夜晚，他躺在床上辗转反侧，难以入睡。有时候透过窗户，只见外面漆黑一片，他想，这就好像视讯卡屏，一片茫然；有时候一阵风来，窗外的树枝在星光下摇曳多姿，有如同事的帮助一样，让他本来静默的躯干突然有了动的欲望；有时候星斗满天，忽闪忽闪如孩童的眼睛，充满好奇，令人思路大开，灵感忽然就敲门而来，是那样地令人欣喜、心动。

通过两个多月的自学以及办公室同事的指导，哈依沙尔江有了很大的进步，甚至可以独自完成个别难度较大的任务。公司高层领导都对他刮目相看，人事部主管马传博决定让他提前转正，正式聘用他。

当哈依沙尔江把这个好消息告诉家里人时，爸爸和妈妈都高兴得流下了眼泪；当他把这个好消息分享给顾海林时，顾海林说话的语气也变得哽咽了。

2021年6月，聪慧好学的哈依沙尔江通过了华为视讯高级工程师的认证。他在公司的待遇也翻了倍，他成了公司重点培养的对象。如今，哈依沙尔江已经升任公司的产品线经理。但无论职位如何高升，也无论工资如何增长，哈依沙尔江心中的宏愿都没有变，那就是他将来一定要回到家乡做点儿事，带领着家乡人走上致富的道路。

实现家乡振兴的梦，不需要什么豪言壮语，更不可以夸夸其谈，而需要像哈依沙尔江这样有理想、有技术的人,带领大家撸起袖子加油干。正所谓"路虽远,行则将至;事虽难,做则可成"。

我们也对哈依沙尔江说"Yes"吧!祝愿他的家乡振兴梦能早日实现!

浙江爸爸，请再抱抱我

2021年9月24日，长兴的天气比较凉爽，台基山公园里晨练的老人也比前几天多了不少。早上8点半的样子，在长兴职教中心校门口，保安陈师傅拦下了两个年轻的访客。一个小伙子穿着一套浅蓝色西装，配着白衬衫，打着红色领带；另一个小伙子上身穿白色短袖，下身配黑色休闲裤。两个年轻人面带微笑地站在那儿，既绅士又帅气。

认真的陈师傅要求两位小伙子扫门口的防疫二维码，并做好登记。保安队长涂群建看见后赶紧跑过来对陈师傅说："老陈，我认识他们，我来接待吧。"

"叔叔，您好！"哈依沙尔江赶紧和涂队长打招呼。

涂队长回复"你好"后，微笑着说："你俩现在可是咱们学校的名人啊！"

这话把哈依沙尔江说得有些难为情了，他赶紧拉过来阿卜杜热西提说道："阿卜杜热西提现在是知名企业家了，他才是名人呢。"他这话又把阿卜杜热西提弄得满脸通红。实干的人，骨子里总是谦虚的。

"哦！哦！你们来找顾校长的吧？"涂队长赶紧问。如今的顾海林已升任长兴职教中心的副校长了。

"对,对!"阿卜杜热西提连忙回答。

这一次,阿卜杜热西提和哈依沙尔江两人是受学校邀请,回来参加"优秀毕业生先进事迹报告会"的。其实,图尔荪也在邀请之列,因为他这段时间正在带学生集训,为参加2021年新疆教育厅组织的技能大赛做准备,所以他无法回母校来参加这次报告会。

本来阿卜杜热西提和哈依沙尔江23日中午就能到达长兴,但由于飞机晚点,他们晚上9点多才到,直接入住了离学校不远的酒店。他们实在是太想念校园,太思念老师了,所以一早他们就步行而来。沿途,菱山路两边风景依旧,只是道路中央多了隔离带,车流比以前更多了。

两人进了校园,看着熟悉的一草一木,顿时感慨万千。

"小哈,我当年就是从右侧那道大门溜出去的。如果当时没有遇见那个魔术师,我可能就不是长兴职教中心的毕业生了,现在很可能正在某个工地上搬砖呢,绝对不可能有今天的成就。"阿卜杜热西提停下脚步,不无感慨地说。

哈依沙尔江听完笑笑说:"我当年也差点儿因为一时糊涂而走出这个校门,幸亏顾老师把我留了下来。要不,我也不是长兴职教中心的毕业生了,还不知道在哪儿闲逛呢,也不可能有今天。"

然后,两人相视一笑。他们现在并不着急去找顾海林,两人很默契地朝着新疆中职班的教学楼走去。9月的职教中心,各种桂花竞相绽放,整个校园弥漫着馨香。他俩迈着慢悠悠的步伐,桂花香里说昔年,一路回忆着过往。

此时正是上课的时间,校园里比较安静,只有教学楼里时而传来一阵隐隐约约的读书声。当他们来到"小哈RC工作室"时,门牌还是当年那块儿,门却换成新的了。此刻房门正大开着,像是等着故人来。他们进门往里走,发现了一个熟悉的背影，顾海林正在仔细地拖地呢。

哈依沙尔江明白，顾老师肯定知道他会来工作室看一看，坐一坐，所以提前来打扫卫生了。事实也如此。工作室已经被打扫得一尘不染了，顾海林的行为确实够暖心的了。

三人见面，都很激动兴奋，简单的寒暄过后，顾海林就拉着阿卜杜热西提去门外拉家常了，目的是让哈依沙尔江自己在工作室里好好地找一找当年的回忆。工作室里还是原来的老样子，两张办公桌还在，四把椅子也在，那一排长长的展示柜也在。虽然办公桌上那一摞摞厚厚的专业书籍不见了，展示柜上各种各样的电子产品也不见了，但是整间工作室被打扫得干干净净，它好像随时在等待着主人的归来。

哈依沙尔江陷入了深深的回忆。他的脑海里又浮现了殷俊豪、塔来拜克、阿布都拉、图尔苏几个人的身影，他仿佛又听见了他们的声音：

"线接得不对，咱们再重新看看图纸。"

"小哈，淘宝网上又成了一单，那个电动模型卖了三百多呢。"

"哈哈，我们班的乃比江求着让我当他的师傅呢！"

……

这间工作室装满了哈依沙尔江在长兴职教中心求学期间的故事，承载着他曾经的梦想。如今虽然显得有点儿寂寞，但它毕竟辉煌过。

时间过了大概半个小时，顾海林和阿卜杜热西提才走进来，他们居然看见了哈依沙尔江还没来得及擦掉的眼泪。此情此景，让阿卜杜热西提也变得深情起来，眼眶也湿润了。

"顾老师，'小哈 RC 工作室'现在就只起到供别人参观的作用了吗？"哈依沙尔江疑惑地问。

顾海林听完，心里马上明白了哈依沙尔江的想法。这件事要解释清楚才行，否则会让哈依沙尔江觉得尴尬。

"小哈，新疆中职班这几年没有开设电子专业了，所以工作室一直没利用起来，但是'小哈 RC 工作室'已经成了学校的一张名片、一种精神引领，你的历届师弟师妹们在这种精神的引领下已经树立了一种赶学比超的学习意识，所以这些年咱们新疆的学生在专业技能提升方面取得了相当不错的成绩。学弟学妹们的进步，你也有一份功劳的。"顾海林说完，微笑地看着哈依沙尔江。

"是吗？太好了！我这也算为母校做了贡献啊。顾老师，这是您给我的一个大惊喜。"哈依沙尔江开心地笑了。

"说到惊喜，我还要和你们说呢。今天，原本姚校长和戴书记要一起请你们吃中饭。不过，早上因为有重要工作要汇报，他们都去县教育局了。姚校长临走时让我转告你们，一是他下午一定会赶回来主持这次的'新疆中职班优秀毕业生报告会'；二是他希望你们的报告能给学弟学妹们一些惊喜。"顾海林说。

来之前，阿卜杜热西提和哈依沙尔江两个都明白，自己作为长兴职教中心新疆中职班的优秀毕业生代表，这次回来肯定要和学弟学妹们好好聊一聊。今天的报告，他们就要现身说法，讲清楚自己读书和毕业后取得的一些成绩，给学弟学妹们作一个榜样。至于要给学弟学妹们讲点儿特别的"惊喜"，他们还真没想过。不过，对于优秀的他们来说，这肯定不是什么难事了。

"好吧，我们可以的。"哈依沙尔江说。

当天下午，在学校的大报告厅内，新疆中职班的 200 多名师生齐集一堂。这次活动，既是 2021 级新生的欢迎会又是优秀毕业生先进事迹的报告会，所以学校格外重视，姚新明校长和戴敦华书记都到会了，并且姚校长亲自主持会议。报告厅里的气氛也十分热烈。

两位毕业生的汇报环节引起了全场师生的高度关注。因为多年来，阿卜杜热西提、图尔荪、哈依沙尔江这三个人的优秀事迹一直在历届新疆中职班的学生中流传着，他们已然成了学弟学妹们的偶像。学生们以往只能在学校的宣传册上或者老师们的PPT上见到他们，今天，他们本人来了，学生们激动的心情自然难以平复。此刻，学生们的掌声也久久不能停息。

阿卜杜热西提站在了发言席上，看着台下的学弟学妹，他的心情也很激动，担心脱稿忘词，就从裤兜里掏出了那两张演讲稿。

"亲爱的学弟学妹们，十年前，我很幸运，选择了来长兴职教中心读书。首先，我要感谢学校，感谢领导，感谢老师。我在这里不仅学会了技术，也学到了做人的道理。如果没有'新疆中职班'这样的一个学习经历，我今天也许还在家乡的戈壁滩上放羊，那我也就无法带领我的父老乡亲去致富了，更没有机会来回报国家对我的培养之恩。所以，我还要感谢国家，感谢我们伟大的中国共产党。"阿卜杜热西提讲到这里哽咽了，果然是情到深处难自控，台下的学弟学妹们不停地用热烈的掌声来鼓励他。正是这份鼓励给了他莫大的勇气和自信，他深吸一口气后，把稿子折好紧握在手里，他开始自由发挥了："其实，我并不优秀，只是比别人勤奋了一点点儿。在生活中我吃得起苦，在工作中我认真做事。我的求学之路不容易，我的创业之路则更艰辛。这两点，我想跟大家分享一下。"

接下来阿卜杜热西提用了将近半个小时的时间讲述了自己的求学和创业经历。虽然学弟学妹们照样听得津津有味，热血沸腾，但是他自己总感觉缺了点儿什么。缺什么？当然是缺少给学弟学妹们的"惊喜"了。但他除了刚刚讲的这些经历外，还能有什么呢？阿卜杜热西提此时脑子飞快地转着。看着台下那一双双期待他再说些什么的眼神，他马上想到了该怎么做。

"亲爱的学弟学妹们，我是你们的学长，是你们的校友。我在此许下一个承诺，等将来你们毕业了，如果要创业，我会全力支持你们！今天，就在这里，我决定拿出十万元作为长兴职教中心2022届新疆中职班毕业生的创业基金。"

阿卜杜热西提一说完,台下沸腾了,掌声雷动。

"这真的是个大惊喜啊!"有人喊。确实,这个惊喜太振奋人心了,让在场所有的人都激动不已。

"阿卜杜热西提哥哥,我也是喀什的,毕业后我要创业,你可得帮我啊!"195汽修的奥斯曼·吐鲁洪喊道。

"没问题!"

阿卜杜热西提顿了顿,接着又宣布了一个重要决定:"从今年开始,我另外再每年拿出一万元在长兴职教中心设立'新疆中职班学生助学金',这点儿钱虽然不多,但也能为家庭有困难的学弟学妹们尽一份力。"

阿卜杜热西提的讲话一结束,台下雷鸣般的掌声再次响彻了会场。过了好久,学生们才安静下来,阿卜杜热西提也微笑着向台下连连鞠躬,然后转身向坐在主席台上的顾海林走去。

"顾爸爸,请您再抱抱我。"阿卜杜热西提的这个请求来得非常突然,顾海林嘴巴里发出了"哦,哦"的声音,似乎还没做好思想准备,但脸上那份自豪和骄傲却无法掩饰。这样的幸福,哪个老师不想要呢?

师生相拥在一起的那一刻,会场上所有人的激情都被点燃了……

我后来问阿卜杜热西提当时决定要拿出这么大的一笔钱来作为2022届新疆中职班毕业生的创业基金和设立"新疆中职班学生助学金",这是不是他的一时冲动。他回答我说:"老师,设立创业基金和助学金这个事儿确实是我临时决定的,但绝不是一时冲动。如果一定要回答为什么要这样做,那就是因为我有一颗感恩的心,一颗乐于助人的心。"我又问他和顾海林相拥的时候心里是什么感觉,他说:"当然是抱着父亲的感觉啊!"听,发自内心的话语就是这么简单、朴实。同样的话,我也问了顾海林,他回答说:"那是一个跨越了5000公里的拥抱,充满着爱,珍贵啊!"言语中有得意,显露着无限真情。

轮到哈依沙尔江作报告了。他面带微笑地走到发言席前，从来不缺少自信的他要给大家献上一场即兴演讲。他一开口就抛出了一个问题："学弟学妹们，你们是什么民族？请回答我。"

"维吾尔族""哈萨克族""回族""汉族"……

台下的声音都很响亮，但哈依沙尔江却不停地摇头。

台下沉默了一会儿。终于，有人喊出了"中华民族"。哈依沙尔江的眼睛为之一亮，还没等他对此做出回应，台下"中华民族"的喊声先是此起彼伏，最后是整整齐齐地喊声一片。

当然，民族认同最能引起这群新疆学生的共鸣，中华民族共同体的意识早已经在他们的心里生根发芽。哈依沙尔江非常聪明，他巧设问题，带动了全场的气氛，把大家的所有注意力都集中在听他的演讲上来。接着，哈依沙尔江从自己的高中讲到了大学；从"小哈 RC 工作室"讲到了"小哈家电维修部"；从"风城一号太阳能卡丁车项目"讲到了他的国家专利。通过哈依沙尔江的演讲，学弟学妹们深刻地感受到了他在追梦路上的不容易，他用无数的艰辛成就了现在的自己！当然，这个世上本就没有人能随随便便成功，幸福真的是奋斗出来的！台上的哈依沙尔江声情并茂地讲着，台下的学弟学妹们个个都聚精会神地听着，非常入迷。

哈依沙尔江刻苦钻研专业技能的精神感染了学弟学妹们，他顽强拼搏的毅力感动了学弟学妹们，他丰富的人生阅历折服了学弟学妹们。从这之后，学弟学妹们都彻底地成为了他的铁粉。

长达四十几分钟的汇报结束了，哈依沙尔江开始琢磨：刚刚阿卜杜热西提拿出了十万元成立了新疆中职班毕业生的创业基金，那我除了自己的励志故事外，能带给学弟学妹们什么惊喜呢？台上的哈依沙尔江苦苦地思索着，过了一会儿，他慢慢地举起右手掌说："学弟学妹们，我一心想在家乡创办一家电子技术研发公司。如果条件允许,明年我就想付诸行动,先从小做起。那时,我会需要更多的合作伙伴。在座的学弟学妹们,如果你们毕业回到新疆后,立志创业,那我肯定会优先考虑你们。我在乌鲁木齐等着和你们击掌合作! 我们可以一起为建设家乡做出更大的贡献!"

"太棒了! 太棒了!"有人喊。

"又是一个大惊喜!"有人喊着。

……

哈依沙尔江说完,台下的学弟学妹们都激动得站起来鼓掌。同样,哈依沙尔江与顾海林的相拥让会场再次热烈起来,掌声久久不息。

一次闲聊时,我问图尔荪,如果他当时来参加那次新疆中职班优秀毕业生的报告会,他会给学弟学妹们带来怎样的惊喜。他思考了一下说,自己没有表哥阿卜杜热西提那样的经济实力,所以没有能力用资金来支持学弟学妹们创业;他也没有哈依沙尔江那样强烈的创业愿望,所以没办法带领学弟学妹们去开办公司。他能做的就是给他们送上最真心的祝福,祝他们在浙江学有所成,回到新疆后能大展宏图。他也同样会在学弟学妹们面前向顾老师索取一个爱的拥抱,告诉所有人顾老师是长兴职教中心最优秀的"浙江爸爸",让学弟学妹们永远记住长兴职教中心的培育之恩,牢记党和国家的恩情。我在想,如果图尔荪真的参加了那次的优秀毕业生报告会,他这番发自肺腑的言论一定会让学弟学妹们的喝彩声与掌声合奏成一曲令人振奋的交响乐。

近两年基本上每个月都会有媒体来采访"浙江爸爸"顾海林。"其实,我们学校的每一个老师都是'浙江爸爸',我只是其中一个而已。我们老师都是普通人。不过,这些来自新疆的学生可不普通,他们每一个人都肩负着国家和人民的期望!"面对媒体顾海林总是这样说。

我很认可顾海林的话。甘于奉献的教师从来不会追求所谓的明星光环，而正值青春年华的学生却一定要有正能量的追求。"少年智则国智，少年富则国富，少年强则国强。"就像阿卜杜热西提、图尔荪和哈依沙尔江一样，如今的他们都在各自的领域里茁壮地成长着。他们因为拥有了一流的技术而成就了自己精彩的人生，他们睿智、富有且强盛，他们一直在为新疆变得更加富美而不懈地奋斗着。

附

一道最美的人生风景线

——长兴职教中心新疆中职班十大优秀毕业生风采

长兴职教中心开办新疆中职班十年来,始终围绕"为谁培养人""怎么培养人""培养什么人"等一系列重要问题开展育才育人工作,取得了显著的成果。新疆学生在内地真正地做到了"应学尽学""应融尽融",实现了离疆成长、回疆成才的培养目标。

天山太湖两相映,十年育才大兴疆。

十年来,长兴职教中心为新疆社会育英才 800 余名,优秀的毕业生大有人在。截至 2022 年 8 月,长兴职教中心共培养了 624 名毕业生,毕业生一次就业率达到了 94%,其中 64 人进入新疆党政机关和国家企事业单位,128 人考入高职院校继续深造,25 人自主创业。这些毕业生不论在哪个城市,不论在哪个行业,都能够充分地发挥个人的才智。他们兢兢业业地工作,取得了骄人的成绩,也得到了所在企事业单位的认可。

这些年我们欣喜地看到,广大毕业生们正在为新疆地区的发展做出了积极的贡献。

2021 年,在长兴职教中心举办新疆中职班办班十周年庆祝活动之际,学校特地评选了"长兴职教中心新疆中职班十大优秀毕业生"。阿卜杜热西提、图尔苏和哈依沙尔江三人自不必说,他们的优秀有目共睹。下面,我将除上述所列举的阿卜杜热西提、图尔苏和哈依沙尔江之外的七名优秀毕业生的风采展示如下。

1. 无私奉献、敢于担当的电力公司骨干

阿不来提·艾尔肯,男,维吾尔族,1994 年 3 月生,毕业班级为 113 电子,家住新疆皮山县藏桂乡塔提让村。

阿不来提毕业返疆后的第二年赶上了国网新疆电力公司皮山县供电公司面向社会进行招考,经过层层筛选他最终以优异的成绩被录用。参加工作以来,他一直在检修的岗位上做技术工人,加班到深夜是常有的事儿,但他却从不抱怨,每次领导交代的任务他都能出色地完成。由于阿不来提工作努力,表现突出,他连续多次荣获公司"优秀员工""年度最佳奉献个人"等荣誉。在公司里,阿不来提是同事们最认可的业务骨干,但他依旧不骄不躁,在平凡的岗位上无私地奉献着自己的光和热。他用实际行动诠释着自己的那句誓言:奉献自己心中无悔,拼搏向上敢于担当!

2. 踏实工作、干劲十足的政策法规宣讲员

麦热当江·阿布拉,男,维吾尔族,1996 年 4 月生,毕业班级为 123 电子,家住新疆阿瓦提县阿依巴格乡上库拉斯村。

麦热当江大学毕业后,考取了乌鲁木齐市水磨沟区流动人口管理工作办公室的岗位,负责相关的政策法规宣传工作。由于工作的原因,他需要经常下到农村、牧区去联系群众、走访相关人员,宣讲党和国家各项法律法规和方针政策。有的时候,他下乡开车跑一整天才能走访几户人家,辛苦程度不言而喻。领导和同事们这样评价他:"工作踏实、责任心强、干劲十足。"他对自己的要求也十分严格："要当好一名政策宣讲员，就要一步一个脚印地将工作做真做实。把党和国家的好政策及时地分享给辖区的千家万户，是我义不容辞的职责。"

3. 竭诚为民、担当实干的基层公务员

阿里木江·阿布都热依木，男，维吾尔族，1995年1月生，毕业班级为128汽修，家住叶城县喀格勒克镇。

阿里木江大学毕业后，通过公务员考试成为了叶城县喀格勒克镇人民政府劳动保障所的一名干部。在工作中他始终保持谦虚、谨慎、热情的良好态度，努力地做好自己分内的每一项工作。2020年6月，他有一个进县城工作的机会，这在别人看来是求之不得的事情，但他经过再三思考还是主动放弃了。他说在基层工作能让自己更接地气，成长得更快。他的座右铭是：为老百姓服务，是我最大的乐趣。

4. 扎根基层、服务百姓的乡镇好干部

沙恩别克·努热阿合提，男，哈萨克族，1999年2月生，毕业班级为134电子，家住新疆奇台县北塔山牧场畜牧三队。

沙恩别克职高毕业后于2017年9月参军入伍，在部队期间他团结战友、刻苦训练，荣获了一次个人三等功和两次"优秀义务兵"的称号。2019年9月，他退伍后考上了阿克苏市阿瓦提县塔木托格拉克镇人民政府的公务员，负责群众工作。基层的群众工作是辛苦的、艰难的，更多的时候他要到农户或牧民家里去沟通相关的事情。2020年10月底的一天，他去牧民家走访时在大戈壁深处迷了路，晚上只能露宿野外，夜间气温低，他双脚的脚趾都被冻伤了。但无论工作多苦多累，都不能动摇他为人民奉献自己小小力量的决心。工作至今，他多次被单位评为"为人民服务的好干部"。

5. 技能致富、回报社会的驾校校长

凯赛尔·艾克木，男，维吾尔族，1995 年 4 月生，毕业班级为 138 汽修，家住新疆库车市哈尼喀塔木乡。

凯赛尔大学毕业后在县城的汽修厂工作了半年多，积累了一定的工作经验后萌生了自己创业的想法。当时家里人希望他去做贩卖牛羊或者新疆土特产的生意，但他认为不能绕开自己的专业技术做事业，于是 2020 年初他在县城创办了金达驾校。开始的时候驾校只有 12 台车，教练也都是从内地聘请的。当他看到村里的年轻小伙子找工作难时，就免费让他们来自己的驾校学车，然后从中挑选技术高超者聘为教练。这样一来，他不仅帮村里解决了不少富余的劳动力，而且还让他们不用远离家乡就能挣上高薪。现在金达驾校拥有车辆 35 台，一年可培训近 2000 名学员。如今的凯赛尔发家致富了，成了当地家喻户晓的名人。他始终坚持发扬帮扶精神，诚心帮助村里经济困难的家庭，对低收入的学员减免培训费。他说自己之所以这样做，是因为只有无私地回报社会才能对得起国家对自己的培育之恩。

6. 立足本职、虚心好学的技术员

麦合木提·热合麦提，男，维吾尔族，1999 年 1 月生，毕业班级为 154 电子，家住新疆伽师县夏普吐勒镇库木墩村。

麦合木提职高毕业后应聘到中国电信股份有限公司新疆长途传输局实习。由于他技术本领强，实习期间表现突出，三个月后局里就正式和他签订了用工合同。工作以来，他严格地遵守公司的各项规章制度，立足本职，团结同事，尊重领导，服从组织的工作安排。同时，他与同事真诚地相处，总是虚心地向前辈们请教技术难题，不断地提升自己的综合素养。现在，他不仅是局里的技术骨干，还当上了局综合维修站的副

站长。热合麦提用自己的实际行动证明：知识改变命运，技能成就人生。

7. 爱岗敬业、勤学肯干的岗位技术能手

司马义·艾尼，男，维吾尔族，2000年5月生，毕业班级为158汽修，家住新疆乌什县乌什镇。

司马义职高毕业后考上了乌鲁木齐职业大学，继续学习汽车维修专业。在大学期间，他学习刻苦，力求全面发展。"苦心人，天不负"，他的辛勤付出换来了一张张荣誉奖状，他的刻苦努力换来了一本本技能证书。在毕业的招聘会上，他被中国铁路乌鲁木齐局库尔勒机务段的面试官相中了，免考试录用。参加工作后，他也没让当初的伯乐失望，用实际行动证明了自己的优秀，得到了库尔勒机务段领导和同事们一致的认可。如今，司马义已经成为了中国铁路乌鲁木齐局库尔勒机务段检修车间大家公认的优秀技术能手。但他对自己还不满意，他经常参加单位和上级主管部门组织的技术培训会。他说："'吾生也有涯，而知也无涯'这句话是我在长兴职教中心第一次听到的，顾老师讲了几遍我才听懂它的意思，我要用一生的实际行动来践行这种精神。"

专业技能人才的培养是一个长期过程，又是一项系统复杂的大工程，它需要国家政策的支持，需要各级地方政府的扶助。长兴职教中心十年来能够很好地开展新疆中职班人才培养工作，离不开中国共产党的好政策，离不开长兴县委、县政府的积极推动与扶助以及新疆当地政府的支持与配合，也离不开长兴县教育局的支持和长兴职教中心全体教职员工的努力。通过这种双向互动、多管齐下的人才培养模式，长兴职教中心新疆中职班的教育教学取得了理想的效果，实在是一件功在千秋的大事。

我们有理由相信，在中国共产党的领导下，在各级政府、部门的支持

和大力推动下,长兴职教中心新疆中职班会培养出越来越多的人才,越来越多的优秀毕业生将在各行各业展现他们的风采,成为一道道亮丽的风景线。

后　记

我虽不是一个懒惰的人,却也没能勤于写作。还好,命运让我在精力还算旺盛的年岁里遇见了一群来自天山南北的少年和一群甘于为新疆学生而奉献的职教老师。少年和老师们之间的美好故事给了我敲击键盘的激情与勇气。就这样,我不敢躲懒,满怀着激情拿起了笔。

阿卜杜热西提、图尔苏和哈依沙尔江三人出疆时怀揣梦想;他们初学时心存迷惘;他们进步时收获荣誉;他们返疆时带着希望。顾海林一直任教于长兴职教中心新疆中职班,他在平时的教育教学工作中,用心用情,深受学生们爱戴。各级政府部门也授予了顾海林很多的荣誉,这是对他工作的肯定与表彰。但在他心中,最让他引以为豪的荣誉还是新疆学生们的那句"浙江爸爸"。这一切,都应该铭记和分享。

虽然其他学生的故事也同样精彩,但因篇幅所限,我只能忍痛割爱,做适当的选取。太多的老师和学生,我都没有讲到,在此我对他们说声抱歉;同时,祝愿他们今后的人生故事更加美好。

近年来,新疆维吾尔自治区在各领域都取得了巨大的进步,这一切都与党中央、国务院统筹新疆经济社会发展、促进新疆加快转变经济发展方式、切实解决新疆缺乏技能型人才等实际困难的重大战略决策息息相关;在这些重大决策中,举办新疆中职班更是维护祖国统一、民族团结,实现各民族共同团结奋斗、共同繁荣发展的重要举措,也是进一步推动新疆职业教育发展、带动广大农牧民脱贫致富的有效途径。这一有效途径的进一步延伸,需要大批技术人才为新疆的全面发展做出应有的贡献。基于此,我相信那些曾经出疆和正要出疆学习技能的学子,他们一定会书写出自己更加精彩的人生篇章……

有些故事过去的时间不长,我甚至还参与其中,落笔就成了文章;有些故事早已成为过往,只是某些人记忆深处的一道痕,我需要花费较多的时间,采访相关的人员,查阅大量的资料,获取相关的信息,才能还原它们最初的模样。

然而,这些付出只是劳神之苦,最让人煎熬的还是内心的失望和沮丧。采访时,常常会有很好的故事,但最后因语焉不详而不得不舍弃,让我心中满是失望;写作时,也往往会因为选取的词句无法满足表情达意的需要,令我心情沮丧。

虽然写作不易,但我从没想过放弃。

因为我了解的这些故事已经深深地感动了我、烙在了我的心里;因为长兴职教中心新疆中职班这十年的点点滴滴激励着我;因为浙江职教人的教育改革精神启发了我。感动、激励、启发,让我觉得有责任来写好这些好"故事"。好的作品需要在时光中慢慢打磨,于是我就经常泡一杯紫笋茶,闭上眼和主人公们一起徜徉在他们的故事中。

"讲故事就是讲事实、讲形象、讲情感、讲道理,讲事实才能说服人,讲形象才能打动人,讲情感才能感染人,讲道理才能影响人。"所以,我应该把这些关于新疆学生和老师的故事写好啊!

近年来，在长兴县"大气开放，实干争先"精神的号召下，在县委、县政府的大力倡导和支持下，"学在长兴"的口号越来越响，"学在长兴"的教育品牌越擦越亮。新疆学生们在"浙"里也越学越棒，长兴职教中心的教师们也越教越起劲，甚至立下铮铮誓言："疆"爱进行到底！以上元素都已经融进了我所写的那些美好的故事里。作为一名长兴职教中心的教师，我自然也有义务来写好这些新疆中职班学生们的故事，让人"想听爱听，听有所思，听有所得"，并且希望这些故事不只是在长兴职教中心传播，在长兴传播，而是要传播到更远的地方，让更多的人知晓、感受。

古人云：谋事在人，成事在天。的确，有些事，只要有了"人谋"，终将会有"天成"的时候；尽管过程会很艰苦，但只要有人陪伴，一切艰辛都可化作甘露。

幸运的是，写作的路上我有贵人相伴。长兴县作协名誉主席张加强说："写吧，我做你的顾问。"中共长兴县委宣传部和长兴县教育局的相关领导说："写作过程中有什么需要，尽管说。"长兴县作协主席田家村说："写好后，我们给你把把关。"长兴职教中心校长姚新明说："我给你提供一切帮助。"学校实训处主任李建说："我得给你换一张舒服点儿的椅子。"长兴县太湖高级中学的语文教师向洪江说："兄弟，我给你校正文字。"……

做的事情有意义，支持者就会更多。中共湖州市委宣传部、湖州市委统战部、湖州市文联、中共长兴县委宣传部、长兴县委统战部、长兴县文联、长兴县教育局等单位都对此书的创作给予了大力支持。

有人相助，我手中的笔也就更有力。

在此，我要感谢这一年来那些被我不停地打扰的领导、同事和相关的学生们，你们的支持和鼓舞是我在写作之路上默默前行的动力！

在此，我要特别感谢张加强先生为本书作序！

2022 年 10 月